S/Z

Ouvrages de
Roland Barthes

aux éditions du Seuil

Le Degré zéro de l'écriture
Coll. Pierres vives, 1953
Coll. Points, 1972

Michelet par lui-même
Coll. Écrivains de toujours, 1954

Mythologies
Coll. Pierres vives, 1957
Coll. Points, 1970

Sur Racine
Coll. Pierres vives, 1963

Essais critiques
Coll. Tel Quel, 1964

Critique et Vérité
Coll. Tel Quel, 1966

Système de la mode
1967

Sade, Fourier, Loyola
Coll. Tel Quel, 1971

Le Plaisir du texte
Coll. Tel Quel, 1973

Roland Barthes
Coll. Écrivains de toujours, 1975

Fragments d'un discours amoureux
Coll. Tel Quel, 1977

aux éditions Skira

L'Empire des signes
Coll. Sentiers de la création, 1970

Roland Barthes

S/Z

Éditions du Seuil

En couverture et en page 2 :
Girodet, *Le Sommeil d'Endymion* (Louvre). Photo Bulloz.

ISBN 2-02-004349-1
(ISBN 2-02-00 1951-5 1re PUBLICATION)

© ÉDITIONS DU SEUIL, 1970

Ce livre est la trace d'un travail qui s'est fait au cours d'un séminaire de deux années (1968 et 1969), tenu à l'Ecole pratique des Hautes Etudes. Je prie les étudiants, les auditeurs, les amis qui ont participé à ce séminaire de bien vouloir accepter la dédicace du texte qui s'est écrit selon leur écoute.

I. *L'évaluation.* On dit qu'à force d'ascèse certains bouddhistes parviennent à voir tout un paysage dans une fève. C'est ce qu'auraient bien voulu les premiers analystes du récit : voir tous les récits du monde (il y en a tant et tant eu) dans une seule structure : nous allons, pensaient-ils, extraire de chaque conte son modèle, puis de ces modèles nous ferons une grande structure narrative, que nous reverserons (pour vérification) sur n'importe quel récit : tâche épuisante *(« Science avec patience, Le supplice est sûr »)* et finalement indésirable, car le texte y perd sa différence. Cette différence n'est évidemment pas quelque qualité pleine, irréductible (selon une vue mythique de la création littéraire), elle n'est pas ce qui désigne l'individualité de chaque texte, ce qui le nomme, le signe, le paraphe, le termine; elle est au contraire une différence qui ne s'arrête pas et s'articule sur l'infini des textes, des langages, des systèmes : une différence dont chaque texte est le retour. Il faut donc choisir : ou bien placer tous les textes dans un va-et-vient démonstratif, les égaliser sous l'œil de la science in-différente, les forcer à rejoindre inductivement la Copie dont on les fera ensuite dériver; ou bien remettre chaque texte, non dans son individualité, mais dans son jeu, le faire recueillir, avant même d'en parler, par le paradigme

9

infini de la différence, le soumettre d'emblée à une typologie fondatrice, à une évaluation. Comment donc poser la valeur d'un texte ? Comment fonder une première typologie des textes ? L'évaluation fondatrice de tous les textes ne peut venir ni de la science, car la science n'évalue pas, ni de l'idéologie, car la valeur idéologique d'un texte (morale, esthétique, politique, aléthique) est une valeur de représentation, non de production (l'idéologie « reflète », elle ne travaille pas). Notre évaluation ne peut être liée qu'à une pratique et cette pratique est celle de l'écriture. Il y a d'un côté ce qu'il est possible d'écrire et de l'autre ce qu'il n'est plus possible d'écrire : ce qui est dans la pratique de l'écrivain et ce qui en est sorti : quels textes accepterais-je d'écrire (de ré-écrire), de désirer, d'avancer comme une force dans ce monde qui est le mien ? Ce que l'évaluation trouve, c'est cette valeur-ci : ce qui peut être aujourd'hui écrit (ré-écrit) : le *scriptible*. Pourquoi le scriptible est-il notre valeur ? Parce que l'enjeu du travail littéraire (de la littérature comme travail), c'est de faire du lecteur, non plus un consommateur, mais un producteur du texte. Notre littérature est marquée par le divorce impitoyable que l'institution littéraire maintient entre le fabricant et l'usager du texte, son propriétaire et son client, son auteur et son lecteur. Ce lecteur est alors plongé dans une sorte d'oisiveté, d'intransitivité, et, pour tout dire, de *sérieux :* au lieu de jouer lui-même, d'accéder pleinement à l'enchantement du signifiant, à la volupté de l'écriture, il ne lui reste plus en partage que la pauvre liberté de recevoir ou de rejeter le texte : la lecture n'est plus qu'un *referendum.* En face du texte scriptible s'établit donc sa contre-valeur, sa valeur négative, réactive : ce qui peut être lu, mais non écrit : le *lisible*. Nous appelons classique tout texte lisible.

II. *L'interprétation.* Des textes scriptibles, il n'y a peut-être rien à dire. D'abord où les trouver ? certainement pas du côté de la lecture (ou du moins fort peu : par hasard, fugitivement et obliquement dans quelques œuvres-limites) : le texte scriptible n'est pas une chose, on le trouvera mal en librairie. De plus, son modèle étant productif (et non plus représentatif), il abolit toute critique, qui, produite, se confondrait avec lui : le ré-écrire ne pourrait consister qu'à le disséminer, à le disperser dans le champ de la différence infinie. Le texte scriptible est un présent perpétuel, sur lequel ne peut se poser aucune parole *conséquente* (qui le transformerait, fatalement, en passé); le texte scriptible, c'est *nous en train d'écrire*, avant que le jeu infini du monde (le monde comme jeu) ne soit traversé, coupé, arrêté, plastifié par quelque système singulier (Idéologie, Genre, Critique) qui en rabatte sur la pluralité des entrées, l'ouverture des réseaux, l'infini des langages. Le scriptible, c'est le romanesque sans le roman, la poésie sans le poème, l'essai sans la dissertation, l'écriture sans le style, la production sans le produit, la structuration sans la structure. Mais les textes lisibles ? Ce sont des produits (et non des productions), ils forment la masse énorme de notre littérature. Comment différencier de nouveau cette masse ? Il y faut une opération seconde, conséquente à l'évaluation qui a départagé une première fois les textes, plus fine qu'elle, fondée sur l'appréciation d'une certaine quantité, du *plus ou moins* que peut mobiliser chaque texte. Cette nouvelle opération est l'*interprétation* (au sens que Nietzsche donnait à ce mot). Interpréter un texte, ce n'est pas lui donner un sens (plus ou moins fondé, plus ou moins libre), c'est au contraire apprécier de quel pluriel il est fait. Posons d'abord l'image d'un pluriel triomphant, que ne vient

11

appauvrir aucune contrainte de représentation (d'imitation). Dans ce texte idéal, les réseaux sont multiples et jouent entre eux, sans qu'aucun puisse coiffer les autres; ce texte est une galaxie de signifiants, non une structure de signifiés; il n'a pas de commencement; il est réversible; on y accède par plusieurs entrées dont aucune ne peut être à coup sûr déclarée principale; les codes qu'il mobilise se profilent *à perte de vue*, ils sont indécidables (le sens n'y est jamais soumis à un principe de décision, sinon par coup de dés); de ce texte absolument pluriel, les systèmes de sens peuvent s'emparer, mais leur nombre n'est jamais clos, ayant pour mesure l'infini du langage. L'interprétation que demande un texte visé immédiatement dans son pluriel n'a rien de libéral : il ne s'agit pas de concéder quelques sens, de reconnaître magnanimement à chacun sa part de vérité; il s'agit, contre toute in-différence, d'affirmer l'être de la pluralité, qui n'est pas celui du vrai, du probable ou même du possible. Cette affirmation nécessaire est cependant difficile, car en même temps que rien n'existe en dehors du texte, il n'y a jamais un *tout* du texte (qui serait, par reversion, origine d'un ordre interne, réconciliation de parties complémentaires, sous l'œil paternel du Modèle représentatif) : il faut à la fois dégager le texte de son extérieur et de sa totalité. Tout ceci revient à dire que pour le texte pluriel, il ne peut y avoir de structure narrative, de grammaire ou de logique du récit; si donc les unes et les autres se laissent parfois approcher, c'est *dans la mesure* (en donnant à cette expression sa pleine valeur quantitative) où l'on a affaire à des textes incomplètement pluriels, des textes dont le pluriel est plus ou moins parcimonieux.

III. *La connotation :* Pour ces textes modérément plu-
contre. riels (c'est-à-dire : simplement
polysémiques), il existe un appré-
ciateur moyen, qui ne peut saisir qu'une certaine por-
tion, médiane, du pluriel, instrument à la fois trop fin
et trop flou pour s'appliquer aux textes univoques, et
trop pauvre pour s'appliquer aux textes multivalents,
réversibles et franchement indécidables (aux textes inté-
gralement pluriels). Cet instrument *modeste* est la connotation. Chez Hjelmslev, qui en a donné une définition,
la connotation est un sens second, dont le signifiant
est lui-même constitué par un signe ou système de
signification premier, qui est la dénotation : si E est
l'expression, C le contenu et R la relation des deux qui
fonde le signe, la formule de la connotation est : (ERC)
R C. Sans doute parce qu'on ne l'a pas limitée, soumise
à une typologie des textes, la connotation n'a pas bonne
presse. Les uns (disons : les philologues), décrétant que
tout texte est univoque, détenteur d'un sens vrai,
canonique, renvoient les sens simultanés, seconds, au
néant des élucubrations critiques. En face, les autres
(disons : les sémiologues) contestent la hiérarchie du
dénoté et du connoté; la langue, disent-ils, matière de
la dénotation, avec son dictionnaire et sa syntaxe, est
un système comme un autre; il n'y a aucune raison de
privilégier ce système, d'en faire l'espace et la norme
d'un sens premier, origine et barème de tous les sens
associés; si nous fondons la dénotation en vérité, en
objectivité, en loi, c'est parce que nous sommes encore
soumis au prestige de la linguistique, qui, jusqu'à ce
jour, a réduit le langage à la phrase et à ses composants
lexicaux et syntaxiques; or l'enjeu de cette hiérarchie
est sérieux : c'est retourner à la fermeture du discours
occidental (scientifique, critique ou philosophique), à son
organisation centrée, que de disposer tous les sens d'un

13

texte en cercle autour du foyer de la dénotation (le foyer : centre, gardien, refuge, lumière de la vérité).

IV. *Pour la connotation, tout de même.* Cette critique de la connotation n'est juste qu'à moitié; elle ne tient pas compte de la typologie des textes (cette typologie est fondatrice : aucun texte n'existe avant d'être classé selon sa valeur); car, s'il y a des textes lisibles, engagés dans le système de clôture de l'Occident, fabriqués selon les fins de ce système, adonnés à la loi du Signifié, il faut bien qu'ils aient un régime de sens particulier, et ce régime a pour fondement la connotation. Aussi, dénier universellement la connotation, c'est abolir la *valeur* différentielle des textes, refuser de définir l'appareil spécifique (à la fois poétique et critique) des textes lisibles, c'est égaler le texte limité au texte-limite, c'est se priver d'un instrument typologique. La connotation est la voie d'accès à la polysémie du texte classique, à ce pluriel limité qui fonde le texte classique (il n'est pas sûr qu'il y ait des connotations dans le texte moderne). Il faut donc sauver la connotation de son double procès et la garder comme la trace nommable, computable, d'un *certain* pluriel du texte (ce pluriel limité du texte classique). Qu'est-ce donc qu'une connotation ? Définitionnellement, c'est une détermination, une relation, une anaphore, un trait qui a le pouvoir de se rapporter à des mentions antérieures, ultérieures ou extérieures, à d'autres lieux du texte (ou d'un autre texte) : il ne faut restreindre en rien cette relation, qui peut être nommée diversement (*fonction* ou *indice*, par exemple), sauf seulement à ne pas confondre la connotation et l'association d'idées : celle-ci renvoie

14

au système d'un sujet; celle-là est une corrélation immanente au texte, aux textes; ou encore, si l'on veut, c'est une association opérée par le texte-sujet à l'intérieur de son propre système. Topiquement, les connotations sont des sens qui ne sont ni dans le dictionnaire, ni dans la grammaire de la langue dont est écrit un texte (c'est là, bien entendu, une définition précaire : le dictionnaire peut s'agrandir, la grammaire peut se modifier). Analytiquement, la connotation se détermine à travers deux espaces : un espace séquentiel, suite d'ordre, espace soumis à la successivité des phrases, le long desquelles le sens prolifère par marcottage, et un espace agglomératif, certains lieux du texte corrélant d'autres sens extérieurs au texte matériel et formant avec eux des sortes de nébuleuses de signifiés. Topologiquement, la connotation assure une dissémination (limitée) des sens, répandue comme une poussière d'or sur la surface apparente du texte (le sens est d'or). Sémiologiquement, toute connotation est le départ d'un code (qui ne sera jamais reconstitué), l'articulation d'une voix qui est tissée dans le texte. Dynamiquement, c'est une subjugation à laquelle le texte est soumis, c'est la possibilité de cette subjugation (le sens est une force). Historiquement, en induisant des sens apparemment repérables (même s'ils ne sont pas lexicaux), la connotation fonde une Littérature (datée) du Signifié. Fonctionnellement, la connotation, engendrant par principe le double sens, altère la pureté de la communication : c'est un « bruit », volontaire, soigneusement élaboré, introduit dans le dialogue fictif de l'auteur et du lecteur, bref une contre-communication (la Littérature est une cacographie intentionnelle). Structuralement, l'existence de deux systèmes réputés différents, la dénotation et la connotation, permet au texte de fonctionner comme un jeu, chaque système renvoyant à l'autre selon les besoins d'une certaine *illusion*. Idéologiquement enfin, ce jeu assure avantageusement au texte classique une certaine *innocence* : des deux systèmes, dénotatif et connotatif, l'un se retourne et se marque : celui de la dénotation; la dénotation n'est pas le premier des sens, mais elle feint de l'être; sous cette illusion, elle n'est finalement que la *dernière* des connotations (celle qui semble à la fois fonder et clore la lecture), le mythe supérieur grâce auquel le texte feint de retourner à la nature du langage, au langage comme nature : une phrase, quelque sens qu'elle libère, postérieurement, semble-t-il, à son énoncé, n'a-t-elle pas l'air de nous dire quelque chose de simple, de littéral, de primitif : de *vrai*, par rapport à quoi tout le reste (qui vient *après*, *au-dessus*) est littérature ? C'est pourquoi, si nous voulons nous accorder au texte classique, il nous faut garder la dénotation, vieille déité vigilante, rusée, théâtrale, préposée à *représenter* l'innocence collective du langage.

v. *La lecture, l'oubli.* *Je lis le texte.* Cette énonciation, conforme au « génie » de la langue française (sujet, verbe, complément) n'est pas toujours vraie. Plus le texte est pluriel et moins il est écrit avant que je le lise; je ne lui fais pas subir une opération prédicative, conséquente à son être, appelée *lecture*, et *je* n'est pas un sujet innocent, antérieur au texte et qui en userait ensuite comme d'un objet à démonter ou d'un lieu à investir. Ce « moi » qui s'approche du texte est déjà lui-même une pluralité d'autres textes, de codes infinis, ou plus exactement : perdus (dont l'origine se perd). *Objectivité* et *subjectivité* sont certes des forces qui peuvent s'emparer du texte, mais ce sont des forces qui n'ont

16

pas d'affinité avec lui. La subjectivité est une image pleine, dont on suppose que j'encombre le texte, mais dont la plénitude, truquée, n'est que le sillage de tous les codes qui me font, en sorte que ma subjectivité a finalement la généralité même des stéréotypes. L'objectivité est un remplissage du même ordre : c'est un système imaginaire comme les autres (sinon que le geste castrateur s'y marque plus férocement), une image qui sert à me faire nommer avantageusement, à me faire connaître, à me méconnaître. La lecture ne comporte des risques d'objectivité ou de subjectivité (toutes deux sont des imaginaires) que pour autant que l'on définit le texte comme un objet expressif (offert à notre propre expression), sublimé sous une morale de la vérité, ici laxiste, là ascétique. Lire cependant n'est pas un geste parasite, le complément réactif d'une écriture que nous parons de tous les prestiges de la création et de l'antériorité. C'est un travail (ce pourquoi il vaudrait mieux parler d'un acte léxéologique — léxéographique, même, puisque j'écris ma lecture), et la méthode de ce travail est topologique : je ne suis pas caché dans le texte, j'y suis seulement irrepérable : ma tâche est de mouvoir, de translater des systèmes dont le prospect ne s'arrête ni au texte ni à « moi » : opératoirement, les sens que je trouve sont avérés, non par « moi » ou d'autres, mais par leur marque *systématique :* il n'y a pas d'autre *preuve* d'une lecture que la qualité et l'endurance de sa systématique; autrement dit : que son fonctionnement. Lire, en effet, est un travail de langage. Lire, c'est trouver des sens, et trouver des sens, c'est les nommer; mais ces sens nommés sont emportés vers d'autres noms; les noms s'appellent, se rassemblent et leur groupement veut de nouveau se faire nommer : je nomme, je dénomme, je renomme : ainsi passe le texte : c'est une nomination en devenir, une approximation inlassable, un travail métonymique. — En regard du texte pluriel, l'oubli d'un sens ne peut donc être reçu comme une faute. Oublier par rapport à quoi ? Quelle est la *somme* du texte ? Des sens peuvent bien être oubliés, mais seulement si l'on a choisi de porter sur le texte un regard singulier. La lecture cependant ne consiste pas à arrêter la chaîne des systèmes, à fonder une vérité, une légalité du texte et par conséquent à provoquer les « fautes » de son lecteur ; elle consiste à embrayer ces systèmes, non selon leur quantité finie, mais selon leur pluralité (qui est un être, non un décompte) : je passe, je traverse, j'articule, je déclenche, je ne compte pas. L'oubli des sens n'est pas matière à excuses, défaut malheureux de performance ; c'est une valeur affirmative, une façon d'affirmer l'irresponsabilité du texte, le pluralisme des systèmes (si j'en fermais la liste, je reconstituerais fatalement un sens singulier, théologique) : c'est précisément parce que j'oublie que je lis.

VI. *Pas à pas.* Si l'on veut rester attentif au pluriel d'un texte (pour limité qu'il soit), il faut bien renoncer à structurer ce texte par grandes masses, comme le faisaient la rhétorique classique et l'explication scolaire : point de *construction* du texte : tout signifie sans cesse et plusieurs fois, mais sans délégation à un grand ensemble final, à une structure dernière. D'où l'idée, et pour ainsi dire la nécessité, d'une analyse progressive portant sur un texte unique. A cela, semble-t-il, quelques implications et quelques avantages. Le commentaire d'un seul texte n'est pas une activité contingente, placée sous l'alibi rassurant du « concret » : le texte unique vaut pour tous les textes de la littérature, non en ce qu'il les représente (les abstrait et les égalise), mais en ce que la littérature elle-même n'est jamais qu'un seul texte : le texte unique n'est pas accès (inductif) à un Modèle, mais entrée d'un réseau à mille entrées; suivre cette entrée, c'est viser au loin, non une structure légale de normes et d'écarts, une Loi narrative ou poétique, mais une perspective (de bribes, de voix venues d'autres textes, d'autres codes), dont cependant le point de fuite est sans cesse reporté, mystérieusement ouvert : chaque texte (unique) est la théorie même (et non le simple exemple) de cette fuite, de cette différence qui revient indéfiniment sans se conformer. De plus, travailler ce texte unique jusqu'à l'extrême du détail, c'est reprendre l'analyse structurale du récit là où elle s'est jusqu'à présent arrêtée : aux grandes structures; c'est se donner le pouvoir (le temps, l'aise) de remonter les veinules du sens, de ne laisser aucun lieu du signifiant sans y pressentir le code ou les codes dont ce lieu est peut-être le départ (ou l'arrivée); c'est (du moins peut-on l'espérer et y travailler) substituer au simple modèle représentatif un autre modèle, dont la progression même garantirait ce qu'il peut y avoir de productif dans le texte classique; car le *pas à pas*, par sa lenteur et sa dispersion même, évite de pénétrer, de retourner le texte tuteur, de donner de lui une image intérieure : il n'est jamais que la *décomposition* (au sens cinématographique) du travail de lecture : un *ralenti*, si l'on veut, ni tout à fait image, ni tout à fait analyse; c'est enfin, dans l'écriture même du commentaire, jouer systématiquement de la digression (forme mal intégrée par le discours du savoir) et observer de la sorte la réversibilité des structures dont est tissé le texte; certes, le texte classique est incomplètement réversible (il est modestement pluriel) : la lecture de ce texte se fait dans un ordre nécessaire, dont l'analyse progressive fera précisément son ordre d'écriture;

mais commenter pas à pas, c'est par force renouveler les entrées du texte, c'est éviter de le structurer *de trop*, de lui donner ce supplément de structure qui lui viendrait d'une dissertation et le fermerait : c'est étoiler le texte au lieu de le ramasser.

VII. *Le texte étoilé.* On étoilera donc le texte, écartant, à la façon d'un menu séisme, les blocs de signification dont la lecture ne saisit que la surface lisse, imperceptiblement soudée par le débit des phrases, le discours coulé de la narration, le grand naturel du langage courant. Le signifiant tuteur sera découpé en une suite de courts fragments contigus, qu'on appellera ici des *lexies*, puisque ce sont des unités de lecture. Ce découpage, il faut le dire, sera on ne peut plus arbitraire ; il n'impliquera aucune responsabilité méthodologique, puisqu'il portera sur le signifiant, alors que l'analyse proposée porte uniquement sur le signifié. La lexie comprendra tantôt peu de mots, tantôt quelques phrases ; ce sera affaire de commodité : il suffira qu'elle soit le meilleur espace possible où l'on puisse observer les sens ; sa dimension, déterminée empiriquement, au juger, dépendra de la densité des connotations, qui est variable selon les moments du texte : on veut simplement qu'à chaque lexie il n'y ait au plus que trois ou quatre sens à énumérer. Le texte, dans sa masse, est comparable à un ciel, plat et profond à la fois, lisse, sans bords et sans repères ; tel l'augure y découpant du bout de son bâton un rectangle fictif pour y interroger selon certains principes le vol des oiseaux, le commentateur trace le long du texte des zones de lecture, afin d'y observer la migration des sens, l'affleurement des codes, le passage des citations. La lexie n'est que l'enveloppement d'un volume sémantique, la ligne de crête du texte pluriel, disposé comme une banquette de sens possibles (mais réglés, attestés par une lecture systématique) sous le flux du discours : la lexie et ses unités formeront ainsi une sorte de cube à facettes, nappé du mot, du groupe de mots, de la phrase ou du paragraphe, autrement dit du langage qui en est l'excipient « naturel ».

VIII. *Le texte brisé.* Ce qui sera noté, c'est, à travers ces articulations postiches, la translation et la répétition des signifiés. Relever systématiquement pour chaque lexie ces signifiés ne vise pas à établir la vérité du texte (sa structure profonde, stratégique) mais son pluriel (fût-il parcimonieux); les unités de sens (les connotations), égrenées séparément pour chaque lexie, ne seront donc pas regroupées, pourvues d'un méta-sens, qui serait la construction finale qu'on leur donnerait (on resserrera seulement, en annexe, certaines séquences dont le fil du texte tuteur aurait pu faire perdre la suite). On n'exposera pas la critique d'un texte, ou une critique de *ce* texte; on proposera la matière sémantique (divisée mais non distribuée) de plusieurs critiques (psychologique, psychanalytique, thématique, historique, structurale); à chaque critique ensuite (si l'envie lui en prenait) de jouer, de faire entendre sa voix, qui est écoute de l'une des voix du texte. Ce qu'on cherche, c'est à esquisser l'espace stéréographique d'une écriture (qui sera ici écriture classique, lisible). Le commentaire, fondé sur l'affirmation du pluriel, ne peut donc travailler dans le « respect » du texte : le texte tuteur sera sans cesse brisé, interrompu sans aucun égard pour ses divisions naturelles (syntaxiques, rhétoriques, anecdotiques); l'inventaire, l'explication et la digression pourront s'installer au cœur du suspense, séparer même le verbe et son complément, le nom et son attribut; le travail du commentaire, dès lors qu'il se soustrait à toute idéologie de la totalité, consiste précisément à *malmener* le texte, à lui *couper la parole*. Cependant, ce qui est nié, ce n'est pas la *qualité* du texte (ici incomparable), c'est son « naturel ».

IX. *Combien de lectures ?* Il faut encore accepter une dernière liberté : celle de lire le texte comme s'il avait été déjà lu. Ceux qui aiment les belles histoires pourront certes commencer par la fin et lire d'abord le texte tuteur, qui est donné en annexe dans sa pureté et sa continuité, tel qu'il est sorti de l'édition, bref tel qu'on le lit habituellement. Mais pour nous qui cherchons à établir un pluriel, nous ne pouvons arrêter ce pluriel aux portes de la lecture : il faut que la lecture soit elle aussi plurielle, c'est-à-dire sans ordre d'entrée : la version « première » d'une lecture doit pouvoir être sa version dernière, comme si le texte était reconstitué pour finir dans son artifice de continuité, le signifiant étant alors pourvu d'une figure supplémentaire : le glissement. La relecture, opération contraire aux habitudes commerciales et idéologiques de notre société qui recommande de « jeter » l'histoire une fois qu'elle a été consommée (« dévorée »), pour que l'on puisse alors passer à une autre histoire, acheter un autre livre, et qui n'est tolérée que chez certaines catégories marginales de lecteurs (les enfants, les vieillards et les professeurs), la relecture est ici proposée d'emblée, car elle seule sauve le texte de la répétition (ceux qui négligent de relire s'obligent à lire

22

partout la même histoire), le multiplie dans son divers et son pluriel : elle le tire hors de la chronologie interne (« ceci se passe *avant* ou *après* cela ») et retrouve un temps mythique (sans *avant* ni *après*); elle conteste la prétention qui voudrait nous faire croire que la première lecture est une lecture première, naïve, phénoménale, qu'on aurait seulement, ensuite, à « expliquer », à intellectualiser (comme s'il y avait un commencement de la lecture, comme si tout n'était déjà lu : il n'y a pas de *première* lecture, même si le texte s'emploie à nous en donner l'illusion par quelques opérateurs de *suspense*, artifices spectaculaires plus que persuasifs); elle n'est plus consommation, mais jeu (ce jeu qui est le retour du différent). Si donc, contradiction volontaire dans les termes, on relit *tout de suite* le texte, c'est pour obtenir, comme sous l'effet d'une drogue (celle du recommencement, de la différence), non le « vrai » texte, mais le texte pluriel : même et nouveau.

x. *Sarrasine.*   Quant au texte qui a été choisi (pour quelles raisons ? Je sais seulement que je désirais depuis assez longtemps faire l'analyse d'un court récit dans son entier et que mon attention fut attirée sur la nouvelle de Balzac par une étude de Jean Reboul[1]; l'auteur disait tenir son propre choix d'une citation de Georges Bataille; ainsi je me trouvais pris dans ce *report*, dont j'allais, par le texte lui-même, entrevoir toute l'étendue), ce texte est *Sarrasine*, de Balzac[2].

1. Jean Reboul : « Sarrasine ou la castration personnifiée », in *Cahiers pour l'Analyse*, mars-avril 1967.
2. *Scènes de la vie parisienne.* Le texte est celui de : Balzac, *la Comédie humaine*, éd. du Seuil, collection *L'Intégrale* (1966), tome IV, pp. 263-72, présentation et notes de Pierre Citron.

(1) *SARRASINE* ★ Le titre ouvre une question : *Sarrasine, qu'est-ce que c'est que ça ?* Un nom commun ? un nom propre ? une chose ? un homme ? une femme ? A cette question il ne sera répondu que beaucoup plus tard, par la biographie du sculpteur qui a nom Sarrasine. Décidons d'appeler *code herméneutique* (que nous marquerons dans nos relevés, pour simplifier : HER.) l'ensemble des unités qui ont pour fonction d'articuler, de diverses manières, une question, sa réponse et les accidents variés qui peuvent ou préparer la question ou retarder la réponse; ou encore : de formuler une énigme et d'amener son déchiffrement. Le titre *Sarrasine* propose donc le premier terme d'une séquence qui ne sera fermée qu'en 153 (HER. Enigme 1 (il y aura en effet d'autres énigmes dans la nouvelle) : question). ★★ Le mot *Sarrasine* emporte une autre connotation : celle de *féminité*, perceptible à tout Français, qui reçoit volontiers le *e* final comme le morphème spécifique du féminin, surtout lorsqu'il s'agit d'un nom propre dont le masculin *(Sarrazin)* est attesté communément par l'onomastique française. La féminité (connotée) est un signifié destiné à se fixer en plusieurs lieux du texte; c'est un élément migrateur, capable d'entrer en composition avec d'autres éléments du même genre pour former des caractères, des atmosphères, des figures, des symboles. Bien que toutes les unités repérées ici soient des signifiés, celle-ci appartient à une classe exemplaire : elle constitue le signifié par excellence, tel que le désigne la connotation, au sens presque courant du terme. Appelons cet élément un signifié (sans plus spécifier), ou encore un *sème* (en sémantique, le sème est l'unité du signifié), et marquons le relevé de ces unités des lettres SEM., nous contentant de désigner chaque fois d'un mot (approximatif) le signifié de connotation auquel la lexie renvoie (SEM. Féminité).

(2) *J'étais plongé dans une de ces rêveries profondes* ★ La rêverie qui est annoncée ici n'aura rien de vagabond; elle sera fortement articulée, selon la plus connue des figures de rhétorique, par les termes successifs d'une antithèse, celle du jardin et du salon, de la mort et de la vie, du froid et du chaud, du dehors et du dedans. Ce que la lexie inaugure, à titre d'*annonce*, c'est donc une grande forme symbolique, puisqu'elle recouvrira tout un espace de substitutions, de variations, qui nous conduiront du jardin au castrat, du salon à la jeune femme aimée du narrateur, en passant par l'énigmatique vieillard, la plantureuse Mme de Lanty ou le lunaire Adonis de Vien. Ainsi, dans le champ symbolique, se détache un vaste canton, celui de l'Antithèse, dont c'est ici l'unité introductive, qui conjoint pour commencer ses deux termes adversatifs (A/B) sous le nom de *rêverie*

(on marquera toute unité de ce champ symbolique des lettres SYM. Ici : SYM. Antithèse : AB). ★★ L'état d'absorption qui est énoncé (« *J'étais plongé*... ») appelle déjà (du moins dans le discours lisible) quelque événement qui y mette fin (« ... *quand je fus réveillé par une conversation* », n° 14). De telles séquences impliquent une raison des comportements humains. Se référant à la terminologie aristotélicienne qui lie la *praxis* à la *proaïrésis*, ou faculté de délibérer l'issue d'une conduite, on appellera *proaïrétique* ce code des actions et des comportements (mais dans le récit, ce qui délibère l'action, ce n'est pas le personnage, c'est le discours). On signalera ce code des actions par les lettres ACT.; de plus, comme ces actions s'organisent en suites, on coiffera chaque suite d'un nom générique, sorte de titre de la séquence, et l'on numérotera chacun des termes qui la composent, au fur et à mesure qu'ils se présenteront (ACT. « Etre plongé » : 1 : être absorbé).

(3) qui saisissent tout le monde, même un homme frivole, au sein des fêtes les plus tumultueuses. ★ L'information « il y a fête » (donnée ici obliquement), jointe bientôt à d'autres informations (un hôtel particulier au Faubourg Saint-Honoré) est le composant d'un signifié pertinent : la richesse de la famille Lanty (SEM. Richesse). ★★ La phrase n'est que la transformation de ce qui pourrait être aisément un proverbe : « *A fêtes tumultueuses, rêveries profondes.* » L'énoncé est proféré par une voix collective, anonyme, dont l'origine est la sapience humaine. L'unité est donc issue d'un code gnomique et ce code est l'un des très nombreux codes de savoir ou de sagesse auxquels le texte ne cesse de se référer; on les appellera d'une façon très générale des *codes culturels* (bien qu'à vrai dire tout code soit culturel), ou encore, puisqu'ils permettent au discours de s'appuyer sur une autorité scientifique ou morale, des codes de références (REF. Code gnomique).

XI. *Les cinq codes.* Le hasard (mais est-ce le hasard ?) veut que les trois premières lexies (à savoir le titre et la première phrase de la nouvelle) nous livrent déjà les cinq grands codes que vont maintenant rejoindre tous les signifiés du texte : sans qu'il soit besoin de forcer,

25

jusqu'à la fin, pas d'autre code que l'un de ces cinq-là, et pas de lexie qui n'y trouve sa place. Reprenons-les d'un mot, dans leur rang d'apparition, sans chercher à les hiérarchiser entre eux. L'inventaire du code herméneutique consistera à distinguer les différents termes (formels), au gré desquels une énigme se centre, se pose, se formule, puis se retarde et enfin se dévoile (ces termes parfois manqueront, souvent se répéteront; ils n'apparaîtront pas dans un ordre constant). Pour les sèmes, on les relèvera sans plus — c'est-à-dire sans essayer, ni de les tenir attachés à un personnage (à un lieu ou à un objet), ni de les organiser entre eux pour qu'ils forment un même champ thématique; on leur laissera leur instabilité, leur dispersion, ce qui fait d'eux les particules d'une poussière, d'un miroitement du sens. On se gardera encore plus de structurer le champ symbolique; ce champ est le lieu propre de la multivalence et de la réversibilité; la tâche principale reste donc toujours de montrer qu'on accède à ce champ par plusieurs entrées égales, ce qui en rend problématiques la profondeur et le secret. Les comportements (termes du code proaïrétique) s'organisent en séquences diverses, que l'inventaire doit seulement jalonner; car la séquence proaïrétique n'est jamais que l'effet d'un artifice de lecture : quiconque lit le texte rassemble certaines informations sous quelque nom générique d'actions *(Promenade, Assassinat, Rendez-vous)*, et c'est ce nom qui fait la séquence; la séquence n'existe qu'au moment où et parce qu'on peut la nommer, elle se développe au rythme de la nomination qui se cherche ou se confirme; elle a donc un fondement plus empirique que logique, et il est inutile de la faire rentrer de force dans un ordre légal de relations; elle n'a d'autre logique que celle du *déjà-fait* ou du *déjà-lu;* d'où la diversité des séquences (parfois triviales, parfois romanesques) et celle des termes (nombreux ou non); ici

26

encore, on ne cherchera pas à les structurer : leur relevé (externe et interne) suffira à manifester le sens pluriel de leur texture, qui est l'entrelacs. Les codes culturels enfin sont les citations d'une science ou d'une sagesse; en relevant ces codes, on se bornera à indiquer le type de savoir (physique, physiologique, médical, psychologique, littéraire, historique, etc.) qui est cité, sans jamais aller jusqu'à construire — ou reconstruire — la culture qu'ils articulent.

XII. *Le tissu des voix.* Les cinq codes forment une espèce de réseau, de topique à travers quoi tout le texte passe (ou plutôt : en y passant, il se fait texte). Si donc on ne cherche pas à structurer chaque code ni les cinq codes entre eux, c'est d'une façon délibérée, pour assumer la multivalence du texte, sa réversibilité partielle. Il s'agit en effet, non de manifester une structure, mais autant que possible de produire une structuration. Les blancs et les flous de l'analyse seront comme les traces qui signalent la fuite du texte; car si le texte est soumis à une forme, cette forme n'est pas unitaire, architecturée, finie : c'est la bribe, le tronçon, le réseau coupé ou effacé, ce sont tous les mouvements, toutes les inflexions d'un *fading* immense, qui assure à la fois le chevauchement et la perte des messages. Ce qu'on appelle *Code*, ici, n'est donc pas une liste, un paradigme qu'il faille à tout prix reconstituer. Le code est une perspective de citations, un mirage de structures; on ne connaît de lui que des départs et des retours; les unités qui en sont issues (celles que l'on inventorie) sont elles-mêmes, toujours, des sorties du texte, la marque, le jalon d'une digression virtuelle vers le reste d'un catalogue (l'*Enlèvement* renvoie

27

à tous les enlèvements déjà écrits); elles sont autant d'éclats de ce quelque chose qui a toujours été *déjà* lu, vu, fait, vécu : le code est le sillon de ce *déjà*. Renvoyant à ce qui a été écrit, c'est-à-dire au Livre (de la culture, de la vie, de la vie comme culture), il fait du texte le prospectus de ce Livre. Ou encore : chaque code est l'une des forces qui peuvent s'emparer du texte (dont le texte est le réseau), l'une des Voix dont est tissé le texte. Latéralement à chaque énoncé, on dirait en effet que des voix *off* se font entendre : ce sont les codes : en se tressant, eux dont l'origine « se perd » dans la masse perspective du *déjà-écrit*, ils désorientent l'énonciation : le concours des voix (des codes) devient l'écriture, espace stéréographique où se croisent les cinq codes, les cinq voix : Voix de l'Empirie (les proaïrétismes), Voix de la Personne (les sèmes), Voix de la Science (les codes culturels), Voix de la Vérité (les herméneutismes), Voix du Symbole.

(4) *Minuit venait de sonner à l'horloge de l'Elysée-Bourbon.* ★ Une logique métonymique conduit de l'Elysée-Bourbon au sème de *Richesse*, puisque le faubourg Saint-Honoré est un quartier riche. Cette richesse est elle-même connotée : quartier de nouveaux riches, le faubourg Saint-Honoré renvoie par synecdoque au Paris de la Restauration, lieu mythique des fortunes brusques, aux origines douteuses; où l'or surgit diaboliquement sans origine (c'est la définition symbolique de la spéculation) (SEM. Richesse).

(5) *Assis dans l'embrasure d'une fenêtre* ★ Le développement d'une antithèse comporte normalement l'exposé de chacune de ses parties (A, B). Un troisième terme est possible : la présentation conjointe. Ce terme peut être purement rhétorique, s'il s'agit d'*annoncer* ou de *résumer* l'antithèse; mais il peut être aussi littéral, s'il s'agit de dénoter la conjonction physique des lieux antithétiques : fonction dévolue ici à l'*embrasure*, ligne mitoyenne entre le jardin et le salon, la mort et la vie (SYM. Antithèse : mitoyenneté).

(6) *et caché sous les plis onduleux d'un rideau de moire,* ★ ACT. « Cachette » : 1 : être caché.

(7) *je pouvais contempler à mon aise le jardin de l'hôtel où je passais la soirée.* ★ *Je pouvais contempler* veut dire : *je vais décrire.* Le premier terme de l'antithèse (le jardin) est ici annoncé d'un point de vue (selon le code) rhétorique : il y a manipulation du discours, non de l'histoire (SYM. Antithèse : A : annonce). On notera dès maintenant, pour reprendre ce thème plus tard, que la *contemplation,* posture visuelle, tracé arbitraire d'un champ d'observation (le *templum* des augures) rapporte toute la description au modèle d'un tableau peint. ★★ SEM. Richesse (une fête, le faubourg Saint-Honoré, un hôtel particulier).

XIII. *Citar.* La *Fête,* le *Faubourg,* l'*Hôtel* sont des informations anodines, perdues apparemment dans le flux *naturel* du discours; en réalité ce sont autant de touches destinées à faire surgir l'image de la Richesse dans le tapis de la rêverie. Le sème est ainsi plusieurs fois « cité »; on voudrait donner à ce mot son sens tauromachique : *citar,* c'est ce coup de talon, cette cambrure du torero, qui appellent la bête aux banderilles. De la même façon, on cite le signifié (la richesse) à comparaître, tout en l'esquivant au fil du discours. Cette citation fugitive, cette manière subreptice et discontinue de thématiser, cette alternance du flux et de l'éclat définissent bien l'*allure* de la connotation; les sèmes semblent flotter librement, former une galaxie de menues informations où ne peut se lire aucun ordre privilégié : la technique narrative est impressionniste : elle divise le signifiant en particules de matière verbale dont seule la concrétion fait sens : elle joue de la distribution d'un discontinu (ainsi construit-elle le « caractère » d'un personnage); plus la distance syntagmatique de deux informations convergentes est grande, plus le récit est habile; la performance consiste à jouer d'un certain degré d'impression : il faut que le trait passe légèrement, comme si son oubli était indifférent et que cependant, surgi plus loin sous une autre forme, il constitue déjà un souvenir; le lisible est un effet fondé sur des opérations de solidarité (le lisible « colle »); mais plus cette solidarité est aérée, plus l'intelligible paraît intelligent. La fin (idéologique) de cette technique est de naturaliser le sens, et donc d'accréditer la réalité de l'histoire : car (en Occident) le sens (le système) est, dit-on, antipathique à la nature et à la réalité. Cette naturalisation n'est possible que parce que les informations significatives, lâchées — ou appelées — à un rythme homéopathique, sont portées, charriées par une matière réputée « naturelle » : le langage : paradoxalement, le langage, système intégral du sens, a pour fonction de désystématiser les sens seconds, de naturaliser leur production et d'authentifier la fiction : la connotation s'enfouit sous le bruit régulier des « phrases », la « richesse » sous la syntaxe toute « naturelle » (sujet et compléments circonstanciels) qui fait qu'une fête se donne dans un hôtel, lui-même situé dans un quartier.

(8) *Les arbres, imparfaitement couverts de neige, se détachaient faiblement du fond grisâtre que formait un ciel nuageux, à peine blanchi par la lune. Vus au sein de cette atmosphère fantastique, ils ressemblaient vaguement à des spectres mal enveloppés de leurs linceuls, image gigantesque de la fameuse* danse des morts. ★ SYM. Antithèse : A : le dehors. — ★★ La neige renvoie ici au froid, mais ce n'est pas fatal, c'est même rare : la neige, manteau moelleux, duveteux, connote plutôt la chaleur des substances homogènes, la protection de l'abri. Le froid vient ici de ce que la couverture nivale est partielle : ce n'est pas la neige, c'est l'imparfait qui est froid; la forme sinistre, c'est l'imparfaitement couvert : le déplumé, le dépouillé, le par-

plaques, tout ce qui subsiste d'une plénitude rongée par le manque (SEM. Froid). La lune, elle aussi, contribue à ce manque. Ici franchement sinistre, éclairant, constituant le défaut du paysage, on la retrouvera pourvue d'une douceur ambiguë lorsque, par le substitut d'une lampe d'albâtre, elle éclairera et féminisera l'Adonis de Vien (n° 111), portrait qui est doublé (et ceci est assez explicite) par l'Endymion de Girodet (n° 547). C'est que la lune est le *rien* de la lumière, la chaleur réduite à son manque : elle éclaire par pur reflet, sans être elle-même origine; elle devient ainsi l'emblème lumineux du castrat, manque manifesté par l'éclat vide qu'il emprunte à la féminité lorsqu'il est jeune (l'Adonis) et dont il ne reste plus qu'une lèpre grise quand il est vieux (le vieillard, le jardin) (SEM. Sélénité). De plus, le fantastique désigne et désignera ce qui est hors des limites fondatrices de l'humain : sur-nature, extra-monde, cette transgression est celle du castrat, donné à la fois (plus tard) comme Sur-Femme et sous-homme (SEM. Fantastique). — ★★★ REF. L'Art (la *danse des morts*).

(9) *Puis, en me retournant de l'autre côté* ★ Le passage d'un terme de l'Antithèse (le jardin, le dehors) à l'autre (le salon, le dedans) est ici un mouvement corporel; il n'est donc pas artifice du discours (relevant du code rhétorique) mais acte physique de conjonction (relevant du champ symbolique) (SYM. Antithèse : mitoyenneté).

(10) *je pouvais admirer la danse des vivants!* ★ La *danse des morts* (n° 8) était un stéréotype, un syntagme figé. Ce syntagme est ici brisé en deux, un syntagme neuf est constitué (la *danse des vivants*). Deux codes sont entendus simultanément : un code de connotation (dans la *danse des morts*, le sens est global, issu d'un savoir codé, celui des histoires de l'Art) et un code de dénotation (dans la *danse des vivants*, chaque mot, gardant simplement le sens du dictionnaire, est additionné à son voisin); cette divergence, cette sorte de strabisme définit le jeu de mots. Ce jeu de mots est construit comme un diagramme de l'Antithèse (forme dont nous savons l'importance symbolique) : un tronc commun, *la danse*, se diversifie en deux syntagmes opposés *(les morts/les vivants)*, tout comme le corps du narrateur est l'espace unique d'où partent le jardin et le salon (REF. le jeu de mots). ★★ « *Je pouvais contempler* » annonçait la première partie (A) de l'Antithèse (n° 7). « *Je pouvais admirer* », symétriquement, annonce la seconde (B). La contemplation référait à un pur tableau de peinture; l'admiration, mobilisant des formes, des couleurs, des sons, des parfums, reporte la description du salon (qui va suivre) à un modèle théâtral (la scène). On reviendra sur cette sujétion de la littérature

31

(précisément dans sa version « réaliste ») à d'autres codes de représentation (SYM. Antithèse : B : annonce).

(11) *un salon splendide, aux parois d'argent et d'or, aux lustres étincelants, brillant de bougies. Là fourmillaient, s'agitaient et papillonnaient les plus jolies femmes de Paris, les plus riches, les mieux titrées, éclatantes, pompeuses, éblouissantes de diamants! des fleurs sur la tête, sur le sein, dans les cheveux, semées sur les robes, ou en guirlandes à leurs pieds. C'étaient de légers frémissements, des pas voluptueux qui faisaient rouler les dentelles, les blondes, la mousseline autour de leurs flancs délicats. Quelques regards trop vifs perçaient çà et là, éclipsaient les lumières, le feu des diamants, et animaient encore des cœurs trop ardents. On surprenait aussi des airs de tête significatifs pour les amants, et des attitudes négatives pour les maris. Les éclats de voix des joueurs, à chaque coup imprévu, le retentissement de l'or, se mêlaient à la musique, au murmure des conversations; pour achever d'étourdir cette foule enivrée par tout ce que le monde peut offrir de séductions, une vapeur de parfums et l'ivresse générale agissaient sur les imaginations affolées.* ★ SYM. Antithèse : B : le dedans. ★★ Les femmes sont transformées en fleurs (elles en ont partout); ce sème de *végétalité* viendra se fixer plus tard sur la femme aimée du narrateur (dont les formes sont « verdoyantes »); d'autre part la végétalité connote une certaine idée de la vie pure (parce que organique), qui forme antithèse avec la « chose » morte dont sera fait le vieillard (SEM. Végétalité). Le frémissement des dentelles, le flottement des mousselines et la vapeur des parfums installent le sème de *vaporeux*, antithétique à l'anguleux (n° 80), au géométrique (n° 76), au ridé (n° 82), toutes formes qui définiront sémiquement le vieillard. Ce qui est visé par contraste, dans le vieillard, c'est la *machine :* pourrait-on concevoir (du moins dans le discours lisible) *une machine vaporeuse ?* (SEM. Vaporeux). ★★★ SEM. Richesse. ★★★★ Allusivement, une atmosphère d'adultère est désignée; elle connote Paris comme lieu d'immoralité (les fortunes parisiennes, dont celle des Lanty, sont immorales) (REF. Psychologie ethnique : Paris).

(12) *Ainsi à ma droite, la sombre et silencieuse image de la mort; à ma gauche, les décentes bacchanales de la vie : ici, la nature froide, morne, en deuil; là, les hommes en joie.* ★ SYM. Antithèse : AB : résumé.

(13) *Moi, sur la frontière de ces deux tableaux si disparates, qui, mille fois répétés de diverses manières, rendent Paris la ville la plus*

32

amusante du monde et la plus philosophique, je faisais une macédoine morale, moitié plaisante, moitié funèbre. Du pied gauche, je marquais la mesure, et je croyais avoir l'autre dans un cercueil. Ma jambe était en effet glacée par un de ces vents coulis qui vous gèlent une moitié du corps, tandis que l'autre éprouve la chaleur moite des salons, accident assez fréquent au bal. ★ La « *macédoine* » connote un caractère composite, le mélange *sans liaison* d'éléments disparates. Ce sème va émigrer du narrateur à Sarrasine (n° 159), ce qui infirme l'idée que le narrateur n'est qu'un personnage secondaire, introductif : les deux hommes sont symboliquement à égalité. Le *composite* s'oppose à un état qui aura beaucoup d'importance dans l'histoire de Sarrasine, puisqu'il sera lié à la découverte de son premier plaisir : le *lubrifié* (n° 213). L'échec de Sarrasine et du narrateur est celui d'une substance qui ne « prend » pas (SEM. Composite). ★★ Deux codes culturels font ici entendre leur voix : la psychologie ethnique (REF. « Paris ») et la Médecine vulgaire (« on attrape facilement un chaud-froid en restant dans l'embrasure d'une fenêtre ») (REF. Médecine). ★★★ La participation du narrateur au symbolisme profond de l'Antithèse est ici ironisée, trivialisée, minimisée par le recours à une causalité physique, grossière et dérisoire : le narrateur feint de refuser le symbolique, qui est pour lui « affaire de courant d'air »; il sera d'ailleurs puni de son incrédulité (SEM. Asymbolisme).

XIV. *L'Antithèse I : le supplément.*

Les quelques centaines de figures proposées, le long des siècles, par l'art rhétorique constituent un travail classificatoire destiné à nommer, à fonder le monde. De toutes ces figures, l'une des plus stables est l'Antithèse; elle a pour fonction apparente de consacrer (et d'apprivoiser) par un nom, par un objet métalinguistique, la division des contraires et, dans cette division, son irréductibilité même. L'Antithèse sépare de toute éternité; elle en appelle ainsi à une nature des contraires, et cette nature est farouche. Loin de différer par la seule présence ou carence d'un simple trait (comme il se passe ordinairement dans l'opposition paradigmatique), les deux termes

33

d'une antithèse sont l'un et l'autre *marqués* : leur différence n'est pas issue d'un mouvement complémentaire, dialectique (creux contre plein) : l'antithèse est le combat de deux plénitudes, mises rituellement face à face comme deux guerriers tout armés : l'Antithèse est la figure de l'opposition *donnée*, éternelle, éternellement récurrente : la figure de l'inexpiable. Toute alliance de deux termes antithétiques, tout mélange, toute conciliation, en un mot tout passage du mur de l'Antithèse constitue donc une transgression; certes la rhétorique peut de nouveau inventer une figure destinée à nommer le transgressif; cette figure existe : c'est le *paradoxisme* (ou alliance de mots) : figure rare, elle est l'ultime tentative du code pour fléchir l'inexpiable. Caché dans l'*embrasure*, mitoyen au dehors et au dedans, installé à la limite intérieure de l'adversion, chevauchant le mur de l'Antithèse, le narrateur opère cette figure : il induit ou supporte une transgression. Cette transgression n'a pour le moment rien de catastrophique : ironisée, trivialisée, naturalisée, elle est l'objet d'une parole *aimable*, sans rapport avec l'horreur du symbole (avec le symbole comme horreur); et cependant son scandale est immédiatement repérable. Comment ? Rhétoriquement, l'antithèse du jardin et du salon a été saturée : l'ensemble (AB) a été annoncé, chaque terme a été ensuite lui-même introduit et décrit, puis, de nouveau et pour finir, toute l'antithèse a été résumée, selon une boucle harmonieusement close :

Or un élément est venu s'*ajouter* à cet ensemble (rhéto-

34

riquement) fini. Cet élément est la position du narrateur (décodée sous le nom de « mitoyenneté ») :

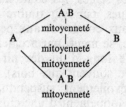

La mitoyenneté trouble l'harmonie rhétorique — ou paradigmatique — de l'Antithèse (AB/A/B/AB) et ce trouble vient, non d'une carence, mais d'un excès : il y a un élément *de trop*, et ce supplément indu est le corps (du narrateur). Comme supplément, le corps est le lieu de la transgression mise en œuvre par le récit : c'est au niveau du corps que la barre de l'adversion doit sauter, que les deux *inconciliabilia* de l'Antithèse (le dehors et le dedans, le froid et le chaud, la mort et la vie) sont appelés à se rejoindre, à se toucher, à se mêler par la plus stupéfiante des figures dans une substance composite (sans *tenue*), ici fantaisiste (c'est la macédoine), plus tard chimérique (ce sera l'arabesque formée par le Vieillard et la jeune femme assis côte à côte). C'est par ce *trop* qui vient au discours après que la rhétorique l'a décemment saturé, que quelque chose peut être raconté et que le récit commence.

XV. *La partition.* L'espace du texte (lisible) est en tout point comparable à une partition musicale (classique). Le découpage du syntagme (dans son mouvement progressif) correspond au découpage du flot sonore en

35

mesures (l'un est à peine plus arbitraire que l'autre). Ce qui éclate, ce qui fulgure, ce qui souligne et impressionne, ce sont les sèmes, les citations culturelles et les symboles, analogues, par leur timbre fort, la valeur de leur discontinu, aux cuivres et aux percussions. Ce qui chante, ce qui file, se meut, par accidents, arabesques et retards dirigés, le long d'un devenir intelligible (telle la mélodie confiée souvent aux bois), c'est la suite des énigmes, leur dévoilement suspendu, leur résolution retardée : le développement d'une énigme est bien celui d'une fugue; l'une et l'autre contiennent un *sujet*, soumis à une *exposition*, un *divertissement* (occupé par les retards, ambiguïtés et leurres par quoi le discours prolonge le mystère), une *strette* (partie serrée où les bribes de réponse se précipitent) et une *conclusion*. Enfin, ce qui soutient, ce qui enchaîne régulièrement, ce qui harmonise le tout, comme le font les cordes, ce sont les séquences proaïrétiques, la marche des comportements, la cadence des gestes connus :

LEXIES	1	2	3	4	5	6	7	8	9	10	11	12	13
Sèmes	♪		♪	♪			♪	♫			♫		♫
Codes cult.		♪	♪					♪		♪	♪		♫
Antithèse			♩		♩		♩	♩	♩	♩	♩	♩	♩
Enigme 1	♩												
« Plongé »		♩											
« Caché »						♩							

L'analogie ne s'arrête pas là. On peut attribuer à deux suites de la table polyphonique (la suite herméneutique et la suite proaïrétique) la même détermination tonale que détiennent la mélodie et l'harmonie dans la musique classique : le texte lisible est un texte *tonal* (dont l'habitude produit une lecture tout aussi conditionnée que notre audition : on peut dire qu'il y a un *œil lisible*, comme il y a une oreille tonale, en sorte que désapprendre la lisibilité est du même ordre que désapprendre la tonalité) et l'unité tonale y dépend essentiellement de deux codes séquentiels : la marche de la vérité et la coordination des gestes représentés : il y a même contrainte dans l'ordre progressif de la mélodie et dans celui, tout aussi progressif, de la séquence narrative. *Or c'est précisément cette contrainte qui réduit le pluriel du texte classique.* Les cinq codes repérés, entendus souvent simultanément, assurent en effet au texte une certaine qualité plurielle (le texte est bien polyphonique), mais sur les cinq codes, trois seulement proposent des traits permutables, réversibles, insoumis à la contrainte du temps (les codes sémique, culturel, symbolique); les deux autres imposent leurs termes selon un ordre irréversible (les codes herméneutique et proaïrétique). Le texte classique est donc bien tabulaire (et non pas linéaire), mais sa tabularité est vectorisée, elle suit un ordre logico-temporel. Il s'agit d'un système multivalent mais incomplètement réversible. Ce qui bloque la réversibilité, voilà ce qui limite le pluriel du texte classique. Ces blocages ont des noms : c'est d'une part la vérité et d'autre part l'empirie : ce précisément contre quoi — ou entre quoi — s'établit le texte moderne.

(14) — *Il n'y a pas fort longtemps que M. de Lanty possède cet hôtel ?*
— *Si fait. Voici bientôt dix ans que le maréchal de Carigliano le lui a vendu...*
— *Ah !*
— *Ces gens-là doivent avoir une fortune immense ?*
— *Mais il le faut bien.*
— *Quelle fête ! Elle est d'un luxe insolent.*
— *Les croyez-vous aussi riches que le sont M. de Nucingen ou M. de Gondreville ?* ★ ACT. « Etre plongé » : 2 : ressortir. ★★ REF. Code chronologique (dix ans...). ★★★ La richesse des Lanty (déjà signalée par la convergence de la fête, de l'hôtel et du quartier) est ici franchement énoncée ; et comme cette richesse sera l'objet d'une énigme (d'où vient-elle ?), il faut voir dans la lexie un terme du code herméneutique : appelons *thème* l'objet (ou le sujet) sur quoi portera la question de l'énigme : l'énigme n'est pas encore formulée, mais le thème en est déjà présenté, ou, si l'on préfère, d'une manière quelconque : emphatisé (HER. Enigme 2 : thème).

(15) — *Mais vous ne savez donc pas ?...*
J'avançai la tête et reconnus les deux interlocuteurs pour appartenir à cette gent curieuse qui, à Paris, s'occupe exclusivement des **Pourquoi ?** *des* **Comment ? D'où vient-il ? Qui sont-ils ? Qu'y a-t-il ? Qu'a-t-elle fait ?** *Ils se mirent à parler bas, et s'éloignèrent pour aller causer plus à l'aise sur quelque canapé solitaire. Jamais mine plus féconde ne s'était ouverte aux chercheurs de mystère.* ★ ACT. « Cachette » : 2 : sortir de sa cachette. ★★ REF. Psychologie ethnique (Paris, mondain, médisant, cancanier). ★★★ Voici deux nouveaux termes du code herméneutique : la *position* de l'énigme, chaque fois que le discours nous dit, d'une manière ou d'une autre, « il y a énigme », et la *réponse éludée* (ou suspendue) : car si le discours n'avait pris soin de faire partir les deux interlocuteurs vers un canapé lointain, nous aurions tout de suite connu le mot de l'énigme, l'origine de la fortune des Lanty (mais il n'y aurait plus eu, alors, d'histoire à raconter) (HER. Enigme 2 : position et réponse suspendue).

(16) *Personne ne savait de quel pays venait la famille Lanty,* ★ Nouvelle énigme, thématisée (les Lanty sont constitués en famille), posée (il y a énigme) et formulée (quelle est leur origine ?) : ces trois morphèmes sont ici confondus en une seule phrase (HER. Enigme 3 : thème, position, formulation).

(17) *ni de quel commerce, de quelle spoliation, de quelle piraterie*

ou de quel héritage provenait une fortune estimée à plusieurs millions.
★ HER. Enigme 2 (la fortune des Lanty) : formulation.

(18) *Tous les membres de cette famille parlaient l'italien, le fran-*
çais, l'espagnol, l'anglais et l'allemand, avec assez de perfection pour
faire supposer qu'ils avaient dû longtemps séjourner parmi ces diffé-
rents peuples. Etaient-ce des bohémiens? étaient-ce des flibustiers?
★ Un sème est ici suggéré : l'internationalité de la famille Lanty, qui
parle les cinq langues de culture d'alors. Ce sème est inducteur de
vérité (le grand-oncle est une ancienne vedette internationale et les
langues nommées sont celles de l'Europe musicale), mais il est bien
trop tôt pour qu'il serve à la dévoiler : l'important, pour la morale du
discours, est que, prospectivement, il ne la contredise pas (SEM.
Internationalité). ★★ Narrativement, une énigme conduit d'une question à une réponse *à travers un certain nombre de retards.* De ces
retards, le principal est sans doute la feinte, la fausse réponse, le
mensonge, que nous appellerons le *leurre.* Le discours a déjà menti
par prétérition en omettant parmi les causes possibles de la fortune
des Lanty *(commerce, spoliation, piraterie, héritage)* la cause vraie,
qui est le vedettariat d'un oncle, castrat célèbre et entretenu; il ment
ici positivement par le moyen d'un enthymème dont la majeure est
fausse : 1. Seuls les bohémiens et les flibustiers parlent plusieurs
langues. 2. Les Lanty sont polyglottes. 3 Les Lanty ont une origine
bohémienne ou flibustière (HER. Enigme 3 : leurre, du discours au
lecteur).

(19) — *Quand ce serait le diable! disaient de jeunes politiques, ils*
reçoivent à merveille.
— *Le comte de Lanty eût-il dévalisé quelque Casauba, j'épouserais*
bien sa fille! s'écriait un philosophe. ★ REF. Psychologie ethnique :
Paris cynique.

(20) *Qui n'aurait épousé Marianina, jeune fille de seize ans, dont la*
beauté réalisait les fabuleuses conceptions des poètes orientaux ! Comme
la fille du sultan dans le conte de la lampe merveilleuse, elle aurait
dû rester voilée. Son chant faisait pâlir les talents incomplets des
Malibran, des Sontag, des Fodor, chez lesquelles une qualité domi-
nante a toujours exclu la perfection de l'ensemble; tandis que Maria-
nina savait unir au même degré la pureté du son, la sensibilité, la jus-
tesse du mouvement et des intonations, l'âme et la science, la cor-
rection et le sentiment. Cette fille était le type même de cette poésie
secrète, lien commun de tous les arts, et qui fuit toujours ceux qui la

*cherchent. **Douce et modeste, instruite et spirituelle, rien ne pouvait
éclipser Marianina, si ce n'était sa mère.*** ★ REF. Chronologie
(Marianina avait six ans lorsque son père a acheté l'hôtel Carigliano,
etc). ★★ REF. Code gnomique (« *Il y a dans tous les arts,* » etc.) et
code littéraire (les poètes orientaux, les *Mille et Une Nuits*, Aladin).
★★★ Pourquoi la musicalité de Marianina est-elle parfaite ? parce
qu'elle réunit des traits ordinairement dispersés. De la même façon :
pourquoi la Zambinella séduit-elle Sarrasine ? parce que son corps
unifie des perfections que le sculpteur n'avait connues que divisées
entre ses modèles (n° 220). C'est, dans les deux cas, le thème du corps
morcelé — ou du corps total (SYM. Le corps rassemblé). ★★★★ La
beauté de la jeune fille est référée à un code culturel, ici littéraire (il
peut être ailleurs pictural ou sculptural). C'est là un énorme lieu
commun de la littérature : la Femme copie le Livre. Autrement dit :
tout corps est une citation : du *déjà-écrit*. L'origine du désir est la
statue, le tableau, le livre (Sarrasine sera identifié à Pygmalion,
n° 229) (SYM. Réplique des corps).

XVI. *La beauté.*

La beauté (contrairement à la
laideur) ne peut vraiment s'expliquer : elle se dit, s'affirme, se
répète en chaque partie du corps mais ne se décrit pas.
Telle un dieu (aussi vide que lui), elle ne peut que dire :
je suis celle qui suis. Il ne reste plus alors au discours
qu'à asserter la perfection de chaque détail et à renvoyer
« le reste » au code qui fonde toute beauté : l'Art. Autrement dit, la beauté ne peut s'alléguer que sous forme
d'une citation : que Marianina ressemble à la fille du
sultan, c'est la seule façon dont on puisse dire quelque
chose de sa beauté; elle tient de son modèle non seulement la beauté, mais aussi la parole; livrée à elle-même,
privée de tout code antérieur, la beauté serait muette.
Tout prédicat direct lui est refusé; les seuls prédicats
possibles sont ou la tautologie *(un visage d'un ovale
parfait)* ou la comparaison *(belle comme une madone
de Raphaël, comme un rêve de pierre,* etc.); de la sorte, la

beauté est renvoyée à l'infini des codes : *belle comme Vénus ?* Mais Vénus ? Belle comme quoi ? Comme elle-même ? Comme Marianina ? Un seul moyen d'arrêter la réplique de la beauté : la cacher, la rendre au silence, à l'ineffable, à l'aphasie, renvoyer le référent à l'invisible, voiler la fille du sultan, affirmer le code sans en réaliser (sans en compromettre) l'origine. Il y a une figure de rhétorique qui restitue ce blanc du comparé, dont l'existence est entièrement remise à la parole du comparant : c'est la catachrèse (il n'y a aucun autre mot possible pour dénoter les « ailes » du moulin ou les « bras » du fauteuil, et pourtant les « ailes et les « bras » sont, *tout de suite, déjà,* métaphoriques) : figure fondamentale, plus encore peut-être que la métonymie, puisqu'elle parle autour d'un comparé vide : figure de la beauté.

(21) *Avez-vous jamais rencontré de ces femmes dont la beauté foudroyante défie les atteintes de l'âge, et qui semblent, à trente-six ans, plus désirables qu'elles ne devaient l'être quinze ans plus tôt? Leur visage est une âme passionnée, il étincelle; chaque trait y brille d'intelligence; chaque pore possède un éclat particulier, surtout aux lumières. Leurs yeux séduisants attirent, refusent; parlent ou se taisent; leur démarche est innocemment savante; leur voix déploie les mélodieuses richesses des tons les plus coquettement doux et tendres. Fondés sur des comparaisons, leurs éloges caressent l'amour-propre le plus chatouilleux. Un mouvement de leurs sourcils, le moindre jeu de l'œil, leur lèvre qui se fronce, impriment une sorte de terreur à ceux qui font dépendre d'elles leur vie et leur bonheur. Inexpériente de l'amour et docile au discours, une jeune fille peut se laisser séduire; mais pour ces sortes de femmes, un homme doit savoir, comme M. de Jaucourt, ne pas crier quand, en se cachant au fond d'un cabinet, la femme de chambre lui brise deux doigts dans la jointure d'une porte. Aimer ces puissantes sirènes, n'est-ce pas jouer sa vie? Et voilà pourquoi peut-être les aimons-nous si passionnément! Telle était la comtesse de Lanty.*
★ REF. Chronologie (Mme de Lanty a trente-six ans quand... : le repère est ou fonctionnel ou signifiant, ce qui est le cas ici).

** REF. Les légendes d'amour (M. de Jaucourt) et la typologie amoureuse des femmes (la femme mûre supérieure à la vierge inexperte).
*** Marianina copiait les *Mille et Une Nuits*. Le corps de Mme de Lanty
est issu d'un autre Livre : celui de la Vie (« *Avez-vous jamais rencontré
de ces femmes...* »). Ce livre a été écrit par les hommes (tel M. de Jaucourt) qui sont eux-mêmes dans la *légende*, dans ce qui doit être lu
pour que l'amour puisse être parlé (SYM. Réplique des corps).
**** Opposée à sa fille, Mme de Lanty est décrite de telle sorte que son
rôle symbolique apparaisse clairement : à l'axe biologique des sexes
(qui obligerait bien inutilement à ranger toutes les femmes de la nouvelle dans la même classe) se substitue l'axe symbolique de la castration (SYM. Axe de la castration).

XVII. *Le camp
de la castration.*

A première vue, *Sarrasine* propose une structure complète des
sexes (deux termes opposés, un
terme mixte et un terme neutre).
Cette structure pourrait alors être définie en terme phal-
liques : 1. être le phallus (les hommes : le narrateur,
M. de Lanty, Sarrasine, Bouchardon); 2. l'avoir (les
femmes : Marianina, Mme de Lanty, la jeune femme
aimée du narrateur, Clotilde); 3. l'avoir et l'être (les
androgynes : Filippo, Sapho); ne l'avoir ni l'être (le
castrat). Or cette répartition n'est pas satisfaisante. Les
femmes, quoique appartenant à la même classe biologique, n'ont pas le même rôle symbolique : la mère et
la fille s'opposent (le texte nous le dit assez), Mme de
Rochefide est divisée, tour à tour enfant et reine, Clotilde est nulle; Filippo, qui a des traits féminins et mas-
culins, n'a aucun rapport avec la Sapho qui terrifie
Sarrasine (n° 443); enfin, fait plus notable, les hommes de
l'histoire se placent mal du côté de la virilité pleine :
l'un est rabougri (M. de Lanty), un autre est maternel
(Bouchardon), le troisième assujetti à la Femme-Reine (le
narrateur) et le dernier (Sarrasine) « ravalé » jusqu'à la

castration. Le classement sexuel n'est donc pas le bon. Il faut trouver une autre pertinence. C'est Mme de Lanty qui révèle la bonne structure : opposée à sa fille (passive), Mme de Lanty est entièrement du côté de l'actif : elle domine le temps (défie les atteintes de l'âge); elle irradie (l'irradiation est une action à distance, la forme supérieure de la puissance); dispensant les éloges, élaborant les comparaisons, inaugurant le langage par rapport auquel l'homme peut se reconnaître, elle est l'Autorité originelle, le Tyran dont le *numen* silencieux décrète la vie, la mort, l'orage, la paix; enfin et surtout elle mutile l'homme (M. de Jaucourt y perd son « doigt »). Bref, annonçant la Sapho qui fait tant peur à Sarrasine, Mme de Lanty est la femme castratrice, pourvue de tous les attributs fantasmatiques du Père : puissance, fascination, autorité fondatrice, terreur, pouvoir de castration. Le champ symbolique n'est donc pas celui des sexes biologiques; c'est celui de la castration : du *châtrant/châtré*, de l'*actif/passif*. C'est dans ce champ (et non dans celui des sexes biologiques) que se distribuent d'une façon pertinente les personnages de l'histoire. Du côté de la castration active, il faut ranger Mme de Lanty, Bouchardon (qui retient Sarrasine loin de la sexualité) et Sapho (figure mythique qui menace le sculpteur). Du côté passif, qui trouve-t-on ? les « hommes » de la nouvelle : Sarrasine et le narrateur, tous deux entraînés dans la castration que l'un désire et l'autre raconte. Quant au castrat lui-même, on aurait tort de le placer de droit du côté du châtré : il est la tâche aveugle et mobile de ce système; il va et vient entre l'actif et le passif : châtré, il châtre; de même pour Mme de Rochefide : contaminée pas la castration qui vient de lui être racontée, elle y entraîne le narrateur. Quant à Marianina, son être symbolique ne pourra être défini qu'en même temps que celui de son frère Filippo.

(22) *Filippo, frère de Marianina, tenait, comme sa sœur, de la beauté merveilleuse de la comtesse. Pour tout dire en un mot, ce jeune homme était une image vivante de l'Antinoüs, avec des formes plus grêles. Mais comme ces maigres et délicates proportions s'allient bien à la jeunesse quand un teint olivâtre, des sourcils vigoureux et le feu d'un œil velouté promettent pour l'avenir des passions mâles, des idées généreuses! Si Filippo restait dans tous les cœurs de jeunes filles comme un type, il demeurait également dans le souvenir de toutes les mères comme le meilleur parti de France.* ★ REF. L'Art (antique). ★★ SEM. Richesse (le meilleur parti de France) et Méditerranéité (un teint olivâtre, un œil velouté). ★★★ Le jeune Filippo n'existe que comme copie de deux modèles : sa mère et Antinoüs : le Livre biologique, chromosomique, et le Livre statuaire (sans lequel il serait impossible de faire parler la beauté : l'Antinoüs *« pour tout dire en un mot »* : mais que dire d'autre ? et que dire alors d'Antinoüs ?) (SYM. Réplique des corps). ★★★★ SYM. Axe de la castration. Les traits féminins de Filippo, quoique aussitôt corrigés par euphémisme *(« des sourcils vigoureux », « des passions mâles »)*, car dire d'un garçon qu'il est beau suffit déjà à le féminiser, le situe dans le camp des femmes, qui est le côté de la castration active : Filippo, cependant, n'y participe en rien dans la suite de l'histoire : à quoi donc, symboliquement, peuvent servir Marianina et Filippo ?

XVIII. *Postérité du castrat.*

Anecdotiquement, ni Marianina ni Filippo ne servent à grand-chose : Marianina ne fournira que l'épisode mineur de la bague (épisode destiné à renforcer le mystère des Lanty) et Filippo n'a d'autre existence sémantique que de rejoindre (par sa morphologie ambiguë, par son comportement tendre et inquiet à l'égard du vieillard) le camp des femmes. Ce camp, on l'a vu, n'est pas celui du sexe biologique, mais celui de la castration. Or ni Marianina ni Filippo n'ont de traits castrateurs. A quoi donc, symboliquement, servent-ils ? A ceci : féminins tous deux, le frère et la sœur instituent une descendance féminine de Mme de Lanty (leur atavisme maternel est souligné), *c'est-à-dire de la Zam-*

binella (dont Mme de Lanty est la nièce) : ils sont là pour figurer une sorte d'explosion de la féminité zambinellienne. Le sens est le suivant : si la Zambinella avait eu des enfants (paradoxe désignateur du manque qui la constitue), ils eussent été ces êtres héréditairement et délicatement féminins que sont Marianina et Filippo : comme s'il y avait dans la Zambinella un rêve de normalité, une essence téléologique dont le castrat eût été déchu, et que cette essence fût la féminité même, patrie et postérité reconstituées en Marianina et Filippo pardessus le blanc de la castration.

(23) *La beauté, la fortune, l'esprit, les grâces de ces deux enfants venaient uniquement de leur mère.* ★ D'où vient la fortune des Lanty ? A cette énigme 2, il est ici répondu : de la comtesse, de la femme. Il y a donc, selon le code herméneutique, déchiffrement (au moins partiel), morceau de réponse. Cependant la vérité est noyée dans une énumération dont la parataxe l'emporte, l'esquive, la retient et en fin de compte ne la livre pas : il y a donc aussi feinte, leurre, obstacle (ou retard) au déchiffrement. On appellera ce mixte de vérité et de leurre, ce déchiffrement inefficace, cette réponse obscure une *équivoque* (HER. Enigme 2 : équivoque). ★★ (SYM. Réplique des corps) (le corps des enfants copie celui de la mère).

(24) *Le comte de Lanty était petit, laid et grêlé; sombre comme un Espagnol, ennuyeux comme un banquier. Il passait d'ailleurs pour un profond politique, peut-être parce qu'il riait rarement, et citait toujours M. de Metternich ou Wellington.* ★ REF. Psychologie des peuples et des professions (l'Espagnol, le Banquier). ★★ Le rôle de M. de Lanty est faible : comme banquier, dispensateur de la fête, il joint l'histoire au mythe de la Haute Finance parisienne. Sa fonction est symbolique : son portrait, dépréciatif, l'exclut de l'hérédité zambinellienne (de la Féminité); c'est un père négligeable, perdu, il rejoint au rebut les hommes de la nouvelle, tous châtrés, forclos au plaisir; il contribue à étoffer le paradigme *châtrant/châtré* (SYM. Axe de la castration).

(25) *Cette mystérieuse famille avait tout l'attrait d'un poème de lord Byron, dont les difficultés étaient traduites d'une manière différente pour chaque personne du beau monde : un chant obscur et sublime de strophe en strophe.* ★ REF. La Littérature (Byron). ★★ HER. Enigme 3 : thème et position *(« cette mystérieuse famille »).* ★★★ La famille, sortie du Livre byronien, est elle-même un livre, articulé de strophe en strophe : l'auteur réaliste passe son temps à se référer à des livres : le réel, c'est ce qui a été écrit (SYM. Réplique des corps).

(26) *La réserve que M. et Mme de Lanty gardaient sur leur origine, sur leur existence passée et sur leurs relations avec les quatre parties du monde n'eût pas été longtemps un sujet d'étonnement à Paris. En nul pays peut-être l'axiome de Vespasien n'est mieux compris. Là, les écus même tachés de sang ou de boue ne trahissent rien et représentent tout. Pourvu que la haute société sache le chiffre de votre fortune, vous êtes classé parmi les sommes qui vous sont égales, et personne ne vous demande à voir vos parchemins, parce que tout le monde sait combien ils coûtent. Dans une ville où les problèmes sociaux se résolvent par des équations algébriques, les aventuriers ont en leur faveur d'excellentes chances. En supposant que cette famille eût été bohémienne d'origine, elle était si riche, si attrayante, que la haute société pouvait bien lui pardonner ses petits mystères.* ★ REF. Code gnomique (*Non olet*, les pages roses du dictionnaire) et mythologie de l'Or parisien. ★★ SEM. Internationalité. ★★★ HER. Enigme 3 (origine des Lanty) : position (il y a mystère) et leurre (les Lanty sont peut-être d'origine bohémienne). ★★★★ HER. Enigme 2 (origine de la fortune) : position (on ne sait d'où cette fortune vient).

XIX. *L'indice,
le signe, l'argent.*

Autrefois (dit le texte) l'argent « trahissait » : c'était un indice, il livrait sûrement un fait, une cause, une nature; aujourd'hui, il « représente » (tout) : c'est un équivalent, une monnaie, une représentation : un signe. Entre l'indice et le signe, un mode commun, celui de l'inscription. En passant de la monarchie terrienne à la monarchie industrielle, la société a changé de Livre, elle est passée de la Lettre (de noblesse) au Chiffre (de fortune), du parchemin au registre, mais elle est toujours soumise à une écriture. La différence qui oppose la société féodale à la société bourgeoise, l'indice au signe, est celle-ci : l'indice a une origine, le signe n'en a pas; passer de l'indice au signe, c'est abolir la dernière (ou la première) limite, l'origine, le fondement, la butée, c'est entrer dans le procès illimité des équivalences, des représentations que rien ne vient plus arrêter, orienter, fixer, consacrer. L'indifférence parisienne à l'origine de l'argent vaut symboliquement pour l'inorigine de l'argent; un argent sans odeur est un argent soustrait à l'ordre fondamental de l'indice, à la consécration de l'origine : cet argent est vide comme la castrature : à l'impossibilité physiologique de procréer, correspond, pour l'Or parisien, l'impossibilité d'avoir une origine, une hérédité morale : les signes (monétaires, sexuels) sont fous, parce que, contrairement aux indices (régime de sens de l'ancienne société), ils ne sont pas fondés sur une altérité originelle, irréductible, incorruptible, inamovible, de leurs composants : dans l'indice, l'indexé (la noblesse) est d'une autre *nature* que l'indexant (la fortune) : il n'y a pas de mélange possible; dans le signe, qui fonde un ordre de la représentation (et non plus de la détermination, de la création, comme l'indice), les deux parties *s'échangent*, signifié et signifiant tournent dans un procès sans fin : ce qui s'est acheté peut de nouveau se vendre, le signifié peut devenir signifiant, et ainsi de suite. Succédant à l'indice féodal, le signe bourgeois est un trouble métonymique.

(27) *Mais, par malheur, l'histoire énigmatique de la maison Lanty offrait un perpétuel intérêt de curiosité, assez semblable à celui des romans d'Anne Radcliffe.* ★ HER. Enigme 3 (d'où viennent les Lanty ?) : position. ★★ REF. La Littérature (Anne Radcliffe).

28) *Les observateurs, ces gens qui tiennent à savoir dans quel maga-*
sin vous achetez vos candélabres, ou qui vous demandent le prix
du loyer quand votre appartement leur semble beau, avaient remar-
qué, de loin en loin, au milieu des fêtes, des concerts, des bals, des
raouts donnés par la comtesse, l'apparition d'un personnage étrange.
★ REF. Code des Romanciers, des Moralistes, des Psychologues : l'observation des observateurs. ★★ Une nouvelle énigme est ici posée (un
sentiment d'étrangeté) et thématisée (il s'agit d'un personnage) (HER.
Enigme 4 : thème et position).

(29) *C'était un homme.* ★ Le vieillard, en fait, n'est pas un homme :
il y a donc feinte du discours au lecteur (HER. Enigme 4 : leurre).

XX. *Le fading des voix.*

Qui parle ? Est-ce une voix scientifique, qui, du genre « personnage », infère transitoirement une espèce « homme », à charge ensuite de la spécifier de nouveau en « castrat » ? Est-ce une voix phénoménale, qui nomme ce qu'elle constate, à savoir le vêtement somme toute masculin du vieillard ? Impossible, ici, d'attribuer à l'énonciation une origine, un point de vue. Or cette impossibilité est l'une des mesures qui permettent d'apprécier le pluriel d'un texte. Plus l'origine de l'énonciation est irrepérable, plus le texte est pluriel. Dans le texte moderne, les voix sont traitées jusqu'au déni de tout repère : le discours, ou mieux encore, le langage parle, c'est tout. Dans le texte classique, au contraire, la plupart des énoncés sont originés, on peut identifier leur père et propriétaire : c'est tantôt une conscience (celle d'un personnage, celle de l'auteur), tantôt une culture (l'anonyme est encore une origine, une voix : celle que l'on trouve dans le code gnomique, par exemple); mais il arrive que dans ce texte classique, toujours hanté pourtant par l'appropriation de la parole, la voix se perde, comme si elle disparaissait dans un trou du discours. La meilleure façon d'imaginer le pluriel classique est alors d'écouter le texte comme un échange chatoyant de voix multiples, posées sur des ondes différentes et saisies par moments d'un *fading* brusque, dont la trouée permet à l'énonciation de migrer d'un point de vue à l'autre, sans prévenir : l'écriture s'établit à travers cette instabilité tonale (dans le texte moderne elle atteint l'atonalité), qui fait d'elle une moire brillante d'origines éphémères.

(30) *La première fois qu'il se montra dans l'hôtel, ce fut pendant un concert, où il semblait avoir été attiré vers le salon par la voix enchanteresse de Marianina.* ★ SEM. Musicalité (le sème est indicateur de vérité, puisque le vieillard est un ancien sopraniste, mais il n'a pas encore la force de la dévoiler).

(31) — *Depuis un moment, j'ai froid, dit à sa voisine une dame placée près de la porte.*
L'inconnu, qui se trouvait près de cette femme, s'en alla.
— *Voilà qui est singulier ! j'ai chaud, dit cette femme après le départ de l'étranger. Et vous me taxerez peut-être de folie, mais je ne saurais m'empêcher de penser que mon voisin, ce monsieur vêtu de noir qui vient de partir, causait ce froid.* ★ SEM. Froid (d'abord posé sur le Jardin, le signifié migrateur vient se poser sur le vieillard).
★★ SYM. Antithèse : froid/chaud (c'est l'Antithèse du Jardin et du Salon, de l'animé et de l'inanimé, qui revient une seconde fois).

(32) *Bientôt l'exagération naturelle aux gens de la haute société fit naître et accumuler les idées les plus plaisantes, les expressions les plus bizarres, les contes les plus ridicules sur ce personnage mystérieux.* ★ REF. La mondanité. ★★ HER. Enigme 4 (Qui est le vieillard ?) : fausses réponses : annonce. Comme terme du code herméneutique, la *Fausse Réponse* se distingue du *Leurre*, en ceci que l'erreur y est déclarée comme telle par le discours.

(33) *Sans être précisément un vampire, une goule, un homme artificiel, une espèce de Faust ou de Robin des Bois, il participait, au dire des gens amis du fantastique, de toutes ces natures anthropomorphes.*

★ HER. Enigme 4 : fausse réponse n° 1. ★★ SEM. Extra-monde et Ultra-temps (le vieillard est la mort même, qui seule ne meurt pas : dans le mort qui ne meurt pas, il y a surcharge, supplément de mort).

(34) *Il se rencontrait çà et là des Allemands qui prenaient pour des réalités ces railleries ingénieuses de la médisance parisienne.* ★ REF. Psychologie ethnique : paradigme d'époque : l'Allemand naïf / le Parisien railleur.

(35) *L'étranger était simplement un* **vieillard.** ★ HER. Enigme 4 : leurre (l'inconnu n'est pas un vieillard tout « simple »). ★★ Le narrateur (ou le discours ?) réduit l'énigmatique au simple; il se fait défenseur de la lettre, congédie tout recours à la fable, au mythe, au symbole, rend, par la tautologie *(le vieillard était un vieillard),* le langage inutile : le narrateur (ou le discours) se pourvoit ici d'un *imaginaire :* celui de l'asymbolie (SEM. Asymbolie).

(36) *Plusieurs de ces jeunes hommes, habitués à décider, tous les matins, l'avenir de l'Europe, dans quelques phrases élégantes, voulaient voir en l'inconnu quelque grand criminel, possesseur d'immenses richesses. Des romanciers racontaient la vie de ce vieillard, et vous donnaient des détails véritablement curieux sur les atrocités commises par lui pendant le temps qu'il était au service du prince de Mysore. Des banquiers, gens plus positifs, établissaient une fable spécieuse. — Bah! disaient-ils en haussant leurs larges épaules par un mouvement de pitié, ce petit vieux est une* **tête génoise!** ★ HER. Enigme 4 : fausses réponses n°s 2, 3 et 4 (les Fausses Réponses sont prélevées dans des codes culturels : les jeunes gens cyniques, les romanciers, les banquiers). ★★ SEM. Richesse.

(37) *— Monsieur, si ce n'est pas une indiscrétion, pourriez-vous avoir la bonté de m'expliquer ce que vous entendez par une* **tête génoise?** *— Monsieur, c'est un homme sur la vie duquel reposent d'énormes capitaux, et de sa bonne santé dépendent sans doute les revenus de cette famille.* ★ Qu'il y ait un lien entre la fortune de l'ancienne vedette et celle des Lanty, est vrai; que l'empressement affectueux de la famille à l'égard du vieillard soit intéressé, est douteux : l'ensemble forme une équivoque (HER. Enigme 4 : équivoque).

(38) *Je me souviens d'avoir entendu chez Mme d'Espard un magnétiseur prouvant, par des considérations historiques très spécieuses, que ce vieillard, mis sous verre, était le fameux Balsamo, dit Cagliostro.*

Selon ce moderne alchimiste, l'aventurier sicilien avait échappé à la mort, et s'amusait à faire de l'or pour ses petits-enfants. Enfin le bailli de Ferette prétendait avoir reconnu dans ce singulier personnage le comte de Saint-Germain. ★ HER. Enigme 4 : fausse réponse n° 5. ★★ SEM. Ultra-temps. Deux connotations accessoires (affaiblies) se font entendre ici : le *sous-verre* appelle la répulsion que certains attachent à la momie, au cadavre embaumé, conservé; et l'or des alchimistes est un or vide, sans origine (c'est le même que l'or des spéculateurs).

(39) *Ces niaiseries, dites avec le ton spirituel, avec l'air railleur qui, de nos jours, caractérisent une société sans croyances, entretenaient de vagues soupçons sur la maison Lanty.* ★ REF. Psychologie des peuples : Paris railleur. ★★ HER. Enigme 3 : position et thématisation (il y a énigme et c'est la famille Lanty qui en est l'objet). ★★★ HER. Enigme 4 : fausse réponse n° 6. Les *Fausses Réponses* forment dans la séquence herméneutique une *brique* (configuration élémentaire ou sous-routine, selon le vocabulaire de la cybernétique); cette brique est soumise elle-même à un code rhétorique (code d'exposition) : une annonce (n° 32), six fausses réponses, un résumé (n° 39).

XXI. *L'ironie, la parodie.* Déclaré par le discours lui-même, le code ironique est en principe une citation explicite d'autrui; mais l'ironie joue le rôle d'une affiche et par là détruit la multivalence qu'on pouvait espérer d'un discours citationnel. Un texte multivalent n'accomplit jusqu'au bout sa duplicité constitutive que s'il subvertit l'opposition du vrai et du faux, s'il n'attribue pas ses énoncés (même dans l'intention de les discréditer) à des autorités explicites, s'il déjoue tout respect de l'origine, de la paternité, de la propriété, s'il détruit la voix qui pourrait donner au texte son unité (« organique »), en un mot s'il abolit impitoyablement, frauduleusement, les guillemets qui, dit-on, doivent *en toute honnêteté* entourer une citation et distribuer juridiquement la possession des phrases, selon leurs propriétaires respectifs, comme les parcelles d'un champ. Car la multivalence (démentie par l'ironie) est une transgression de la propriété. Il s'agit de traverser le mur de la voix pour atteindre l'écriture : celle-ci refuse toute désignation de propriété et par conséquent ne peut jamais être *ironique;* ou du moins son ironie n'est jamais sûre (incertitude qui marque quelques grands textes : Sade, Fourier, Flaubert). Menée au nom d'un sujet qui met son imaginaire dans la distance qu'il feint de prendre vis-à-vis du langage des autres, et se constitue par là d'autant plus sûrement sujet du discours, la parodie, qui est en quelque sorte l'ironie au travail, est toujours une parole *classique.* Que pourrait être une parodie qui ne s'afficherait pas comme telle ? C'est le problème posé à l'écriture moderne : comment forcer le mur de l'énonciation, le mur de l'origine, le mur de la propriété ?

(40) *Enfin, par un singulier concours de circonstances, les membres de cette famille justifiaient les conjectures du monde, en tenant une conduite assez mystérieuse avec ce vieillard, dont la vie était en quelque sorte dérobée à toutes les investigations.* ★ HER. Enigme 4 : position. Le « mystère » qui entoure l'identité du vieillard va se monnayer en un certain nombre de conduites, elles-mêmes énigmatiques.

(41) *Ce personnage franchissait-il le seuil de l'appartement qu'il était censé occuper à l'hôtel de Lanty, son apparition causait toujours une grande sensation dans la famille. On eût dit un événement de haute importance. Filippo, Marianina, Mme de Lanty et un vieux domestique avaient seuls le privilège d'aider l'inconnu à marcher, à se lever, à s'asseoir. Chacun en surveillait les moindres mouvements.* ★ SYM. Le camp féminin. ★★ HER. Enigme 4 : position (conduite énigmatique).

(42) *Il semblait que ce fût une personne enchantée de qui dépendissent le bonheur, la vie ou la fortune de tous.* ★ SEM. Fascination. Ce signifié pourrait être inducteur de vérité, s'il est de la nature du castrat d'*enchanter,* à la façon d'un medium surnaturel : tel le castrat

Farinelli qui, par son chant quotidien (toujours le même air pendant des années), guérit ou du moins apaisa la mélancolie morbide de Philippe V d'Espagne.

(43) *Etait-ce crainte ou affection? les gens du monde ne pouvaient découvrir aucune induction qui les aidât à résoudre ce problème.* ★ HER. Enigme 4 : position et blocage de la réponse.

(44) *Caché pendant des mois entiers au fond d'un sanctuaire inconnu, ce génie familier en sortait tout à coup furtivement, sans être attendu, et apparaissait au milieu des salons comme ces fées d'autrefois qui descendaient de leurs dragons volants pour venir troubler les solennités auxquelles elles n'avaient pas été conviées.* ★ SEM. Fascination. ★★ REF. Les contes de Fées.

(45) *Les observateurs les plus exercés pouvaient alors seuls deviner l'inquiétude des maîtres du logis, qui savaient dissimuler leurs sentiments avec une singulière habileté.* ★ HER. Enigme 4 : position (conduite énigmatique).

(46) *Mais, parfois, tout en dansant un quadrille, la trop naïve Marianina jetait un regard de terreur sur le vieillard qu'elle surveillait au sein des groupes. Ou bien Filippo s'élançait en se glissant à travers la foule, pour le joindre, et restait auprès de lui, tendre et attentif, comme si le contact des hommes ou le moindre souffle dût briser cette créature bizarre. La comtesse tâchait de s'en approcher, sans paraître avoir eu l'intention de le rejoindre; puis, en prenant des manières et une physionomie autant empreintes de servilité que de tendresse, de soumission que de despotisme, elle disait deux ou trois mots auxquels déférait presque toujours le vieillard, il disparaissait emmené ou, pour mieux dire, emporté par elle.* ★ SEM. Fragilité et Infantilité. ★★ HER. Enigme 4 : position (conduite énigmatique). ★★★ Le vieillard étant un castrat et le castrat étant hors des sexes, il faudrait pouvoir le nommer au neutre; mais comme le neutre n'existe pas en français, le discours, quand il veut bien ne pas « mentir », dénote le castrat par des substantifs ambigus : morphologiquement féminins, sémantiquement extensifs à la distinction des sexes (englobant à la fois le masculin et le féminin) : tel le mot *créature* (et plus loin : *cette organisation féminine*) (SYM. Le neutre de la castration).

(47) *Si Mme de Lanty n'était pas là, le comte employait mille stratagèmes pour arriver à lui; mais il avait l'air de s'en faire écouter dif-*

ficilement, et le traitait comme un enfant gâté dont la mère satisfait les caprices ou redoute la mutinerie. ★ HER. Enigme 4 : position (conduite énigmatique). ★★ Le comte est exclu du camp des femmes : aux conduites élégantes et réussies des unes s'oppose le comportement besogneux et inefficace de l'autre : M. de Lanty (l'homme de la famille) ne fait pas partie de la descendance zambinellienne. Cependant, la distribution symbolique est ici encore précisée : c'est la femme (Mme de Lanty) qui détient l'autorité efficace, celle du Père; c'est l'homme (M. de Lanty) qui exerce une autorité brouillonne et irrespectée, celle de la Mère (SYM. Axe de la castration).

48) *Quelques indiscrets s'étant hasardés à questionner étourdiment le comte de Lanty, cet homme froid et réservé n'avait jamais paru comprendre l'interrogation des curieux. Aussi, après bien des tentatives, que la circonspection de tous les membres de cette famille rendit vaines, personne ne chercha-t-il à découvrir un secret si bien gardé. Les espions de bonne compagnie, les gobe-mouches et les politiques avaient fini, de guerre lasse, par ne plus s'occuper de ce mystère.* ★ Le discours déclare irrésolue l'énigme qu'il a posée : c'est, dans le code herméneutique, le *blocage* (fréquent dans le cours du roman policier) (HER. Enigme 4 : blocage).

(49) *Mais, en ce moment, il y avait peut-être au sein de ces salons resplendissants des philosophes qui, tout en prenant une glace, un sorbet, ou en posant sur une console leur verre vide de punch, se disaient :*
— Je ne serais pas étonné d'apprendre que ces gens-là sont des fripons. Ce vieux, qui se cache et n'apparaît qu'aux équinoxes ou aux solstices, m'a tout l'air d'un assassin...
— Ou d'un banqueroutier...
— C'est à peu près la même chose. Tuer la fortune d'un homme, c'est quelquefois pire que de le tuer lui-même. ★ REF. Psychologie des peuples (Paris) et code gnomique *(« Tuer la fortune d'un homme... »).* ★★ SEM. Fascination (le vieillard est dit, fût-ce ironiquement, apparaître aux époques magiques de l'année, tel une sorcière).

(50) *— Monsieur, j'ai parié vingt louis, il m'en revient quarante.*
— Ma foi, monsieur, il n'en reste que trente sur le tapis.
— Hé! bien, voyez-vous comme la société est mêlée ici. On n'y peut pas jouer.
— C'est vrai... Mais voilà bientôt six mois que nous n'avons aperçu l'Esprit. Croyez-vous que ce soit un être vivant?
— Hé! hé! tout au plus...

Ces derniers mots étaient dits, autour de moi, par des inconnus qui s'en allèrent ★ SEM. Sur-nature (Extra-monde et Ultra-temps). ★★ Ce qui disparaît dans le jeu comme si l'on soufflait dessus, équivaut symboliquement à l'or qui apparaît sans que l'on sache ni se préoccupe de savoir d'où il vient : sans origine et sans destination, l'Or (parisien) est substitut du vide de la castration (SYM. L'Or, le vide).

(51) *au moment où je résumais, dans une dernière pensée, mes réflexions mélangées de noir et de blanc, de vie et de mort. Ma folle imagination, autant que mes yeux, contemplait tour à tour et la fête, arrivée à son plus haut degré de splendeur, et le sombre tableau des jardins.* ★ SYM. Antithèse : AB : résumé.

(52) *Je ne sais combien de temps je méditai sur ces deux côtés de la médaille humaine;* ★ ACT. « Méditer » : 1 : être en train de méditer. ★★ La médaille est emblème de l'incommunicabilité des côtés : comme la barre paradigmatique de l'Antithèse, le métal ne peut en être traversé : il le sera pourtant, l'Antithèse sera transgressée (SYM. Antithèse : AB : mitoyenneté).

(53) *mais soudain le rire étouffé d'une jeune femme me réveilla.* ★ ACT. « Méditer » : 2 : cesser. ★★ ACT. « Rire » : 1 : éclater de rire.

(54) *Je restai stupéfait à l'aspect de l'image qui s'offrit à mes regards.* ★ L'image : terme générique qui annonce (rhétoriquement) une troisième version de l'Antithèse : après l'opposition du jardin et de la fête, celle du chaud et du froid, voici que se prépare l'opposition de la jeune fille et du vieillard. Comme les autres formes de l'Antithèse, celle-ci sera corporelle : l'image sera celle de deux corps antithétiques mêlés. Or cette antithèse charnelle est révélée, appelée par un acte charnel : le rire. Substitut du cri, agent hallucinatoire, le rire est ce qui ébranle le mur de l'Antithèse, efface dans la médaille la dualité du revers et du droit, fait tomber la barre paradigmatique qui sépare « raisonnablement » le froid du chaud, la vie de la mort, l'animé de l'inanimé. Au reste, dans la nouvelle même, le rire est lié à la castration : c'est « pour rire » que Zambinella se prête à la farce montée par ses camarades contre Sarrasine; c'est face au rire que Sarrasine proteste de sa virilité (SYM. Antithèse : AB : annonce).

(55) *Par un des plus rares caprices de la nature, la pensée en demi-deuil qui se roulait dans ma cervelle en était sortie, elle se trouvait devant moi, personnifiée, vivante, elle avait jailli comme Minerve de*

la tête de Jupiter, grande et forte, elle avait tout à la fois cent ans et vingt-deux ans, elle était vivante et morte. ★ SYM. Antithèse : AB : mélange (le mur de l'Antithèse est franchi). ★★ REF. La Mythologie. Le stupéfiant, dans le mythe de Minerve, n'est pas que la déesse soit sortie de la tête de son père, mais qu'elle en soit sortie « grande et forte », déjà tout armée, toute formée. L'image (fantasmatique) dont Minerve est le modèle ne s'élabore pas : on la trouve brusquement inscrite dans la réalité, dans le salon; quand elle naît, elle est *déjà* écrite : il n'y a que translation d'écritures, trans-scription, sans maturation, sans origine organique. ★★★ REF. Chronologie. La jeune femme a vingt-deux ans, le vieillard a cent ans. *Vingt-deux :* ce chiffre très précis produit un effet de réel; métonymiquement, cette exactitude induit à penser que le vieillard a très précisément cent ans (au lieu d'être un vague centenaire).

(56) *Echappé de sa chambre, comme un fou de sa loge, le petit vieillard s'était sans doute adroitement coulé derrière une haie de gens attentifs à la voix de Marianina, qui finissait la cavatine de Tancrède.* ★ SEM. Sur-nature (la folie est hors de la « nature »). ★★ SEM. Musicalité. ★★★ REF. Histoire de la Musique (Rossini).

(57) *Il semblait être sorti de dessous terre, poussé par quelque mécanisme de théâtre.* ★ SEM. Machine, mécanicité (assimilé à une machine, le vieillard appartient à l'extra-humain, à l'inanimé).

(58) *Immobile et sombre, il resta pendant un moment à regarder cette fête, dont le murmure avait peut-être atteint à ses oreilles. Sa préoccupation, presque somnambulique, était si concentrée sur les choses qu'il se trouvait au milieu du monde sans voir le monde.* ★ SEM. Sur-nature, extra-monde. ★★ SYM. Antithèse : A : le vieillard.

(59) *Il avait surgi sans cérémonie auprès d'une des plus ravissantes femmes de Paris,* ★ SYM. Antithèse : AB : mélange des éléments. Le mélange des corps (la transgression de l'Antithèse) est signifié, non par la proximité *(auprès de)*, mais par le surgissement. Ce mode d'apparition implique que l'espace où l'on s'insère ne vous attendait pas, qu'il était occupé tout entier par l'autre : la jeune femme et le vieillard se retrouvent tous deux dans le même espace, l'espace d'un seul.

(60) *danseuse élégante et jeune, aux formes délicates, une de ces figures aussi fraîches que l'est celle d'un enfant, blanches et roses, et*

*si frêles, si transparentes, qu'un regard d'homme semble devoir les
pénétrer, comme les rayons du soleil traversent une glace pure.*
★ SYM. Antithèse : B : la jeune femme. ★★ Le corps est un double du
Livre : la jeune femme prend son origine dans le Livre de la Vie
(« *une de ces figures...* » : le pluriel réfère à une somme d'expériences
consignées, enregistrées) (SYM. Réplique des corps). ★★★ Il est pré-
maturé de fixer la jeune femme dans le champ symbolique : son
portrait (sémique) ne fait que commencer. Au reste, il variera : la
femme-enfant, transparente, fragile, fraîche, deviendra, en 90, une
femme aux formes pleines, drue (dure), irradiante et non plus récep-
tive, en un mot *active* (et l'on sait bien qu'il s'agira alors d'un terme
castrateur); pour le moment, sans doute lié aux nécessités de l'Antithèse, le discours ne peut opposer au vieillard-machine que la femme-
enfant (SYM. La femme-enfant).

(61) *Ils étaient là, devant moi, tous deux, ensemble, unis et si serrés,
que l'étranger froissait et la robe de gaze, et les guirlandes de fleurs,
et les cheveux légèrement crêpés, et la ceinture flottante.* ★ Le mélange
des deux corps est signifié par deux connotateurs : d'une part le rythme
serré des syntagmes courts (*tous deux/ensemble/unis/et si serrés*),
dont l'accumulation figure diagrammatiquement l'étreinte essoufflée
des corps; et d'autre part, l'image d'une matière souple *(gaze, guir-
lande, crêpure des cheveux, ceinture flottante)*, offerte à l'enroulement
comme une substance végétale (SYM. Antithèse : AB : mélange).
★★ Symboliquement, on assiste ici au mariage du castrat : les contraires
s'étreignent, le castrat saisit la femme (qui d'ailleurs, par une fascination équivoque dont il sera fait état plus tard, s'enroule à lui) : métonymie active par laquelle la castration contaminera la jeune femme, le
narrateur et Sarrasine (SYM. Mariage du castrat).

(62) *J'avais amené cette jeune femme au bal de Mme de Lanty.
Comme elle venait pour la première fois dans cette maison, je lui
pardonnai son rire étouffé; mais je lui fis vivement je ne sais quel
signe impérieux qui la rendit tout interdite et lui donna du respect
pour son voisin.* ★ SYM. La femme-enfant (la jeune femme est traitée
comme un enfant qui vient de faire une bêtise). ★★ ACT. « Rire » : 2 :
cesser.

XXII. *Des actions très naturelles.* On croit que les grandes structures, les symboles sérieux, les sens glorieux s'enlèvent à partir d'un fond anodin de menus comportements que le discours noterait par acquit de conscience, « pour faire vrai » : toute la critique repose ainsi sur l'idée que dans le texte *il y a de l'insignifiant*, c'est-à-dire, en fait, de la nature : le sens tiendrait sa suréminence d'un hors-sens, cependant noté, dont le rôle subalterne serait purement contrastif. Or l'idée de structure ne supporte pas la séparation du fond et du dessin, de l'insignifiant et du signifiant; la structure n'est pas un dessin, un schéma, une épure : tout signifie. Pour s'en convaincre, il suffit d'observer les proaïrétismes élémentaires (donc apparemment très futiles) dont le paradigme uniforme est du type *commencer/terminer* ou *durer/cesser*. Dans ces cas, très fréquents (ici même : *rire, s'absorber, se cacher, méditer, se lier, menacer, entreprendre,* etc.), l'être ou le phénomène institué par la notation se couronne d'une *conclusion* et semble dès lors se soumettre à une certaine logique (cependant que surgit la temporalité : le récit classique est fondamentalement soumis à l'ordre logico-temporel). L'inscription de la *fin* (mot précisément à la fois temporel et logique) pose ainsi toute chose qui a été écrite comme une tension qui appelle « naturellement » son terme, sa conséquence, sa résolution, en un mot comme une *crise.* Or la crise est un modèle culturel : ce modèle même qui a marqué la pensée occidentale de l'organique (avec Hippocrate), du poétique et du logique (*catharsis* et syllogisme aristotéliciens) et plus récemment du socio-économique. En se liant à la nécessité d'énoncer la *fin* de toute action (conclusion, interruption, clôture, dénouement), le lisible s'affirme historique. Autrement dit, il peut être subverti, mais seulement au prix d'un scandale, puisque c'est la *nature* du discours qui semblera alors transgressée : la jeune femme peut ne pas cesser de rire, le narrateur peut n'être jamais tiré de sa rêverie, ou du moins le discours pourrait tout à coup *penser à autre chose*, abandonner son obsession du renseignement final, changer de ligne de façon à mieux construire son réseau; curieusement, nous appelons *nœud* (de l'histoire) ce qui veut être dénoué, nous plaçons le nœud à la hauteur de la crise, non au bas de son devenir; le nœud est pourtant ce qui ferme, termine, conclut l'action entreprise, tel un paraphe; refuser ce mot de la fin (refuser la fin comme mot) serait en effet congédier scandaleusement la *signature* dont nous prétendons empreindre chacun de nos « messages ».

(63) *Elle s'assit près de moi.* ★ ACT. « Se joindre » : 1 : s'asseoir.

(64) *Le vieillard ne voulut pas quitter cette délicieuse créature, à laquelle il s'attacha capricieusement avec cette obstination muette et sans cause apparente dont sont susceptibles les gens extrêmement âgés, et qui les fait ressembler à des enfants.* ★ REF. Psychologie des vieillards. ★★ SEM. Infantilité. ★★★ Le castrat est attiré par la jeune femme, le contraire par son contraire, l'avers de la médaille par son droit (SYM. Mariage du castrat).

(65) *Pour s'asseoir auprès de la jeune dame, il lui fallut prendre un pliant. Ses moindres mouvements furent empreints de cette lourdeur froide, de cette stupide indécision qui caractérisent les gestes d'un paralytique. Il se posa lentement sur son siège, avec circonspection,* ★ ACT. « Se joindre » : 2 : venir s'asseoir à côté. ★★ REF. Physiologie des vieillards.

(66) *et en grommelant quelques paroles inintelligibles. Sa voix cassée ressembla au bruit que fait une pierre en tombant dans un puits.* ★ Le bruit d'une pierre qui tombe dans un puits n'est pas un son « cassé »; mais la chaîne connotative de la phrase est plus importante que l'exactitude de la métaphore; cette chaîne rassemble les éléments

suivants : inertie inanimée de la pierre, distance sépulcrale du puits, discontinu de la voix âgée, antinomique à la voix parfaite, qui est une voix liée, « lubrifiée » : le signifié est la « chose », artificielle et grinçante comme une machine (SEM. Mécanicité).

(67) *La jeune femme me pressa vivement la main, comme si elle eût cherché à se garantir d'un précipice, et frissonna quand cet homme qu'elle regardait,* ★ SEM. Fascination.

(68) *tourna sur elle deux yeux sans chaleur, deux yeux glauques qui ne pouvaient se comparer qu'à de la nacre ternie.* ★ Pire que le froid : le refroidi (le terni). La lexie connote le cadavre, le mort qui a forme humaine, en le ramenant à ce qu'il y a de plus inquiétant en lui : *les yeux ouverts* (fermer les yeux du mort, c'est conjurer ce qu'il y a dans la mort de mitoyen à la vie, faire bien mourir le mort, le faire bien mort). Quant à *glauque*, il n'a ici aucune importance dénotative (peu importe la couleur exacte du *glauque*); connotativement (culturellement), c'est la couleur de l'œil qui ne voit pas, de l'œil mort : une mort de la couleur qui cependant ne soit pas incolore (SEM. Froid).

(69) — *J'ai peur, me dit-elle en se penchant à mon oreille.* ★ SEM. Fascination.

(70) — *Vous pouvez parler, répondis-je. Il entend très difficilement.* — *Vous le connaissez donc ?* — *Oui.* ★ La surdité du vieillard (justifiée par son grand âge) sert à ceci : elle nous informe (obliquement) que le narrateur possède la clef des énigmes en suspens : connu jusqu'alors, seulement, comme « poète » de l'Antithèse, le narrateur est ici énoncé en situation de narrer. Un proaïrétisme commence : *connaître l'histoire/la raconter/* etc. Ce proaïrétisme, pris dans son ensemble, sera doté, comme on le verra, d'un symbolisme très fort (ACT. « Narrer » : 1 : connaître l'histoire).

(71) *Elle s'enhardit alors assez pour examiner pendant un moment cette créature sans nom dans le langage humain, forme sans substance, être sans vie, ou vie sans action.* ★ Le neutre, genre spécifique du castrat, est signifié à travers la privation d'âme (ou d'animation : l'inanimé est, en indo-européen, la détermination même du neutre) : la copie privative *(sans...)* est la forme diagrammatique de la castrature, apparence de vie à laquelle il manque la vie (SYM. Le neutre).

** Le portrait du vieillard, qui suivra et qui est annoncé ici rhéto-riquement, prend son origine dans un *cadrage* opéré par la jeune femme *(« s'enhardir assez pour examiner »)*, mais par *fading* de le voix originaire, c'est le discours qui continuera la description : la corps du vieillard copie un modèle peint (SYM. Réplique des corps).

XXIII. *Le modèle de la peinture.* Toute description littéraire est une *vue*. On dirait que l'énoncia-teur, avant de décrire, se poste à la fenêtre, non tellement pour bien voir, mais pour fonder ce qu'il voit par son cadre même : l'embrasure fait le spectacle. Décrire, c'est donc placer le cadre vide que l'auteur réaliste transporte toujours avec lui (plus important que son chevalet), devant une collection ou un continu d'objets inaccessibles à la parole sans cette opération maniaque (qui pourrait faire rire à la façon d'un gag); pour pouvoir en parler, il faut que l'écrivain, par un rite initial, transforme d'abord le « réel » en objet peint (encadré); après quoi il peut décrocher cet objet, le *tirer* de sa peinture : en un mot : le dé-peindre (dépeindre, c'est faire dévaler le tapis des codes, c'est référer, non d'un langage à un référent, mais d'un code à un autre code). Ainsi le réalisme (bien mal nommé, en tout cas souvent mal interprété) consiste, non à copier le réel, mais à copier une copie (peinte) du réel : ce fameux réel, comme sous l'effet d'une peur qui interdirait de le toucher directement, est *remis plus loin*, différé, ou du moins saisi à travers la gangue pic-turale dont on l'enduit avant de le soumettre à la parole : code sur code, dit le réalisme. C'est pourquoi le réalisme ne peut être dit « copieur » mais plutôt « pasticheur » (par une *mimesis* seconde, il copie ce qui est déjà copie); d'une façon ou naïve ou éhontée, Joseph Brideau n'éprouve aucun scrupule à faire du Raphaël (car il faut que le peintre lui aussi copie un autre code, un code antérieur), pas plus que Balzac n'en éprouve à déclarer ce pastiche un chef-d'œuvre. La circularité infinie des codes une fois posée, le corps lui-même ne peut y échapper : le corps réel (donné comme tel par la fiction) est la réplique d'un modèle articulé par le code des arts, en sorte que le plus « naturel » des corps, celui de la Rabouilleuse enfant, n'est jamais que la *promesse* du code artistique dont il est par avance issu *(« Le médecin, assez anatomiste pour reconnaître une taille délicieuse, comprit tout ce que les arts perdraient si ce charmant modèle se détruisait au travail des champs »)*. Ainsi, dans le réalisme même, les codes ne s'arrêtent jamais : la réplique corporelle ne peut s'interrompre qu'en sortant de la nature : soit vers la Femme superlative (c'est le « chef-d'œuvre »), soit vers la créature sous-humaine (c'est le castrat). Tout cela ouvre un double problème. D'abord, où, quand cette prééminence du code pictural dans la *mimesis* littéraire a-t-elle commencé ? Pourquoi a-t-elle disparu ? Pourquoi le rêve de peinture des écrivains est-il mort ? Par quoi a-t-il été remplacé ? Les codes de représentation éclatent aujourd'hui au profit d'un espace multiple dont le modèle ne peut plus être la peinture (le « tableau ») mais serait plutôt le théâtre (la scène), comme l'avait annoncé, ou du moins désiré, Mallarmé. Et puis : si littérature et peinture cessent d'être prises dans une réflexion hiérarchique, l'une étant le *rétroviseur* de l'autre, à quoi bon les tenir plus longtemps pour des objets à la fois solidaires et séparés, en un mot : *classés ?* Pourquoi ne pas annuler leur différence (purement substantielle) ? Pourquoi ne pas renoncer à la pluralité des « arts », pour mieux affirmer celle des « textes » ?

(72) *Elle était sous le charme de cette craintive curiosité qui pousse les femmes à se procurer des émotions dangereuses, à voir des tigres enchaînés, à regarder des boas, en s'effrayant de n'en être séparées que par de faibles barrières.* ★ SEM. Fascination. ★★ REF. La Femme et le Serpent.

(73) *Quoique le petit vieillard eût le dos courbé comme celui d'un journalier, on s'apercevait facilement que sa taille avait dû être ordinaire. Son excessive maigreur, la délicatesse de ses membres, prouvaient que ses proportions étaient toujours restées sveltes.* ★ REF. Code rhétorique : prosopographie (le « portrait » était un genre rhétorique, spécialement en honneur dans la néo-rhétorique du IIe siècle ap. J.-C. : morceau brillant et *détachable*, que le discours va, ici, pénétrer d'intentions sémiques). ★★ SEM. beauté (antérieure).

(74) *Il portait une culotte de soie noire, qui flottait autour de ses cuisses décharnées en décrivant des plis, comme une voile abattue.* ★ SEM. Vide. L'image de la *voile abattue* ajoute une connotation de déshérence, c'est-à-dire de temporalité : le vent, la vie se sont retirés.

(75) *Un anatomiste eût reconnu soudain les symptômes d'une affreuse étisie en voyant les petites jambes qui servaient à soutenir ce corps étrange.* ★ SEM. Monstre (Extra-nature). ★★ HER. Enigme 4 : thème et position (par son corps, le vieillard est le sujet d'une énigme).

(76) *Vous eussiez dit de deux os mis en croix sur une tombe.* ★ SEM. Mort (le signifiant connote l'anguleux, le géométrique, la ligne brisée, forme antithétique du *vaporeux* et du *végétal*, c'est-à-dire de la vie).

(77) *Un sentiment de profonde horreur pour l'homme saisissait le cœur quand une fatale attention vous dévoilait les marques imprimées par la décrépitude à cette casuelle machine.* ★ SEM. Mécanicité.

(78) *L'inconnu portait un gilet blanc, brodé d'or, à l'ancienne mode, et son linge était d'une blancheur éclatante. Un jabot de dentelle d'Angleterre assez roux, dont la richesse eût été enviée par une reine, formait des ruches jaunes sur sa poitrine; mais sur lui cette dentelle était plutôt un haillon qu'un ornement. Au milieu de ce jabot, un diamant d'une valeur incalculable scintillait comme le soleil.* ★ SEM. Ultra-âge, Féminité (coquetterie), Richesse.

(79) *Ce luxe suranné, ce trésor intrinsèque et sans goût, faisaient encore mieux ressortir la figure de cet être bizarre.* ★ HER. Enigme 4 (Qui est le vieillard ?) : thème et position. L'absence de goût réfère à un vêtement dont on recherche l'essence de féminité et de richesse, sans se préoccuper s'il convient esthétiquement ou socialement à la personne *(c'est le « trésor intrinsèque »)* : de la même façon la vulgarité accomplit le vêtement du travesti plus sûrement que la distinction, parce qu'elle fait de la féminité une essence, non une valeur; la vulgarité est du côté du code (ce pour quoi elle peut fasciner), la distinction du côté de la performance.

(80) *Le cadre était digne du portrait. Ce visage noir était anguleux et creusé dans tous les sens. Le menton était creux; les tempes étaient creuses; les yeux étaient perdus en de jaunâtres orbites. Les os maxillaires, rendus saillants par une maigreur indescriptible, dessinaient des cavités au milieu de chaque joue.* ★ REF. Code rhétorique : le portrait. ★★ L'extrême maigreur du vieillard est indice de vieillesse, mais aussi de vide, de réduction par le manque. Ce dernier sème s'oppose sans doute au stéréotype de l'eunuque gras, gonflé, vide par bouffissure; c'est que la connotation est ici prise dans un contexte double : syntagmatiquement, le vide ne doit pas contredire le ridé de la vieillesse; paradigmatiquement, le maigre comme vide s'oppose à la plénitude drue, végétale, tendue, de la jeune femme (SEM. Vide).

(81) *Ces gibbosités, plus ou moins éclairées par les lumières, produisaient des ombres et des reflets curieux qui achevaient d'ôter à ce visage les caractères de la face humaine.* ★ SEM. Extra-monde.

(82) *Puis les années avaient si fortement collé sur les os la peau jaune et fine de ce visage qu'elle y décrivait partout une multitude de rides, ou circulaires comme les replis de l'eau troublée par un caillou que jette un enfant, ou étoilées comme une fêlure de vitre, mais toujours profondes et aussi pressées que les feuillets dans la tranche du livre.* ★ SEM. Ultra-âge (l'excessivement ridé, la momie).

XXIV. *La transformation* La surcharge métaphorique
comme jeu. (l'eau, la vitre, le livre) constitue un jeu du discours. Le
jeu, qui est une activité réglée
et toujours soumise au retour, consiste alors, non à
accumuler les mots par pur plaisir verbal (logorrhée),
mais à multiplier une même forme de langage (ici la
comparaison), comme si l'on voulait épuiser l'invention
pourtant infinie des synonymes, tout à la fois répéter et
varier le signifiant, de façon à affirmer l'être pluriel du
texte, son retour. Ainsi, dans l'ascenseur de Balbec où
le narrateur proustien veut engager la conversation avec
le jeune liftier, celui-ci ne répond pas « *soit étonnement
de mes paroles, attention à son travail, souci de l'éti-
quette, dureté de son ouïe, respect du lieu, crainte du
danger, paresse d'intelligence ou consigne du directeur* ».
Le jeu est ici d'essence grammaticale (et par conséquent
bien plus exemplaire) : il consiste à ranger acrobatique-
ment, le plus longtemps possible, la diversité plurielle des
possibles sous un syntagme singulier, à « transformer »
la proposition verbale de chaque cause *(« parce qu'il
n'entendait pas bien »)* en double substantif *(« la dureté
de son ouïe »)*, bref à produire un modèle constant,
performé à l'infini : ce qui est tenir les contraintes la
langue à discrétion : d'où la joie même de la puissance.

(83) *Quelques vieillards nous présentent souvent des portraits plus
hideux; mais ce qui contribuait le plus à donner l'apparence d'une création artificielle au spectre survenu devant nous était le rouge et le blanc
dont il reluisait. Les sourcils de son masque recevaient de la lumière
un lustre qui révélait une peinture très bien exécutée. Heureusement
pour la vue attristée de tant de ruines, son crâne cadavéreux était caché
sous une perruque blonde dont les boucles innombrables trahissaient
une prétention extraordinaire.* ★ REF. Le physique des vieillards.

** SEM. Extra-nature, Féminité, Chose. La beauté, on l'a vu, ne peut s'induire, par catachrèse, que d'un grand modèle culturel (écrit ou pictural) : elle se dit, ne se décrit pas. Bien au contraire, la laideur se décrit, abondamment : elle seule est « réaliste », affrontée au référent, sans code intermédiaire (d'où l'idée que le réalisme, en art, ne décrit que des laideurs). Cependant, il y a ici retournement, reversion du code : le vieillard est lui-même *« une peinture très bien exécutée »*; le voilà réintégré dans la réplique des corps; il est son propre double : comme *masque*, il copie de lui-même *ce qui est en-dessous;* seulement, étant sa propre copie, sa duplication est tautologique, stérile comme celle des choses peintres.

(84) *Du reste, la coquetterie féminine de ce personnage fantasmago-rique était assez énergiquement annoncée par les boucles d'or qui pendaient à ses oreilles, par les anneaux dont les admirables pierreries brillaient à ses doigts ossifiés, et par une chaîne de montre qui scin-tillait comme les chatons d'une rivière au cou d'une femme.* ★ SEM. Féminité, Extra-monde, Richesse.

(85) *Enfin cette espèce d'idole japonaise* ★ L'idole japonaise (peut-être, bizarrement, le Bouddha) connote un mélange inhumain d'impassi-bilité et de fard; elle désigne l'insensibilité mystérieuse de la chose, la chose qui copie la vie et fait de la vie une chose (SEM. Chose).

(86) *conservait sur ses lèvres bleuâtres un rire fixe et arrêté, un rire implacable et goguenard, comme celui d'une tête de mort.* ★ Le rire arrêté, figé, conduit à l'image de la peau tendue (comme dans une opération de chirurgie esthétique), de la vie à laquelle il manque ce peu de peau qui est la substance même de la vie. Dans le vieillard, la vie est sans cesse copiée, mais la copie présente toujours le *moins* de la castration (ainsi les lèvres auxquelles il manque le rouge franc de la vie) (SEM. Fantastique, Extra-monde).

(87) *Silencieuse, immobile autant qu'une statue, elle exhalait l'odeur musquée des vieilles robes que les héritiers d'une duchesse exhument de ses tiroirs pendant un inventaire.* ★ SEM. Chose, Ultra-âge.

(88) *Si le vieillard tournait ses yeux vers l'assemblée, il semblait que les mouvements de ces globes incapables de réfléchir une lueur se fussent accomplis par un artifice imperceptible; et quand les yeux s'arrêtaient, celui qui les examinait finissait par douter qu'ils eussent remué.* ★ SEM. Froid, Artifice, Mort (les yeux de la poupée).

66

XXV. *Le portrait.* Dans le portrait, les sens « fourmillent », jetés à la volée à travers une forme qui cependant les discipline : cette forme est à la fois un ordre rhétorique (l'annonce et le détail) et une distribution anatomique (le corps et le visage); ces deux protocoles sont eux aussi des codes; ces codes se surimpriment à l'anarchie des signifiés, ils apparaissent comme des opérateurs de nature — ou de raison. L'image finale fournie par le discours (par le « portrait ») est donc celle d'une forme naturelle, imprégnée de sens, comme si le sens n'était que le prédicat ultérieur d'un corps premier. En fait la naturalité du portrait vient de ce que, en se superposant, les codes multiples se décalent : leurs unités n'ont pas même emplacement, ni même taille, et cette disparité, entassée selon des plis inégaux, produit ce qu'il faut appeler le *glissement* du discours — son *naturel :* dès que deux codes fonctionnent en même temps mais selon des longueurs d'ondes inégales, il se produit une image de mouvement, une image de vie — en l'occurrence : un portrait. Le portrait (dans ce texte-ci) n'est pas une représentation réaliste, une copie liée, telle que la peinture figurative pourrait nous en donner l'idée; c'est une scène occupée par des blocs de sens, à la fois variés, répétés et discontinus (cernés); de l'arrangement (rhétorique, anatomique et phrastique) de ces blocs, surgit un diagramme du corps, non sa copie (en quoi le portrait reste entièrement soumis à une structure linguistique, la langue ne connaissant que des analogies diagrammatiques : des *analogies,* au sens étymologique : des *proportions*) : le corps du vieillard ne se « détache » pas comme un référent réel sur le fond des mots ou du salon; il est l'espace sémantique lui-même, il devient espace en devenant sens. Autrement dit, la lecture du portrait « réaliste » n'est pas une lecture réaliste : c'est une lecture cubiste : les sens sont des cubes, entassés, décalés, juxtaposés et cependant mordant les uns sur les autres, dont la translation produit tout l'espace du tableau, et fait de cet espace même un sens *supplémentaire* (accessoire et atopique) : celui du corps humain : la figure n'est pas le total, le cadre ou le support des sens, elle est un sens de plus : une sorte de paramètre diacritique.

XXVI. *Signifié et vérité*. Tous les signifiés qui composent le portrait sont « vrais », car ils appartiennent tous à la définition du vieillard : le Vide, l'Inanimé, le Féminin, le Suranné, le Monstrueux, le Riche, chacun de ces sèmes est dans un rapport de congruence avec la vérité dénotative du vieillard, qui est un castrat très âgé, ancienne vedette internationale fabuleusement fortunée; tous ces sèmes désignent la vérité, mais même mis tous ensemble, ils ne suffisent pas à la faire nommer (et cet échec est heureux, puisqu'il ne faut pas que, selon l'histoire, la vérité soit connue prématurément). Le signifié a donc, de toute évidence, une valeur herméneutique : tout procès du sens est un procès de vérité : dans le texte classique (relevant d'une idéologie historique), le sens est confondu avec la vérité, la signification est le chemin de la vérité : si l'on parvient à *dénoter* le vieillard, sa vérité (de castrat) est immédiatement dévoilée. Cependant, dans le système herméneutique, le signifié de connotation occupe une place particulière : il opère une vérité incomplète, insuffisante, impuissante à se faire nommer : il est l'incomplétude, l'insuffisance, l'impuissance de la vérité, et ce manque partiel a valeur statutaire; ce défaut d'accouchement est un élément codé, un morphème herméneutique, dont la fonction est d'épaissir l'énigme en la cernant : une énigme forte est une énigme étroite, en sorte que, moyennant certaines précautions, plus les signes se multiplient, plus la vérité s'obscurcit, plus le déchiffrement s'irrite. Le signifié de connotation est à la lettre un *index :* il pointe mais ne dit pas; ce qu'il pointe, c'est le nom, c'est la vérité comme nom; il est à la fois la tentation de nommer et l'impuissance à nommer (pour amener le nom, l'induction sera plus efficace que la désignation) : il est ce *bout de la langue*, d'où va tomber, plus tard, le nom, la vérité. Ainsi, un doigt, de son mouvement désignateur et muet, accompagne toujours le texte classique : la vérité est de la sorte longuement désirée et contournée, maintenue dans une sorte de plénitude enceinte, dont la percée, à la fois libératoire et catastrophique, accomplira la fin même du discours; et le personnage, espace même de ces signifiés, n'est jamais que le passage de l'énigme, de cette forme nominative de l'énigme dont Œdipe (dans son débat avec le Sphinx) a empreint mythiquement tout le discours occidental.

(89) *Voir, auprès de ces débris humains, une jeune femme* ★ SYM. Antithèse : B (la jeune femme) : annonce.

(90) *dont le cou, les bras et le corsage étaient nus et blancs; dont les formes pleines et verdoyantes de beauté, dont les cheveux bien plantés sur un front d'albâtre inspiraient l'amour, dont les yeux ne recevaient pas, mais répandaient la lumière, qui était suave, fraîche, et dont les boucles vaporeuses, dont l'haleine embaumée, semblaient trop lourdes, trop dures, trop puissantes pour cette ombre, pour cet homme en poussière :* ★ SEM. Antithèse : B (la jeune femme). ★★ SEM. Végétalité (vie organique). ★★★ La jeune femme a d'abord été une femme-enfant, pénétrée passivement par le regard de l'homme (n° 60). Ici, sa situation symbolique est inversée; la voici dans le champ de l'actif : *« ses yeux ne recevaient pas, mais répandaient la lumière »;* elle rejoint la Femme castratrice, dont Mme de Lanty a été le premier exemplaire. Cette mutation peut

s'expliquer par les nécessités purement paradigmatiques de l'Antithèse : en 60, face au vieillard pétrifié, il fallait une jeune femme fraîche, frêle, florale ; ici, face aux « *débris humains* » (morne pluriel), il faut une végétalité puissante, qui rassemble, qui unifie. Ce nouveau paradigme, qui fait de la jeune femme une figure castratrice, va peu à peu s'installer et emporter le narrateur lui-même dans sa distribution ; il ne pourra plus avoir barre sur la jeune femme (comme en 62), mais retournant lui aussi son rôle symbolique, il se présentera bientôt dans la position passive d'un sujet dominé (SYM. La femme-reine).

(91) *ah ! c'était bien la mort et la vie, ma pensée, une arabesque imaginaire, une chimère hideuse à moitié, divinement femelle par le corsage. — Il y a pourtant de ces mariages-là qui s'accomplissent assez souvent dans le monde, me dis-je.* ★ D'un point de vue réaliste, le vieillard et la jeune femme étant serrés l'un contre l'autre, l'être fantastique qu'ils forment devrait être bi-partite horizontalement (comme deux enfants siamois). Cependant la force symbolique renverse — ou redresse — ce sens : le bi-partisme devient vertical : la chimère (moitié lion, moitié chèvre) oppose le haut et le bas — en laissant bien entendu à sa place anatomique la zone châtrée *(« femelle par le corsage »)* (SYM. Mariage du castrat). — ★★ REF. Code des mariages.

(92) — *Il sent le cimetière ! s'écria la jeune femme épouvantée,* ★ SEM. Mort.

(93) *qui me pressa comme pour s'assurer de ma protection, et dont les mouvements tumultueux me dirent qu'elle avait grand-peur.* ★ SYM. La femme-enfant (la mutation symbolique n'est pas encore stabilisée : le discours revient de la femme-reine à la femme-enfant).

(94) — *C'est une horrible vision, reprit-elle, je ne saurais rester là plus longtemps. Si je le regarde encore, je croirai que la mort elle-même est venue me chercher. Mais vit-il ?* ★ SEM. Mort. ★★ *Mais vit-il ?* L'interrogation pourrait être purement rhétorique, variant simplement le signifié funèbre qui est dans le vieillard. Or, par un tour imprévu, la question (que la jeune femme se pose à elle-même) devient littérale et appelle une réponse (ou une vérification) (ACT. « Question » : 1 : se poser une question).

(95) *Elle porta la main sur le phénomène* ★ ACT. « Question » : 2 : vérifier. ★★ ACT. « Toucher » : 1 : toucher.

(96) *avec cette hardiesse que les femmes puisent dans la violence de leurs désirs;* ★ REF. Psychologie de la Femme.

(97) *mais une sueur froide sortit de ses pores, car aussitôt qu'elle eut touché le vieillard, elle entendit un cri semblable à celui d'une crécelle. Cette aigre voix, si c'était une voix, s'échappa d'un gosier presque desséché.* ★ ACT. « Toucher » : 2 : réagir. ★★ La crécelle connote un son granuleux, discontinu; la voix incertaine, une humanité problématique; la gorge déssechée, une carence du caractère spécifique de la vie organique : le lubrifié (SEM. Extra-nature). ★★★ SYM. Mariage du castrat (ici : son terme catastrophique).

(98) *Puis à cette clameur succéda vivement une petite toux d'enfant convulsive et d'une sonorité particulière.* ★ SEM. Infantilité (le convulsif connote une fois de plus le discontinu maléfique, funèbre, opposé à la vie liée *uno tenore*).

XXVII. *L'Antithèse II : le mariage.*

L'Antithèse, c'est le mur sans porte. Franchir ce mur est la transgression même. Soumis à l'antithèse du dedans et du dehors, du chaud et du froid, de la vie et de la mort, le vieillard et la jeune femme sont en droit séparés par la plus inflexible des barres : celle du sens. Aussi, tout ce qui rapproche ces deux côtés antipathiques est-il proprement scandaleux (du plus rude des scandales : celui de la forme). C'était déjà un spectacle stupéfiant (« *l'un des plus rares caprices de la nature* ») que de voir joints étroitement les deux termes de l'antithèse, enroulés l'un à l'autre, le corps de la jeune femme et le corps du vieillard; mais lorsque la jeune femme *touche* le vieillard, il y a paroxysme de la transgression; celle-ci n'est plus limitée à l'espace, elle devient substantielle, organique, chimique. Le geste de la jeune femme est un petit *acting out :* qu'on le prenne pour une hystérie de conversion (substitut de l'orgasme) ou pour le passage du Mur

71

(de l'Antithèse et de l'hallucination), le contact physique de ces deux substances exclusives, la femme et le castrat, l'inanimé et l'animé, produit une catastrophe : il y a choc explosif, conflagration paradigmatique, fuite éperdue des deux corps indûment rapprochés : chaque partenaire est le lieu d'une véritable révolution physiologique : sueur et cri : chacun, par l'autre, est comme *retourné;* touché par un agent chimique d'une extraordinaire puissance (la Femme pour le castrat, la castration pour la Femme), le profond est expulsé, comme dans un vomissement. Voilà ce qui se passe, lorsque l'on subvertit l'arcane du sens, lorsque l'on abolit la séparation sacrée des pôles paradigmatiques, lorsque l'on efface la barre de l'opposition, fondement de toute « pertinence ». Le mariage de la jeune femme et du castrat est deux fois catastrophique (ou si l'on préfère, il forme un système à deux entrées) : symboliquement, il est affirmé que le corps double, le corps chimérique est inviable, voué à la dispersion de ses parties : lorsqu'un corps supplémentaire est produit, qui vient s'ajouter à la distribution déjà accomplie des contraires, ce supplément (posé en 13 selon un mode ironique alors destiné à l'exorciser) est maudit : le *trop* éclate : le rassemblement se retourne en éparpillement; et structuralement, il est dit que la figure majeure issue de la sagesse rhétorique, à savoir l'Antithèse, ne peut se transgresser impunément : le *sens* (et son fondement classificatoire) est une question de vie ou de mort : de la même façon, en copiant la Femme, en prenant sa place par-dessus la barre des sexes, le castrat transgressera la morphologie, la grammaire, le discours, et de cette abolition du sens, Sarrasine mourra.

(99) *A ce bruit, Marianina, Filippo et Mme de Lanty jetèrent les yeux sur nous, et leurs regards furent comme des éclairs. La jeune femme aurait voulu être au fond de la Seine.* ★ ACT. « Toucher » : 3 : la réaction se généralise. ★★ Le champ féminin, son rapport exclusif au vieillard, est ici réaffirmé : Mme de Lanty, Marianina, Filippo, toute la descendance féminine de la Zambinella (SYM. Axe de la castration).

(100) *Elle prit mon bras et m'entraîna vers un boudoir. Hommes et femmes, tout le monde nous fit place. Parvenus au fond des appartements de réception, nous entrâmes dans un petit cabinet demi-circulaire.* ★ « Toucher » : 4 : fuir. ★★ Sens mondain : on s'écarte devant les gaffeurs; sens symbolique : la castration est contagieuse : la jeune femme ayant eu contact avec elle, est marquée (SYM. Contagion de la castration). La demi-circularité du petit cabinet connote un lieu théâtral, d'où il sera légitime de « contempler » l'Adonis.

(101) *Ma compagne se jeta sur un divan, palpitant d'effroi, sans savoir où elle était.* ★ ACT. « Toucher » : 5 : se réfugier.

(102) *— Madame, vous êtes folle, lui dis-je.* ★ SYM. La femme-enfant. La jeune femme est morigénée par le narrateur comme un enfant irresponsable; mais dans un autre sens, la folie de la jeune femme est littérale : son geste d'attouchement est bien l'irruption du signifiant dans le réel par-delà le mur du symbole : c'est un acte psychotique.

(103) *— Mais, reprit-elle après un moment de silence pendant lequel je l'admirai,* ★ Le rôle symbolique du narrateur est en train de muter : d'abord donné comme une sorte de patron de la jeune femme, le voici qui admire, se tait et désire : il a désormais quelque chose à demander (SYM. L'homme-sujet).

(104) *est-ce ma faute ? Pourquoi Mme de Lanty laisse-t-elle errer des revenants dans son hôtel ?* ★ SEM. Sur-nature.

(105) *— Allons, répondis-je, vous imitez les sots. Vous prenez un petit vieillard pour un spectre.* ★ L'imaginaire du narrateur, c'est-à-dire le système symbolique à travers lequel il se méconnaît, a précisément ce caractère d'être *asymbolique :* il est, dit-il, celui qui ne croit pas aux fables (aux symboles) (SEM. Asymbolie). ★★ SYM. La femme-enfant.

XXVIII. *Personnage et figure.*

Lorsque des sèmes identiques traversent à plusieurs reprises le même Nom propre et semblent s'y fixer, il naît un personnage. Le personnage est donc un produit combinatoire : la combinaison est relativement stable (marquée par le retour des sèmes) et plus ou moins complexe (comportant des traits plus ou moins congruents, plus ou moins contradictoires); cette complexité détermine la « personnalité » du personnage, tout aussi combinatoire que la saveur d'un mets ou le bouquet d'un vin. Le Nom propre fonctionne comme le champ d'aimantation des sèmes; renvoyant virtuellement à un corps, il entraîne la configuration sémique dans un temps évolutif (biographique). En principe, celui qui dit *je* n'a pas de nom (c'est le cas exemplaire du narrateur proustien); mais en fait, *je* devient tout de suite un nom, son nom. Dans le récit (et dans bien des conversations), *je* n'est plus un pronom, c'est un nom, le meilleur des noms; dire *je*, c'est immanquablement s'attribuer des signifiés; c'est aussi se pourvoir d'une durée biographique, se soumettre imaginairement à une « évolution » intelligible, se signifier comme objet d'un destin, donner un sens au temps. A ce niveau, *je* (et singulièrement le narrateur de *Sarrasine*) est donc un personnage. Tout autre est la figure : ce n'est plus une combinaison de sèmes fixés sur un Nom civil, et la biographie, la psychologie, le temps ne peuvent plus s'en emparer; c'est une configuration incivile, impersonnelle, achronique, de rapports symboliques. Comme figure, le personnage peut osciller entre deux rôles, sans que cette oscillation ait aucun sens, car elle a lieu hors du temps biographique (hors de la chronologie) : la structure symbolique est entièrement réversible : on peut la lire dans tous les sens. Ainsi la femme-enfant et le narrateur-père, un moment effacés, peuvent revenir, recouvrir la femme-reine et le narrateur-esclave. Comme idéalité symbolique, le personnage n'a pas de tenue chronologique, biographique ; il n'a plus de Nom ; il n'est qu'un lieu de passage (et de retour) de la figure.

(106) — *Taisez-vous, répliqua-t-elle avec cet air imposant et railleur que toutes les femmes savent si bien prendre quand elles veulent avoir raison.* ★ La femme-reine *ordonne* le silence (toute domination commence par interdire le langage), elle *impose* (aplatissant son partenaire dans la situation du sujet), elle *raille* (dénie la paternité du narrateur) (SYM. La femme-reine). ★★ REF. Psychologie des Femmes.

(107) *Le joli boudoir! s'écria-t-elle en regardant autour d'elle. Le satin bleu fait toujours à merveille en tenture. Est-ce frais!* ★ ACT. « Tableau » : 1 : jeter un regard à la ronde. Le satin bleu, la fraîcheur, ou bien constituent un simple effet de réel (pour faire « vrai », il faut à la fois être précis et insignifiant), ou bien connotent la futilité des propos d'une jeune femme qui parle d'ameublement un moment après s'être livrée à un geste bizarre, ou bien préparent l'euphorie dans laquelle sera lu le portrait d'Adonis.

(108) *Ah! le beau tableau! ajouta-t-elle en se levant, et allant se mettre en face d'une toile magnifiquement encadrée.*
Nous restâmes pendant un moment dans la contemplation de cette merveille ★ ACT. « Tableau » : 2 : apercevoir.

(109) *qui semblait due à quelque pinceau surnaturel.* ★ Métonymiquement, l'élément transnaturel qui est dans le référent (la Zambinella est hors de la nature) passe à la fois dans le sujet du tableau (l'Adonis est « *trop beau pour un homme* ») et dans sa facture (le « *pinceau surnaturel* » suggère que la main du peintre a été relevée par celle de quelque dieu : tel le Christ, au moment du vernissage, descendait du ciel pour se surimprimer dans l'icône que venait de colorier le peintre byzantin) (SYM. Sur-nature).

(110) *Le tableau représentait Adonis étendu sur une peau de lion.* ★ Le portrait d'Adonis est le thème (le sujet) d'une nouvelle énigme (ce sera la cinquième), dont la formulation sera bientôt énoncée : de qui cet Adonis est-il le portrait ? (HER. Enigme 5 : thématisation).

75

** Par sa *« peau de lion »*, cet Adonis prend appui sur les innombrables représentations académiques de bergers grecs (REF. Mythologie et Peinture).

(111) *La lampe suspendue au milieu du boudoir, et contenue dans un vase d'albâtre, illuminait alors cette toile d'une lueur douce qui nous permit de saisir toutes les beautés de la peinture.* ★ SEM. Sélénité (la lumière de la lampe est douce comme celle de la lune).

XXIX. *La lampe d'albâtre.*

La lumière diffusée par la lampe est extérieure au tableau; mais elle devient, métonymiquement, la lumière intérieure à la scène peinte : l'albâtre (doux et blanc) — matière conductrice mais non émettrice, reflet lumineux et froid —, cet albâtre du boudoir n'est autre que la lune qui éclaire le jeune berger. Ainsi Adonis, dont on nous dira, en 547, que Girodet s'inspira pour peindre son Endymion, devient amant lunaire. Il y a triple reversion des codes : Endymion transmet à Adonis son sens, son histoire et sa réalité : on lit Endymion avec les mêmes mots qui décrivent l'Adonis; on lit Adonis selon la situation même d'Endymion. Tout, dans l'Endymion-Adonis, connote la féminité (voir la description du n° 113) : la « *grâce exquise* », les « *contours* » (mot qui ne s'applique qu'aux académies « molles » de la femme romantique ou de l'éphèbe mythologique), la pose alanguie, légèrement tournée, offerte à la possession, la couleur, pâle et diffuse, blanche (la belle femme de l'époque était très blanche), les cheveux abondants et bouclés, « *tout enfin* »; ce dernier attribut, comme n'importe quel *et cœtera*, censure ce qu'on ne nomme pas, c'est-à-dire ce qu'il faut à la fois cacher et désigner : l'Adonis est placé au fond d'un théâtre (le boudoir demi-circulaire) et l'Endymion est découvert, dévoilé par un petit Eros qui tire le rideau de verdure comme un rideau de scène, pointant ainsi le centre même de ce qu'il faut regarder, inspecter : à savoir le sexe, chez Girodet barré par l'ombre, comme il est dans la Zambinella mutilé par la castration. Amoureuse d'Endymion, Séléné le visite; sa lumière active caresse le berger endormi, offert, et s'insinue en lui; quoique féminine, la Lune est active; quoique masculin, le garçon est passif : double inversion qui est celle des deux sexes biologiques et des deux termes de la castration dans toute la nouvelle, où les femmes sont castratrices et les hommes châtrés : ainsi la musique s'insinuera dans Sarrasine, le « *lubrifiant* », le portant au dernier plaisir, tout comme la lumière lunaire possède Endymion, dans une sorte de bain insinuant. Tel est l'échange qui règle le jeu symbolique : essence terrifiante de la passivité, la castration est paradoxalement sur-active : elle touche de son néant tout ce qu'elle rencontre : le manque est irradiant. Or, par une dernière reversion culturelle — la plus piquante —, tout cela, nous pouvons le *voir* (et non plus seulement le lire); l'Endymion qui est dans le texte est ce même Endymion qui est dans un musée (notre musée : le Louvre), en sorte que, remontant la chaîne duplicative des corps et des copies, nous avons de la Zambinella la plus littérale des images : une photographie. La lecture étant une traversée de codes, rien ne peut en arrêter le voyage; la photographie du castrat fictif fait partie du texte; remontant la ligne des codes, nous avons le droit d'arriver chez Bulloz, rue Bonaparte, et de demander que l'on nous ouvre le carton (probablement celui des « sujets mythologiques ») où nous découvrirons la photographie du castrat.

Enigme 5 : formulation (le modèle du portrait appartient-il à la
« nature » ?). ★★ SEM. Sur-nature (Extra-nature).

XXX. *Au-delà*
et en deçà.

La perfection est un bout du
Code (origine ou terme, comme
on veut); elle exalte (ou eupho-
rise) dans la mesure où elle met fin à la fuite des répliques,
abolit la distance entre le code et la performance, entre
l'origine et le produit, entre le modèle et la copie;
et comme cette distance fait partie du statut humain, la
perfection, qui l'annule, se trouve hors des limites
anthropologiques, dans la sur-nature, où elle rejoint
l'autre transgression, l'inférieure : le *plus* et le *moins*
peuvent être rangés génériquement dans une même
classe, celle de l'excès, ce qui est *au-delà* ne diffère plus
de ce qui est *en deçà*, l'essence du code (la perfection) a
finalement même statut que ce qui est hors du code (le
monstre, le castrat), car la vie, la norme, l'humanité ne
sont que des migrations intermédiaires, dans le champ
des répliques. Ainsi Zambinella est la Sur-Femme, la
Femme essentielle, parfaite (en bonne théologie, la perfection est l'essence, et la Zambinella est un « chef-
d'œuvre »), mais en même temps, du même mouvement,
elle est le sous-homme, le castrat, le manque, le *moins*
définitif; en elle, absolument désirable, en lui, absolument exécrable, les deux transgressions se confondent.
Cette confusion est juste, puisque la transgression n'est
rien d'autre qu'une *marque* (Zambinella est marquée à
la fois par la perfection et par le manque); elle permet
au discours un jeu d'équivoques : parler de la perfection
« surnaturelle » de l'Adonis, c'est en même temps parler
du manque « sous-naturel » du castrat.

(113) *après avoir examiné, non sans un doux sourire de contentement, la grâce exquise des contours, la pose, la couleur, les cheveux, tout enfin.* ★ SEM. Féminité. ★★ Ainsi décrit, le tableau connote toute une atmosphère d'épanouissement, de gratification sensuelle : un accord, une sorte de comblement érotique s'accomplit, de l'Adonis peint à la jeune femme, qui l'exprime par « *un doux sourire de contentement* ». Or, par le jeu de l'histoire, le plaisir de la jeune femme vient de trois objets différents, superposés dans l'Adonis : 1. *un homme :* c'est Adonis lui-même, sujet mythologique du tableau; c'est sur cette interprétation du désir de la jeune femme que s'articulera la jalousie du narrateur; 2. *une femme :* la jeune femme perçoit la nature féminine de l'Adonis et s'y sent accordée, soit complicité, soit saphisme, de toute manière frustrant encore ici le narrateur, rebuté hors du champ prestigieux de la féminité; 3. *un castrat,* qui, décidément, ne cesse de fasciner la jeune femme (SYM. Mariage du castrat).

(114) — *Il est trop beau pour un homme, ajouta-t-elle après un examen pareil à celui qu'elle aurait fait d'une rivale.* ★ Les corps de *Sarrasine,* orientés — ou désorientés — par la castration, ne peuvent se situer avec sûreté de part et d'autre du paradigme sexuel : il y a, implicites, un *au-delà* de la Femme (la perfection) et un *en deçà* de l'homme (la castrature). Dire que l'Adonis n'est pas un homme, c'est à la fois renvoyer à une vérité (c'est un castrat) et à un leurre (c'est une Femme) (HER. Enigme 5 : vérité et leurre : équivoque).

(115) *Oh! comme je ressentis alors les atteintes de cette jalousie* ★ SYM. Désir du narrateur.

(116) *à laquelle un poète avait essayé vainement de me faire croire! la jalousie des gravures, des tableaux, des statues, où les artistes exagèrent la beauté humaine, par suite de la doctrine qui les porte à tout idéaliser.* ★ REF. Code littéraire de la passion (ou code de la passion littéraire). ★★ SYM. Réplique des corps (être amoureux d'une copie : c'est le thème de Pygmalion, repris explicitement en 229).

(117) — *C'est un portrait, lui répondis-je. Il est dû au talent de Vien.* ★ SYM. Réplique des corps.

(118) *Mais ce grand peintre n'a jamais vu l'original, et votre admiration sera moins vive peut-être quand vous saurez que cette académie a été faite d'après une statue de femme.* ★ SYM. Réplique des corps (la duplication des corps est liée à l'instabilité du paradigme sexuel, qui fait osciller le castrat entre le garçon et la femme). ** Le tableau a été fait d'après une statue : c'est vrai; mais cette statue copiait une femme fausse; autrement dit, l'énoncé est vrai jusqu'à la statue, faux à partir de la femme; le mensonge est emporté par la phrase, rendu solidaire de la vérité qui l'inaugure, comme le génitif est syntagmatiquement solidaire de la statue : comment un simple génitif pourrait-il mentir ? (HER. Enigme 5 : équivoque).

XXXI. *La réplique troublée.*

Sans le Livre, sans le Code — toujours antérieurs — point de désir, point de jalousie : Pygmalion est amoureux d'un maillon du code statuaire; Paolo et Francesca s'aiment *à partir* de la passion de Lancelot et de Guenièvre (Dante, *Enfer*, V) : origine elle-même perdue, l'écriture devient origine du sentiment. Dans cette dérive ordonnée, la castration apporte le trouble : le vide affole la chaîne des signes, l'engendrement des répliques, la régularité du code. Sarrasine, abusé, sculpte Zambinella en femme. Vien transforme cette femme en garçon et retourne ainsi au sexe premier du modèle (un ragazzo napolitain); par un dernier renversement, le narrateur arrête arbitrairement la chaîne à la statue et fait de l'original une femme. De la sorte, trois trajets s'enchevêtrent : un trajet opératoire, producteur « réel » des copies (il remonte de l'homme-Adonis à la femme-statue, puis au garçon travesti); un trajet mystificateur, tracé mensongèrement par le narrateur jaloux (il remonte de l'homme-Adonis à la femme-statue, puis, implicitement, à la femme-modèle); un trajet symbolique, qui a pour seuls relais des féminités : celle de l'Adonis, celle de la statue, celle du castrat : c'est le seul espace homogène, à l'intérieur duquel personne ne ment. Ce brouillage a une fonction herméneutique : le narrateur déforme sciemment la véritable origine de l'Adonis; il produit un leurre, destiné à la jeune femme — et au lecteur; mais symboliquement, ce même narrateur, à travers sa mauvaise foi, indexe (en la référant à une femme) la carence de virilité du modèle; son mensonge est donc inducteur de vérité.

(119) — *Mais qui est-ce?*
J'hésitai.
— *Je veux le savoir, ajouta-t-elle vivement.* ★ SYM. La femme-reine (le narrateur désire la jeune femme, la jeune femme désire savoir qui est l'Adonis : les conditions d'un contrat s'esquissent). ★★ HER. Énigme 5 : formulation (qui est le modèle de l'Adonis ?).

(120) — *Je crois, lui dis-je, que cet Adonis représente un... un... parent de Mme de Lanty.* ★ ACT. « Narrer » : 2 : connaître l'histoire (nous savons que le narrateur connaît l'identité du vieillard, n° 70; nous apprenons ici qu'il connaît également l'origine de l'Adonis : il est donc en puissance de résoudre les énigmes, de raconter l'histoire). ★★ HER. Énigme 5 : réponse suspendue. ★★★ SYM. Tabou sur le nom de castrat.

XXXII. *Le retard.* La vérité est frôlée, déviée, perdue. Cet accident est structural.
  Le code herméneutique, en effet, a une fonction, celle-là même que l'on reconnaît (avec Jakobson) au code poétique : de même que la rime (notamment) structure le poème selon l'attente et le désir du retour, de même les termes herméneutiques structurent l'énigme selon l'attente et le désir de sa résolution. La dynamique du texte (dès lors qu'elle implique une vérité à déchiffrer) est donc paradoxale : c'est une dynamique statique : le problème est de *maintenir* l'énigme dans le vide initial de sa réponse; alors que les phrases pressent le « déroulement » de l'histoire et ne peuvent s'empêcher

de conduire, de déplacer cette histoire, le code herméneutique exerce une action contraire : il doit disposer dans le
flux du discours des *retards* (chicanes, arrêts, dévoie-
ments); sa structure est essentiellement réactive, car il
oppose à l'avancée inéluctable du langage un jeu éche-
lonné d'arrêts : c'est, entre la question et la réponse,
tout un espace dilatoire, dont l'emblème pourrait être
la « réticence », cette figure rhétorique qui interrompt la
phrase, la suspend et la dévie (le *Quos ego*... virgilien).
D'où, dans le code herméneutique, comparativement à
ses termes extrêmes (la question et la réponse), l'abondance des morphèmes dilatoires : le *leurre* (sorte de
dévoiement délibéré de la vérité), l'*équivoque* (mélange
de vérité et de leurre qui, bien souvent, en cernant
l'énigme, contribue à l'épaissir), la *réponse partielle* (qui
ne fait qu'irriter l'attente de la vérité), la *réponse suspendue* (arrêt aphasique du dévoilement) et le *blocage*
(constat d'insolubilité). La variété de ces termes (leur
jeu d'invention) témoigne bien du travail considérable
que le discours doit accomplir s'il veut *arrêter* l'énigme,
la maintenir en état d'ouverture. L'attente devient de la
sorte la condition fondatrice de la vérité : la vérité, nous
disent ces récits, c'est ce qui est *au bout* de l'attente. Ce
dessin rapproche le récit du rite initiatique (un long chemin marqué d'embarras, d'obscurités, d'arrêts, débouche
tout d'un coup sur la lumière); il implique un retour à
l'ordre, car l'attente est un désordre : le désordre est le
supplément, ce qui s'ajoute interminablement sans rien
résoudre, sans rien finir, l'ordre est le complément, ce
qui complète, remplit, sature et congédie précisément tout
ce qui menacerait de suppléer : la vérité est ce qui
complète, ce qui clôt. En somme, reposant sur l'articulation de la question et de la réponse, le récit herméneutique est construit selon l'image que nous nous faisons
de la phrase : un organisme sans doute infini dans ses

expansions, mais réductible à l'unité dyadique du sujet et du prédicat. Raconter (à la façon classique), c'est poser la question comme un sujet que l'on tarde à prédiquer ; et lorsque le prédicat (la vérité) arrive, la phrase, le récit sont terminés, le monde est adjectivé (après qu'on a eu grand-peur qu'il ne le soit pas). Cependant, de même que toute grammaire, si nouvelle soit-elle, du moment qu'elle est fondée sur la dyade du sujet et du prédicat, du nom et du verbe, ne peut être qu'une grammaire historique, liée à la métaphysique classique, de même le récit herméneutique, dans lequel la vérité vient prédiquer un sujet incomplet, fondé en attente et désir de sa prochaine clôture, est daté, lié à la civilisation kérigmatique du sens et de la vérité, de l'appel et du comblement.

XXXIII. *Et/ou.* Lorsque le narrateur hésite à nous dire qui est l'Adonis (et dévoie ou noie la vérité), le discours mêle deux codes : le code symbolique — d'où se tire la censure du nom de *castrat*, l'aphasie que ce nom provoque au moment où l'on risque de le proférer —, et le code herméneutique, selon lequel cette aphasie n'est qu'une suspension de réponse, obligée par la structure dilatoire du récit. De ces deux codes, référés simultanément à travers les mêmes mots (le même signifiant), l'un est-il plus important que l'autre ? Ou plus exactement : si l'on veut « expliquer » la phrase (et partant le récit), faut-il *décider* pour un code ou pour l'autre ? Doit-on dire que l'hésitation du narrateur est déterminée par la contrainte du symbole (qui veut que le castrat soit censuré), ou par la finalité du dévoilement (qui veut que ce dévoilement soit à la fois esquissé et retardé) ? Personne au monde (aucun sujet savant, aucun dieu du récit) ne peut en décider. Dans le récit (et cela en est peut-être une « définition »), le symbolique et l'opératoire sont indécidables, soumis au régime du *et/ou*. Aussi, choisir, décider d'une hiérarchie des codes, d'une pré-détermination des messages, comme le fait l'explication de textes, est *im-pertinent*, car c'est écraser la tresse de l'écriture sous une voix unique, ici psychanalytique, là poétique (au sens aristotélicien). Bien plus, manquer le pluriel des codes, c'est censurer le travail du discours : l'indécidabilité définit un faire, la performance du conteur : de même qu'une métaphore réussie ne donne à lire, entre ses termes, aucun ordre et ôte toute butée à la chaîne polysémique (contrairement à la comparaison, figure originée), de même un « bon » récit accomplit à la fois la pluralité et la circularité des codes : corrigeant sans cesse les causalités de l'anecdote par la métonymie des symboles, et inversement la simultanéité des sens par les opérations qui entraînent et consument l'attente vers sa fin.

(121) *J'eus la douleur de la voir abîmée dans la contemplation de cette figure. Elle s'assit en silence, je me mis auprès d'elle et lui pris la main sans qu'elle s'en aperçût ! Oublié pour un portrait !* ★ SYM. Le mariage du castrat (l'union de la jeune femme et du castrat est ici euphorisée : on sait que la configuration symbolique n'est pas soumise à une évolution diégétique : ce qui a éclaté catastrophiquement peut revenir pacifiquement uni). ★★ SYM. Réplique des corps (être amoureux d'un portrait, tel Pygmalion d'une statue).

(122) *En ce moment le bruit léger des pas d'une femme dont la robe frémissait retentit dans le silence.* ★ Le court épisode qui commence ici (et se terminera au n° 137) est une *brique* (comme on dit en cybernétique), un morceau de programme inséré dans la machine, une séquence qui vaut, dans son ensemble, pour un seul signifié : le don

de la bague relance l'énigme 4 : *qui est le vieillard ?* Cet épisode comprend plusieurs proaïrétismes (ACT. « Entrer » : 1 : s'annoncer par un bruit).

(123) *Nous vîmes entrer la jeune Marianina, plus brillante encore par son expression d'innocence que par sa grâce et par sa fraîche toilette; elle marchait alors lentement, et tenait avec un soin maternel, avec une filiale sollicitude, le spectre habillé qui nous avait fait fuir du salon de musique;* ★ ACT. « Entrer » : 2 : l'entrée proprement dite. ★★ HER. Enigme 3 : position et formulation (énigmatiques, les rapports du Vieillard et de Marianina renforcent l'énigme attachée à la famille Lanty : d'où viennent-ils ? qui sont-ils ?) ★★★ SEM. Infantilité.

(124) *elle le conduisait en le regardant avec une espèce d'inquiétude posant lentement ses pieds débiles.* ★ HER. Enigme 3 : formulation (Quel mobile peut-il y avoir à la sollicitude inquiète de Marianina, quel rapport entre eux ? Qui sont les Lanty ?).

XXXIV. *Le babil du sens.* Pour toute action romanesque (relevée par le discours du roman classique), il y a trois régimes possibles d'*expression*. Ou bien le sens est énoncé, l'action nommée, mais non détaillée *(accompagner avec une sollicitude inquiète)*. Ou bien le sens étant toujours énoncé, l'action est plus que nommée : décrite *(regarder avec inquiétude par terre là où la personne que l'on guide pose ses pieds)*. Ou bien l'action est décrite, mais le sens est tu : l'acte est simplement connoté (au sens propre) d'un signifié implicite *(regarder le vieillard poser lentement ses pieds débiles)*. Les deux premiers régimes, selon lesquels la signification est *excessivement* nommée, imposent une plénitude serrée du sens, ou, si l'on préfère, une certaine redondance, une sorte de babil sémantique, propre à l'ère archaïque — ou enfantine — du discours moderne, marqué par la peur obsessionnelle de manquer la communication du sens (sa fondation); d'où, en réaction, dans les derniers (ou « nouveaux » romans), la pratique du troisième régime : dire l'événement sans le doubler de sa signification.

(125) *Tous deux, ils arrivèrent assez péniblement à une porte cachée dans la tenture.* ⋆ ACT. « Porte I » (il y aura d'autres « Portes ») : 1 : arriver à une porte (de plus, la porte *cachée* connote une atmosphère mystérieuse, ce qui est de nouveau poser l'énigme 3).

(126) *Là, Marianina frappa doucement.* ⋆ ACT. « Porte I » : 2 : frapper à la porte.

(127) *Aussitôt apparut, comme par magie, un grand homme sec, espèce de génie familier.* ⋆ ACT. « Porte I » : 3 : apparaître à une porte (c'est-à-dire : l'avoir ouverte). ⋆⋆ REF. le romanesque (apparition d'un « génie »). Le grand homme sec est le domestique signalé au n° 41, comme associé au clan des femmes, qui protège le vieillard.

(128) *Avant de confier le vieillard à ce gardien mystérieux,* ⋆ ACT. « Adieu » : 1 : confier (avant de quitter).

(129) *la jeune enfant baisa respectueusement le cadavre ambulant, et sa chaste caresse ne fut pas exempte de cette câlinerie gracieuse dont le secret appartient à quelques femmes privilégiées.* ⋆ ACT. « Adieu » : 2 : embrasser. ⋆⋆ HER. Enigme 3 : position et formulation (quel type de rapport peut impliquer une « chaste caresse », une « câlinerie respectueuse » ? parental ? conjugal ?). ⋆⋆⋆ REF. code proverbial : les Femmes Supérieures.

(130) — *Addio, Addio! disait-elle avec les inflexions les plus jolies de sa jeune voix.* ⋆ ACT. « Adieu » : 3 : dire « adieu ». ⋆⋆ SEM. Italianité.

(131) *Elle ajouta sur la dernière syllabe une roulade admirablement bien exécutée, mais à voix basse, et comme pour peindre l'effusion de son cœur par une expression poétique.* ⋆ SEM. Musicalité.

XXXV. *Le réel, l'opérable.* Que se passerait-il, si l'on exécutait réellement l'*addio* de Marianina, tel que le discours le décrit ? Sans doute quelque chose d'incongru, d'extravagant, et non pas de musical. Bien plus : est-il seulement possible d'accomplir l'événement référé ? Ceci amène à deux propositions. La première est que le discours n'a aucune responsabilité envers le réel : dans le roman le plus réaliste, le référent n'a pas de « réalité » : qu'on imagine le désordre provoqué par la plus sage des narrations, si ses descriptions étaient prises au mot, converties en programmes d'opérations, et tout simplement *exécutées*. En somme (c'est la seconde proposition), ce qu'on appelle « réel » (dans la théorie du texte réaliste) n'est jamais qu'un code de représentation (de signification) : ce n'est jamais un code d'exécution : *le réel romanesque n'est pas opérable*. Identifier — comme il serait, après tout, assez « réaliste » de le faire — le réel et l'opérable, ce serait subvertir le roman à la limite de son genre (d'où la destruction fatale des romans lorsqu'ils passent de l'écriture au cinéma, d'un système du sens à un ordre de l'opérable).

(132) *Le vieillard, frappé subitement par quelque souvenir, resta sur le seuil de ce réduit secret. Nous entendîmes alors, grâce à un profond silence, le soupir lourd qui sortit de sa poitrine :* ★ SEM. Musicalité (le vieillard se souvient d'avoir été sopraniste). ★★ ACT. « Don » : 1 : inciter (ou être incité) au don.

(133) *il tira la plus belle des bagues dont ses doigts de squelette étaient chargés, et la plaça dans le sein de Marianina.* ★ ACT. « Don » : 2 : remettre l'objet.

(134) *La jeune folle se mit à rire, reprit la bague, la glissa par-dessus son gant à l'un de ses doigts,* ★ ACT. « Don » : 3 : accepter le don

(le rire, le gant sont des effets de réel, des notations dont l'in-signi-fiance même authentifie, signe, signifie le « réel »).

(135) *et s'élança vivement vers le salon, où retentirent en ce moment les préludes d'une contredanse.* ★ ACT. « Partir » : 1 : vouloir sortir.

(136) *Elle nous aperçut.*
— *Ah! vous étiez là! dit-elle en rougissant.*
Après nous avoir regardés comme pour nous interroger, ★ ACT. « Partir » : 2 : suspendre son départ. *Comme* est bien l'opérateur fonda-mental du sens, la clef qui introduit les substitutions, les équivalences, qui fait passer de l'acte *(regarder pour interroger)* à l'air *(comme pour interroger)*, de l'opérable au signifiant.

(137) *elle courut à son danseur avec l'insouciante pétulance de son âge.* ★ ACT. « Partir » : 3 : repartir.

XXXVI. *Le pli,*   Qu'est-ce qu'une suite d'actions?
le dépli.   le dépli d'un nom. *Entrer?* Je
                         puis déplier en : « s'annoncer »
et « pénétrer ». *Partir?* Je puis déplier : en « vouloir »,
« s'arrêter », « repartir ». *Donner?* « provoquer »,
« remettre », « accepter ». Inversement, constituer la
séquence, c'est trouver le nom : la séquence est la
monnaie, le *valant-pour* du nom. Par quelles divisions
s'établit ce change? Qu'y a-t-il dans l' « Adieu », la
« Porte », le « Don » ? Quelles actions subséquentes,
composantes? Selon quels plis fermer l'éventail de la
séquence? Deux systèmes de pli (deux « logiques »)
semblent tour à tour requis. Le premier décompose le
titre (nom ou verbe) selon ses moments constitutifs
(l'articulation peut être régulière : *commencer/poursuivre*,
ou troublée : *commencer/s'arrêter/repartir*). Le second
accroche au mot-tuteur des actions voisines *(dire adieu/confier, embrasser)*. Ces systèmes, l'un analytique,

l'autre catalytique, l'un définitionnel, l'autre métonymique, n'ont en fait d'autre logique que celle du *déjà-vu, déjà-lu, déjà-fait :* celle de l'empirie et de la culture. Le dépli de la séquence, ou inversement son pli, se font sous l'autorité de grands modèles ou culturels *(remercier pour un don)* ou organiques *(troubler le cours d'une action)* ou phénoménaux *(le bruit précède le phénomène)*, etc. La séquence proaïrétique est bien une série, c'est-à-dire « une multiplicité munie d'une règle d'ordre » (Leibnitz), mais la règle d'ordre est ici culturelle (c'est en somme l' « habitude ») et linguistique (c'est la possibilité du nom, le nom gros de ses possibles). De la même manière, des séquences peuvent s'arranger entre elles (converger, s'articuler) de façon à former un semblant de réseau, une table (ainsi des séquences « Entrer », « Porte », « Adieu », « Partir »), mais la « chance » de cette table (narrativement : *cet* épisode) est liée à la possibilité d'un méta-nom (par exemple : la méta-séquence de la Bague). Ainsi, lire (percevoir le *lisible* du texte), c'est aller de nom en nom, de pli en pli ; c'est plier sous un nom, puis déplier le texte selon les nouveaux plis de ce nom. Tel est le proaïrétisme : artifice (ou art) de lecture qui cherche des noms, s'efforce vers eux : acte de transcendance lexicale, travail de classement opéré à partir du classement de la langue, c'est, comme dirait la philosophie bouddhiste, une activité *maya :* relevé des apparences, mais en ce qu'elles sont des formes discontinues, des noms.

---

(138) — *Qu'est-ce que cela veut dire ? me demanda ma jeune partenaire. Est-ce son mari ?* ★ HER. Enigme 3 : formulation (Quel est le rapport parental des Lanty et du vieillard ?). ★★ Même fausse, l'hypothèse donne un nom, c'est-à-dire une issue, au symbole, elle *marie* une fois de plus le castrat à la jeunesse, à la beauté, à la vie : mariage

accompli avec la jeune femme ou avec Marianina : le symbole ne fait pas acception de personnes (SYM. Le mariage du castrat).

(139) *Je crois rêver. Où suis-je?*
— Vous! répondis-je, vous, madame, qui êtes exaltée et qui, comprenant si bien les émotions les plus imperceptibles, savez cultiver dans un cœur d'homme le plus délicat des sentiments, sans le flétrir, sans le briser dès le premier jour, vous qui avez pitié des peines du cœur, et qui à l'esprit d'une Parisienne joignez une âme passionnée digne de l'Italie ou de l'Espagne...
Elle vit bien que mon langage était empreint d'une ironie amère; et alors, sans avoir l'air d'y prendre garde, elle m'interrompit pour dire : — Oh! vous me faites à votre goût. Singulière tyrannie! Vous voulez que je ne sois pas moi.
— Oh! je ne veux rien, m'écriai-je épouvanté de son attitude sévère.
★ Il y a ici deux codes culturels, l'un prenant en charge l'autre : 1) le « marivaudage », d'autant plus codé qu'il est fort lourd, soit parodie menée volontairement par le narrateur, soit manière proprement balzacienne de concevoir la « légèreté » des conversations mondaines, 2) l'ironie, tout aussi lourde, sans doute pour les mêmes raisons (REF. Le Marivaudage. L'Ironie). ★★ REF. L'esprit parisien, la passion méridionale. ★★★ Le narrateur, d'abord paternel, est ici pleinement soupirant; la Femme a barre sur lui; au moindre mot de son maître (dit « sans avoir l'air d'y prendre garde »), l'homme-sujet bat en retraite, accusant ainsi une sujétion nécessaire à la suite (immédiate) de l'histoire (SYM. La Femme-Reine et le narrateur-sujet).

(140) *Au moins est-il vrai que vous aimez à entendre raconter l'histoire de ces passions énergiques enfantées dans nos cœurs par les ravissantes femmes du Midi?* ★ Le narrateur connaît l'histoire du vieillard énigmatique et de l'Adonis mystérieux (n° 70 et 120); de son côté, la jeune femme s'y intéresse (n° 119) : les conditions d'un contrat de narration ont été réunies. On passe maintenant à une proposition explicite de récit. Cette proposition vaut d'abord (ici) pour un don propitiatoire destiné à compenser l'offense faite par le narrateur à la Femme-Reine, qu'il s'agit d'apaiser. Le récit qui s'annonce est donc constitué dès maintenant en offrande, avant de devenir marchandise (prise dans un marché qui sera précisé plus tard) (ACT. « Narrer » : 3 : proposer de raconter). ★★ REF. La Passion (délices de l'analogie : un soleil plus *chaud* fait des passions *brûlantes*, puisque l'amour est une *flamme*). La méridionalité, connotée

90

déjà par le teint olivâtre du jeune Filippo, est le genre qui contient à l'avance l'espèce « Italie ». *** L'énoncé propose un enthymème mensonger : 1. l'histoire qui va être racontée est une histoire de femme; 2. or ce sera l'histoire de Zambinella; 3. donc Zambinella sera une femme. Il y a leurre du narrateur à sa destinatrice (et au lecteur) : avant même de commencer, l'énigme 6 *(Qui est la Zambinella ?)* est dévoyée (HER. Enigme 6 : thématisation et leurre).

XXXVII. *La phrase herméneutique.* La proposition de vérité est une phrase « bien faite »; elle comporte un sujet (le thème de l'énigme), l'énoncé de la question (la formulation de l'énigme), sa marque interrogative (la position de l'énigme), les différentes subordonnées, incises et catalyses (les délais de la réponse), qui précèdent le prédicat final (le dévoilement). Canoniquement, l'énigme 6 *(Qui est la Zambinella ?)* se parlerait ainsi :

Question :	« *Voici la Zambinella.* (sujet, thème)	*Qui est-elle* (formulation)	? (position)
Retards :	*Je vais vous le dire :* (promesse de réponse)	*une femme,* (leurre)	*un être hors nature,* (équivoque)
	un... (réponse suspendue)	*parent des Lanty,* (réponse partielle)	
	personne ne peut le savoir. (réponse bloquée)		
Réponse :	— *un castrat déguisé en femme.* (dévoilement)		

Ce canon peut être modifié (tout comme il y a plusieurs ordres de phrase), pourvu que les principaux herméneutèmes (les « noyaux ») soient présents à un moment ou à un autre dans le discours : le discours peut condenser en une seule énonciation (dans un seul signifiant) plusieurs herméneutèmes, en implicitant les uns ou les autres (thématisation, position et formulation); il peut aussi inverser les termes de l'ordre herméneutique : une réponse peut être dévoyée avant que la question ait été posée (on nous suggère que Zambinella est une femme, avant même qu'elle soit apparue dans l'histoire); ou encore un leurre peut continuer après que la vérité a été dévoilée (Sarrasine continue à s'aveugler sur le sexe de Zambinella bien qu'il en ait reçu la révélation). Cette liberté de la phrase herméneutique (qui serait un peu, toutes proportions gardées, celle de la phrase flexionnelle) vient de ce que le récit classique combine deux points de vue (deux pertinences) : une règle de communication, qui veut que les réseaux de destination soient séparés et que chacun puisse survivre, même si son voisin est déjà « brûlé » (Sarrasine peut continuer à s'adresser un message mensonger bien que le circuit du lecteur soit déjà saturé : l'aveuglement du sculpteur devient un nouveau message, objet d'un nouveau système dont le lecteur est désormais le seul destinataire); et une règle pseudo-logique, qui tolère une certaine liberté dans l'ordre de présentation des prédicats, une fois que le sujet a été posé : cette liberté renforce en fait la prééminence du sujet (de la vedette), dont l'ébranlement (littéralement : la mise en question) apparaît ainsi accidentel et provisoire; ou plutôt : du provisoire de la question, on induit son accidentel : le sujet une fois pourvu de son prédicat « *vrai* », tout rentre dans l'ordre, la phrase peut finir.

(141) — *Oui. Hé ! bien?*
— *Hé! bien, j'irai demain soir chez vous vers neuf heures, et je vous révélerai ce mystère.* ★ On pourrait poser, dans la séquence « Narrer », une sous-séquence ou brique, celle du « Rendez-vous » *(proposé/refusé/accepté)*, d'autant que le Rendez-vous est une pièce usuelle de l'ar-

senal romanesque (il y en a un autre dans la suite de la nouvelle, celui que la duègne donne à Sarrasine, au n° 288). Néanmoins, comme ce rendez-vous-ci, dans sa structure spécifique *(refusé/accepté)*, transcrit diagrammatiquement le marchandage noué par le narrateur et la jeune femme autour de l'objet « Récit », on l'intégrera directement à la séquence « Narrer », dont il deviendra un terme intermédiaire : ACT. « Narrer » : 4 : proposer un rendez-vous pour raconter tranquillement une histoire (acte assez fréquent dans le code de la vie courante : *je vous raconterai cela...*).

(142) — *Non, répondit-elle d'un air mutin, je veux l'apprendre sur-le-champ.*
— *Vous ne m'avez pas encore donné le droit de vous obéir quand vous dites : Je veux.* ★ ACT. « Narrer » : 5 : discuter le moment du rendez-vous. ★★ La Femme-Reine semble exiger un récit immédiat par pur caprice — façon de connoter sa domination —, mais le narrateur lui rappelle la nature exacte — et sérieuse — de la contestation : vous ne m'avez encore rien donné, je n'ai donc encore aucune obligation envers vous. Ce qui veut dire : si vous vous donnez à moi, je vous raconterai l'histoire : donnant, donnant : un moment d'amour contre une belle histoire (SYM. La Femme-Reine et le narrateur-sujet).

(143) — *En ce moment, répondit-elle avec une coquetterie désespérante, j'ai le plus vif désir de connaître ce secret. Demain, je ne vous écouterai peut-être pas...* ★ SYM. La Femme-Reine (capricieuse). Exiger sur-le-champ la livraison de la marchandise (la narration du récit demandé), c'est éluder la contrepartie, puisque le désir du narrateur ne pourrait être, lui, satisfait dans le salon des Lanty : la jeune femme a quelque envie de « tricher ».

(144) *Elle sourit, et nous nous séparâmes; elle toujours aussi fière, aussi rude, et moi toujours aussi ridicule en ce moment que toujours. Elle eut l'audace de valser avec un jeune aide de camp; et je restai tour à tour fâché, boudeur, admirant, aimant, jaloux.* ★ SYM. La Femme-Reine et le narrateur-sujet. La situation symbolique des partenaires est ici transcrite, par l'un des intéressés, en méta-langage psychologique.

(145) — *A demain, me dit-elle vers deux heures du matin, quand elle sortit du bal.* ★ ACT. « Narrer » : 6 : accepter le rendez-vous.

(146) — *Je n'irai pas, pensai-je, je t'abandonne. Tu es plus capricieuse, plus fantasque mille fois peut-être... que mon imagination.* ★ ACT. « Narrer » : 7 : refuser le rendez-vous. Le chassé-croisé du rendez-vous (accepté par l'un, refusé par l'autre et vice-versa) figure diagrammatiquement l'essence même du marchandage, qui est va-et-vient de propositions et de refus : ce qui est visé à travers l'épisode du rendez-vous, c'est une économie très précise de l'échange. — L'histoire de la Zambinella, nous dit en passant le narrateur, est peut-être fictive, dans la fiction même : fausse monnaie introduite subrepticement dans le circuit.

(147) *Le lendemain, nous étions devant un bon feu,* ★ ACT. « Narrer » : 8 : avoir accepté le rendez-vous.

(148) *dans un petit salon élégant, assis tous deux; elle sur une causeuse; moi, sur des coussins, presque à ses pieds, et mon œil sous le sien. La rue était silencieuse. La lampe jetait une clarté douce. C'était une de ces soirées délicieuses à l'âme, un de ces moments qui ne s'oublient jamais, une de ces heures passées dans la paix et le désir, et dont, plus tard, le charme est toujours un sujet de regret, même quand nous nous trouvons plus heureux. Qui peut effacer la vive empreinte des premières sollicitations de l'amour?* ★ SYM. La Femme-Reine et le narrateur-sujet *(« presque à ses pieds et mon œil sous le sien »).* Le décor (bon feu, silence, meubles confortables, clarté douce) est ambivalent : il vaut aussi bien pour la narration d'une bonne histoire que pour une soirée d'amour. ★★ REF. Code de la Passion, du Regret, etc.

(149) — *Allons, dit-elle, j'écoute.* ★ ACT. « Narrer » : 9 : ordre de récit.

(150) — *Mais je n'ose commencer. L'aventure a des passages dangereux pour le narrateur. Si je m'enthousiasme, vous me ferez taire.* ★ ACT. « Narrer » : 10 : hésiter à raconter. Peut-être faudrait-il constituer en morphème spécial cette dernière hésitation du discours à commencer une histoire, sorte de suspense purement discursif, analogue à la dernière station d'un strip-tease. ★★ SYM. Le narrateur et la castration. Risquant, dit-il, de « s'enthousiasmer », le narrateur s'identifie par avance à la « passion » de Sarrasine pour Zambinella — et, partant, à la castration qui en est l'enjeu.

(151) — *Parlez.* ★ ACT. « Narrer » : 11 : ordre réitéré.

(152) — *J'obéis.* ★ ACT. « Narrer » : 12 : ordre accepté. Par ce dernier mot, le récit qui commence est placé sous le signe de la Femme-Reine, de la Figure castratrice.

XXXVIII. *Les récits-contrats.* A l'origine du Récit, le désir. Pour produire du récit, le désir doit cependant *varier*, entrer dans un système d'équivalences et de métonymies; ou encore : pour se produire, le récit doit pouvoir *s'échanger*, s'assujettir à une économie. Ainsi dans *Sarrasine :* le secret de l'Adonis vaut pour son corps; connaître ce secret, c'est accéder à ce corps : la jeune femme désire l'Adonis (nº 113) et son histoire (nº 119) : un premier désir est posé, qui en détermine un second, par métonymie : le narrateur, jaloux de l'Adonis par contrainte culturelle (nº 115-116), est obligé de désirer la jeune femme; et comme il possède l'histoire de l'Adonis, les conditions d'un contrat sont réunies : A désire B qui désire quelque chose que possède A; A et B vont échanger ce désir et cette chose, ce corps et ce récit : une nuit d'amour contre une belle histoire. Le Récit : monnaie d'échange, objet de contrat, enjeu économique, en un mot *marchandise*, dont la transaction, qui peut aller, comme ici, jusqu'au véritable marchandage, n'est plus limitée au cabinet de l'éditeur mais se représente elle-même, en abyme, dans la narration ? Telle est la théorie affabulée par *Sarrasine.* Voilà la question que pose peut-être tout récit. *Contre quoi échanger le récit ? Que « vaut » le récit ?* Ici, le récit se donne en échange d'un corps (il s'agit d'un contrat de prostitution), ailleurs, il peut acheter la vie même (dans les *Mille et Une Nuits,* une histoire de Schéhérazade vaut pour un jour de survie); ailleurs enfin, chez Sade, le narrateur alterne systématiquement, comme dans un geste d'achat, une orgie contre une dissertation, c'est-à-dire du sens (la philosophie *vaut pour* le sexe, le boudoir) : le récit est, par une astuce vertigineuse, la représentation du contrat qui le fonde : dans ces récits exemplaires, la narration est théorie (économique) de la narration : on ne raconte pas pour « distraire », pour « instruire » ou pour satisfaire un certain exercice anthropologique du sens; on raconte pour obtenir en échangeant; et c'est cet échange qui est figuré dans le récit lui-même : le récit est à la fois produit et production, marchandise et commerce, enjeu et porteur de cet enjeu : dialectique d'autant plus explicite dans *Sarrasine* que le « contenu » même du Récit-Marchandise (une histoire de castration) empêchera le pacte de s'accomplir jusqu'au bout : la jeune femme, touchée par la castration *racontée*, se retirera de la transaction sans honorer son engagement.

XXXIX. *Ceci n'est pas une explication de texte.* Puisque le récit est à la fois une marchandise et la relation du contrat dont elle est l'objet, il ne peut plus être question d'établir une hiérarchie rhétorique entre les deux parties de la nouvelle, comme on le fait communément : la soirée chez les Lanty n'est pas un simple prologue et l'aventure de Sarrasine n'est pas l'histoire principale; le sculpteur n'est pas le héros et le narrateur n'est pas un simple personnage protatique; *Sarrasine* n'est pas une histoire de castrat, mais de contrat; c'est l'histoire d'une force (le récit) et de l'incidence de cette force sur le contrat même qui la prend en charge. Les deux parties du texte ne sont donc pas déboîtées selon le prétendu principe des récits-gigognes (un récit dans le récit). L'emboîtement des blocs narratifs n'est pas (seulement) ludique, mais (aussi) économique. Le récit n'engendre pas le récit par extension métonymique (sauf à passer par le relais du désir), mais par alternance paradigmatique : le récit est déterminé non par un désir de raconter mais par un désir d'échanger : c'est un *valant-pour*, un représentant, une monnaie, un pesant d'or. Ce qui rend compte de cette équivalence centrale, ce n'est pas le « plan » de *Sarrasine*, c'est sa structure. La structure n'est pas le plan. Ceci n'est donc pas une explication de texte.

(153) « *Ernest-Jean Sarrasine était le seul fils d'un procureur de la Franche-Comté, repris-je après une pause. Son père avait assez loyalement gagné six à huit mille livres de rente, fortune de praticien, qui, jadis, en province, passait pour colossale. Le vieux maître Sarrasine, n'ayant qu'un enfant, ne voulut rien négliger pour son éducation, il espérait en faire un magistrat, et vivre assez longtemps pour voir, dans ses vieux jours, le petit-fils de Matthieu Sarrasine, laboureur au pays de Saint-Dié, s'asseoir sur les lis et dormir à l'audience pour la plus grande gloire du Parlement; mais le ciel ne réservait pas cette joie au procureur.* ★ Dans le titre même de la nouvelle (n° 1), une question avait été posée : *Sarrasine, qu'est-ce que c'est que cela ?* Il est maintenant répondu à cette question (HER. Enigme 1 : réponse). ★★ SYM. Le père et le fils : Antithèse : A : le fils béni (il sera maudit au n° 168). L'antithèse correspond à un code culturel : à Père magistrat, Fils artiste : par cette inversion se dissolvent les sociétés. ★★★ Dans ce roman familial, une place est vide : celle de la mère (SYM. Le père et le fils : la mère absente).

(154) *Le jeune Sarrasine, confié de bonne heure aux Jésuites,* ★ ACT. « Pension » : 1 : entrer en pension.

(155) *donna les preuves d'une turbulence peu commune.* ★ SEM. Turbulence. Dénotativement, la turbulence est un trait caractériel; cependant, ce trait renvoie ici à un signifié plus vaste, plus vague, plus formel aussi : l'état d'une substance qui ne « prend » pas ou ne se purifie pas, et reste défaite, troublée; Sarrasine est frappé de ce vice profond : il n'a pas l'unification, la lubrification organique; et c'est

97

finalement le sens étymologique du mot *turbulence* qui est son sens connoté.

(156) *Il eut l'enfance d'un homme de talent.* ⋆ SEM. Vocation (pour le moment indéfinie).

(157) *Il ne voulait étudier qu'à sa guise, se révoltait souvent, et restait parfois des heures entières plongé dans de confuses méditations, occupé, tantôt à contempler ses camarades quand ils jouaient, tantôt à se représenter les héros d'Homère.* ⋆ SEM. Sauvagerie. ⋆⋆ SEM. Vocation (artistique : peut-être littéraire ?).

(158) *Puis, s'il lui arrivait de se divertir, il mettait une ardeur extraordinaire dans ses jeux. Lorsqu'une lutte s'élevait entre un camarade et lui, rarement le combat finissait sans qu'il y eût du sang répandu. S'il était le plus faible, il mordait.* ⋆ SEM. Excès (ce qui excède la nature). ⋆⋆ SEM. Féminité (*mordre*, au lieu d'user du poing phallique, est un connotateur de féminité). L'apparition du sang dans l'enfance du sculpteur dramatise déjà, par une touche lointaine, son destin.

(159) *Tour à tour agissant ou passif, sans aptitude ou trop intelligent, son caractère bizarre* ⋆ SEM. Le composite. Ce sème, maléfique, a été déjà distribué sous d'autres formes dans la première partie du texte; le *composite* (dans la terminologie romantique, c'est le *bizarre*), connoté par le « tour à tour » des contraires, désigne une impuissance à atteindre l'homogène, l'unité dont la tenue organique est le modèle, en un mot le *lubrifié* (n° 213); ce n'est pas que Sarrasine manque de virilité (d'énergie, d'indépendance, etc.), mais cette virilité est instable, et l'instabilité entraîne le sculpteur hors de l'unité pleine, réconciliée, vers le défait, le manque (ou le signifie).

XL. *Naissance du thématique.*

Dire que Sarrasine est « *tour à tour agissant ou passif* », c'est engager à repérer dans son caractère quelque chose « qui ne prend pas », c'est engager à nommer ce quelque chose. Ainsi commence un procès de nomination, qui est l'activité même du lecteur : lire, c'est lutter pour nommer, c'est faire subir aux phrases du texte une transformation sémantique. Cette transformation est velléitaire ; elle consiste à hésiter entre plusieurs noms : si l'on nous dit que Sarrasine avait « *l'une de ces volontés fortes qui ne connaissent pas d'obstacle* », que faut-il lire ? la *volonté*, l'*énergie*, l'*opiniâtreté*, l'*entêtement*, etc. ? Le connotateur renvoie moins à un nom qu'à un complexe synonymique, dont on devine le noyau commun, cependant que le discours vous emporte vers d'autres possibles, vers d'autres signifiés affinitaires : la lecture est ainsi absorbée dans une sorte de glissement métonymique, chaque synonyme ajoutant à son voisin quelque trait, quelque départ nouveau : le vieillard qui a pu d'abord être connoté comme *fragile* est bientôt dit « *en verre* » : image dont il faut extraire des signifiés de rigidité, d'immobilité et de brisure sèche, coupante. Cette expansion est le mouvement même du sens : le sens glisse, recouvre et avance à la fois ; loin de l'analyser, on devrait au contraire le décrire par ses expansions, la transcendance lexicale, le mot générique qu'il essaye toujours de rejoindre : l'objet de la sémantique devrait être la synthèse des sens, non l'analyse des mots. Or cette sémantique des expansions, d'une certaine manière, elle existe déjà : c'est ce qu'on appelle la Thématique. Thématiser, c'est d'une part sortir du dictionnaire, suivre certaines chaînes synonymiques *(turbulent, trouble, instable, défait)*, se laisser aller à une nomination en expansion (qui peut procéder d'un certain sensualisme), et d'autre part revenir à ces différentes stations substantives pour en faire repartir quelque forme constante *(« ce qui ne prend pas »)*, car la rentabilité d'un sème, son aptitude à rejoindre une économie thématique dépend de sa répétition : il est utile de dégager dans l'agressivité de Sarrasine un mouvement (une trace répétée) de déchiquetage, puisque cet élément se retrouvera dans d'autres signifiants ; de la même manière, le *fantastique* du vieillard n'a de valeur sémantique que si le dépassement des limites humaines, qui est l'un des « composants » primitifs du mot (l'un de ses autres « noms »), peut réessaimer ailleurs. Lire, comprendre, thématiser (du moins le texte classique), c'est de la sorte *reculer* de nom en nom à partir de la butée signifiante (on recule ainsi la *violence* de Sarrasine, au moins jusqu'à l'*excès*, nom maladroit de *ce qui dépasse les limites et sort de la nature*). Ce recul est évidemment codé : lorsque le déboîtement nominal s'arrête, un niveau critique est créé, l'œuvre se ferme, le langage par lequel on termine la transformation sémantique devient nature, vérité, secret de l'œuvre. Seule une thématique infinie, proie d'une nomination sans fin, pourrait respecter le caractère perpétuel du langage, la production de la lecture, et non plus la table de ses produits. Mais dans le texte classique, la production métonymique du langage n'est pas postulée : d'où la fatalité d'un coup de dés qui arrête et fixe le glissement des noms : c'est la thématique.

(160) *le fit redouter de ses maîtres autant que de ses camarades.* ⋆ SEM. Danger.

(161) *Au lieu d'apprendre les éléments de la langue grecque, il dessinait le révérend père qui leur expliquait un passage de Thucydide, croquait le maître de mathématiques, le préfet, les valets, le correcteur, et barbouillait tous les murs d'esquisses informes.* ⋆ SEM. Sauvagerie (Sarrasine agit à contresens, hors des normes, hors des limites de la « nature »). ⋆⋆ SEM. Vocation (le dessin). Le signifié est prélevé dans un code culturel : le cancre génial réussit hors des activités réglées de la classe.

(162) *Au lieu de chanter les louanges du Seigneur à l'église, il s'amusait, pendant les offices, à déchiqueter un banc;* ⋆ SEM. Impiété. L'impiété n'est pas ici une indifférence, mais une provocation : Sarrasine est

(et donc sera) un transgresseur. La transgression consiste ici, non pas à ignorer l'office, mais à le doubler (à le parodier) d'une activité inversée, érotique et fantasmatique : celle du déchiquetage. ★★ SEM. Déchiquetage. La destruction de l'objet total, la régression (acharnée) vers l'objet partiel, le fantasme de la mise en pièces, la recherche du fétiche reparaîtront lorsque Sarrasine ne cessera de *déshabiller* la Zambinella en pensée pour dessiner son corps.

XLI. *Le nom propre.* On parle ici, parfois, de Sarrasine comme s'il existait, comme s'il avait un avenir, un inconscient, une âme; mais ce dont on parle, c'est de sa *figure* (réseau impersonnel de symboles manié sous le nom propre de Sarrasine), non de sa *personne* (liberté morale douée de mobiles et d'un trop-plein de sens) : on développe des connotations, on ne poursuit pas des investigations; on ne cherche pas la vérité de Sarrasine, mais la systématique d'un lieu (transitoire) du texte : on marque ce lieu (sous le nom de Sarrasine) pour qu'il entre dans les alibis de l'opératoire narratif, dans le réseau indécidable des sens, dans le pluriel des codes. En reprenant au discours le nom propre de son héros, on ne fait que suivre la nature économique du Nom : en régime romanesque (ailleurs aussi ?), c'est un instrument d'échange : il permet de substituer une unité nominale à une collection de traits en posant un rapport d'équivalence entre le signe et la somme : c'est un artifice de calcul qui fait qu'à prix égal la marchandise condensée est préférable à la marchandise volumineuse. Seulement la fonction économique (substitutive, sémantique) du Nom est déclarée avec plus ou moins de franchise. D'où la variété des codes patronymiques. Appeler, comme Furetière, des personnages *Javotte*, *Nicodème*, *Belastre*, c'est (sans s'abstraire complètement d'un certain code mi-bourgeois, mi-classique) accentuer la fonction structurale du Nom, déclarer son arbitraire, le dépersonnaliser, accepter la monnaie du Nom comme pure institution. Dire *Sarrasine*, *Rochefide*, *Lanty*, *Zambinella* (sans même parler de *Bouchardon*, qui a existé), c'est prétendre que le substitut patronymique est *plein* d'une personne (civile, nationale, sociale), c'est exiger que la monnaie appellative soit en or (et non laissée au gré des conventions). Toute subversion, ou toute soumission romanesque, commence donc par le Nom Propre : si précise — si bien précisée — que soit la situation sociale du narrateur proustien, son absence de nom, périlleusement entretenue, provoque une déflation capitale de l'illusion réaliste : le *je* proustien lui-même n'est plus un nom (contrairement à la nature substantive du pronom romanesque, XXVIII), car il est miné, défait par des disturbances d'âge, il perd par brouillage son temps biographique. Ce qui est caduc aujourd'hui dans le roman, ce n'est pas le romanesque, c'est le personnage; ce qui ne peut plus être écrit, c'est le Nom Propre.

(163) *ou quand il avait volé un morceau de bois, il sculptait quelque figure de sainte. Si le bois, la pierre ou le crayon lui manquaient, il rendait ses idées avec de la mie de pain.* ★ SEM. Vocation (de sculpteur). Le pétrissage de la mie de pain, préfigurant le moment où Sarrasine pétrit la glaise dont il copie le corps de la Zambinella, a une double valeur : informative (la définition de Sarrasine s'est constituée par restriction du genre « Artiste » à l'espèce « Sculpteur »); symbolique (renvoyant à l'onanisme du spectateur solitaire, repris lors de la scène du sofa, au n° 267).

(164) *Soit qu'il copiât les personnages des tableaux qui garnissaient le chœur, soit qu'il improvisât, il laissait toujours à sa place de grossières ébauches, dont le caractère licencieux désespérait les plus jeunes pères; et les médisants prétendaient que les vieux Jésuites en souriaient.*

★ SEM. Licencieux (le pétrissage est une activité érotique). ★★ REF. Psychologie des âges (les jeunes sont puristes, les vieux sont laxistes).

(165) *Enfin, s'il faut en croire la chronique du collège, il fut chassé,* ★ ACT. « Pension » : 2 : être chassé.

(166) *pour avoir, en attendant son tour au confessionnal, un vendredi saint, sculpté une grosse bûche en forme de Christ. L'impiété gravée sur cette statue était trop forte pour ne pas attirer un châtiment à l'artiste. N'avait-il pas eu l'audace de placer sur le haut du tabernacle cette figure passablement cynique!* ★ SEM. Vocation (de sculpteur). ★★ SEM. Impiété (la transgression lie la religion et l'érotique, cf. n° 162).

(167) *Sarrasine vint chercher à Paris un refuge contre les menaces* ★ ACT. « Carrière » : 1 : monter à Paris.

(168) *de la malédiction paternelle.* ★ SYM. Le père et le fils : Antithèse : B : le fils maudit.

(169) *Ayant une de ces volontés fortes qui ne connaissent pas d'obstacles, il obéit aux ordres de son génie et entra dans l'atelier de Bouchardon.* ★ SEM. Opiniâtreté (de même Sarrasine s'entêtera à aimer la Zambinella, puis à se leurrer sur sa nature; son « opiniâtreté » n'est rien d'autre que la défense de son imaginaire). ★★ ACT. « Carrière » : 2 : entrer chez un grand maître.

(170) *Il travaillait pendant toute la journée, et, le soir, allait mendier sa subsistance.* ★ REF. Stéréotype : l'artiste pauvre et courageux (gagnant sa vie le jour, créant la nuit, ou, comme ici, vice-versa).

(171) *Bouchardon, émerveillé des progrès et de l'intelligence du jeune artiste,* ★ SEM. Génie (le génie couronne la vocation de l'artiste, cf. n° 173).

(172) *devina bientôt la misère dans laquelle se trouvait son élève; il le secourut, le prit en affection et le traita comme son enfant.* ★ Bouchardon ne remplace pas le père, mais la mère, dont le manque (n° 153) a dévoyé l'enfant dans la licence, l'excès, l'anomie; comme une mère, il devine, recueille, assiste (SYM. La mère et le fils).

(173) *Puis, lorsque le génie de Sarrasine se fut dévoilé* ★ SEM. Génie. Le génie de Sarrasine est trois fois nécessaire (« vraisemblable ») :

selon le code culturel (romantique), il fait de Sarrasine un être marqué, hors des normes; selon le code dramatique, il dénonce la malignité d'un destin qui « échange » la mort d'un grand artiste contre la vie d'un castrat, c'est-à-dire le *tout* contre le *rien;* selon le code narratif, il justifie la perfection dont sera empreinte la statue de la Zambinella, origine du désir transmis à l'Adonis.

(174) *par une de ces œuvres où le talent à venir lutte contre l'effervescence de la jeunesse,* ★ REF. Code des âges et code de l'Art (le talent comme discipline, la jeunesse comme effervescence).

XLII. *Codes de classe.*   A quoi bon tenter de reconstituer un code culturel, puisque la règle d'ordre dont il dépend n'est jamais qu'un *prospect* (selon le mot de Poussin) ? Cependant l'espace des codes d'une époque forme une sorte de vulgate scientifique qu'il vaudra un jour la peine de décrire : que savons-nous « naturellement » de l'art ? — « c'est une contrainte »; de la jeunesse ? — « elle est turbulente », etc. Si l'on rassemble tous ces savoirs, tous ces vulgarismes, il se forme un monstre, et ce monstre, c'est l'idéologie. Comme fragment d'idéologie, le code de culture *inverse* son origine de classe (scolaire et sociale) en référence naturelle, en constat proverbial. Comme le langage didactique, comme le langage politique, qui, eux non plus, ne suspectent jamais la répétition de leurs énoncés (leur essence stéréotypique), le proverbe culturel écœure, provoque l'intolérance de lecture ; le texte balzacien en est tout empoissé : c'est par ses codes culturels qu'il pourrit, se démode, s'exclut de l'écriture (qui est un travail toujours *contemporain*) : il est la quintessence, le condensé résiduel de ce qui ne peut être réécrit. Ce vomissement du stéréotype est à peine conjuré par l'ironie, puisque, comme on l'a vu (XXI), elle ne peut ajouter qu'un nouveau code (un nouveau stéréotype) aux codes, aux stéréotypes qu'elle prétend exorciser. Le seul pouvoir de l'écrivain sur le vertige stéréotypique (ce vertige est aussi celui de la « bêtise », de la « vulgarité »), c'est d'y entrer sans guillemets, en opérant un texte, non une parodie. C'est ce qu'a fait Flaubert dans *Bouvard et Pécuchet :* les deux copistes sont des copieurs de codes (ils sont, si l'on veut : *bêtes*), mais comme eux-mêmes sont affrontés à la bêtise de classe qui les entoure, le texte qui les met en scène ouvre une circularité où personne (pas même l'auteur) n'a barre sur personne; et telle est bien la fonction de l'écriture : rendre dérisoire, annuler le pouvoir (l'intimidation) d'un langage sur un autre, dissoudre, à peine constitué, tout métalangage.

(175) *le généreux Bouchardon essaya de le remettre dans les bonnes grâces du vieux procureur. Devant l'autorité du sculpteur célèbre, le courroux paternel s'apaisa. Besançon tout entier se félicita d'avoir donné le jour à un grand homme futur. Dans le premier moment d'extase où le plongea sa vanité flattée, le praticien avare mit son fils en état de paraître avec avantage dans le monde.* ★ On a vu le paradigme : *béni/maudit.* On pourrait concevoir que l'on dispose ici d'un troisième terme : *réconcilié.* Ce terme dialectique n'est cependant pas recevable, car il n'a de valeur qu'au niveau anecdotique, non au niveau symbolique, où la malédiction (l'exclusion) est donnée hors du temps. Cette réconciliation vaut par celui qui en est l'artisan et que ce rôle confirme dans sa nature de mère : comme enjeu, la mère a le pouvoir de détourner le conflit du père et du fils (comme une mère, on verra bientôt Bouchardon préserver Sarrasine de la sexualité) (SYM. La mère et le fils).

(176) *Les longues et laborieuses études exigées par la sculpture*
★ REF. Code de l'Art (le dur apprentissage de la sculpture). La sculpture est réputée lutter avec la matière, non avec la représentation, comme le fait la peinture; elle est un art démiurgique, art d'extraire, non de couvrir, art de la main qui saisit.

(177) *domptèrent pendant longtemps le caractère impétueux et le génie sauvage de Sarrasine. Bouchardon, prévoyant la violence avec laquelle les passions se déchaîneraient dans cette jeune âme,* ★ SEM. Excès (l'excessif, le hors-limites).

(178) *peut-être aussi vigoureusement trempée que celle de Michel-Ange,* ★ REF. Histoire de l'Art, typologie psychologique des grands artistes (si Sarrasine avait été musicien et si Balzac était né cinquante ans plus tard, c'eût été Beethoven; en littérature, Balzac lui-même, etc.).

(179) *en étouffa l'énergie sous des travaux continus. Il réussit à maintenir dans de justes bornes la fougue extraordinaire de Sarrasine, en lui défendant de travailler, en lui proposant des distractions quand il le voyait emporté par la furie de quelque pensée, ou en lui confiant d'importants travaux au moment où il était prêt à se livrer à la dissipation.* ★ SEM. Excès. ★★ Telle une mère bourgeoise voulant que son fils devienne polytechnicien, Bouchardon veille sur le travail de Sarrasine (mais aussi, comme cette mère bourgeoise, sur sa sexualité) (SYM. La Mère et le Fils).

(180) *Mais, auprès de cette âme passionnée, la douceur fut toujours la plus puissante de toutes les armes, et le maître ne prit un grand empire sur son élève qu'en en excitant la reconnaissance par une bonté paternelle.* ★ La douceur est une arme maternelle : symboliquement, un père doux n'est-il pas la mère ? (SYM. La Mère et le Fils). ★★ REF. Code gnomique (« *Mieux vaut douceur que rage* »).

XLIII. *La transformation stylistique.* Les énoncés du code culturel sont des proverbes implicites; ils sont écrits dans ce mode obligatif par lequel le discours énonce une volonté générale, la loi d'une société, et rend inéluctable ou ineffaçable la proposition qu'il prend en charge. Bien plus : c'est parce qu'une énonciation peut être transformée en proverbe, en maxime, en postulat, que le code culturel qui l'appuie est dénoncé :

la transformation stylistique « prouve » le code, met à nu la structure, découvre la perspective idéologique. Ce qui est facile pour les proverbes (dont la forme syntaxique, archaïsante, est très spéciale) l'est beaucoup moins pour les autres codes du discours, car le modèle phrastique, l'exemple, le paradigme qui exprime chacun d'eux n'a pas été (encore) dégagé. On peut pourtant imaginer que la stylistique, qui ne s'est jusqu'ici préoccupée que d'écarts et d'expressivités — autrement dit d'*individuations* verbales, d'idiolectes d'auteur —, change radicalement d'objet et s'attache essentiellement à dégager et à classer des modèles (des patterns) de phrases, des clausules, des cadences, des armatures, des structures profondes; en un mot que la stylistique devienne à son tour transformationnelle; du même coup elle cesserait d'être un canton mineur de l'analyse littéraire (réduite à quelques constantes individuelles de syntaxe et de lexique) et, dépassant l'opposition du fond et de la forme, deviendrait un instrument de classement idéologique; car, ces modèles trouvés, on pourrait à chaque fois, le long de la plage du texte, mettre chaque code *ventre en l'air*.

---

(181) *A l'âge de vingt-deux ans, Sarrasine fut forcément soustrait à la salutaire influence que Bouchardon exerçait sur ses mœurs et sur ses habitudes.* ★ REF. Chronologie (Sarrasine a vingt-deux ans lorsqu'il part pour l'Italie). ★★ ACT. « Carrière » : 3 : quitter le maître. ★★★ Sarrasine étant « licencieux », la « salutaire influence » de Bouchardon, même si c'est finalement au bénéfice de l'art, ne peut être que morale : la sexualité du fils est protégée, préservée, annulée par la mère. L'éloignement du sexe désigne en Sarrasine l'*aphanisis*, la castration, dont il était le sujet bien avant de connaître la Zambinella : le castrat semble l'en retirer un temps (d'où le « premier » plaisir de Sarrasine au théâtre) pour l'y replonger définitivement (« *Tu m'as ravalé jusqu'à toi* », 525); la Zambinella ne sera donc, tout compte fait, pour

Sarrasine, que la *conscience* de ce qu'il était de tout temps (SYM. L'aphanisis).

(182) *Il porta les peines de son génie en gagnant le prix de sculpture* ★ ACT. « Carrière » : 4 : gagner un prix.

(183) *fondé par le marquis de Marigny, le frère de Mme de Pompadour, qui fit tant pour les arts.* ★ REF. L'Histoire (Mme de Pompadour).

(184) *Diderot vanta comme un chef-d'œuvre la statue de l'élève de Bouchardon.* ★ ACT. « Carrière » : 5 : être consacré par un grand critique. ★★ REF. L'histoire littéraire (Diderot critique d'art).

XLIV. *Le personnage historique.*

Proust écrit (*Du côté de Guermantes*, Pléiade, II, 537) : « On voit... dans un dictionnaire de l'œuvre de Balzac où les personnages les plus illustres ne figurent que selon leurs rapports avec la *Comédie humaine*, Napoléon tenir une place bien moindre que Rastignac et la tenir seulement parce qu'il a parlé aux demoiselles de Cinq-Cygne ». C'est précisément ce peu d'importance qui confère au personnage historique son poids *exact* de réalité : ce *peu* est la mesure de l'authenticité : Diderot, Mme de Pompadour, plus tard Sophie Arnould, Rousseau, d'Holbach, sont introduits dans la fiction latéralement, obliquement, *en passant*, peints sur le décor, non détachés sur la scène; car si le personnage historique prenait son importance *réelle*, le discours serait obligé de le doter d'une contingence qui, paradoxalement, le déréaliserait (ainsi des personnages de la *Catherine de Médicis* de Balzac, des romans d'Alexandre Dumas ou des pièces de Sacha Guitry, ridiculement improbables) : il faudrait les faire parler et, comme des imposteurs, ils se démasqueraient. Au contraire, s'ils sont seulement mêlés à leurs voisins fictifs, cités comme à l'appel d'une simple réunion mondaine, leur modestie, comme une écluse qui ajuste deux niveaux, met à égalité le roman et l'histoire : ils réintègrent le roman comme famille, et tels des aïeuls contradictoirement célèbres et dérisoires, ils donnent au romanesque le lustre de la réalité, non celui de la gloire : ce sont des effets superlatifs de réel.

(185) *Ce ne fut pas sans une profonde douleur que le sculpteur du roi vit partir pour l'Italie un jeune homme* ★ ACT. « Carrière » : 6 : partir pour l'Italie. ★★ La douleur, la crainte de Bouchardon est celle d'une mère qui aurait maintenu son fils en état de virginité et le verrait tout à coup appelé à faire son service militaire dans un pays à passions chaudes (SYM. Protection contre la sexualité).

(186) *dont, par principe, il avait entretenu l'ignorance profonde sur les choses de la vie.* ★ La mère généreuse mais abusive (abusive par sa générosité) a refusé au fils l'initiation aux « choses de la vie », en l'abrutissant de travail (sauf à lui permettre quelques sorties mondaines); Bouchardon a condamné Sarrasine au pucelage et a exercé à son égard un rôle castrateur (SYM. Protection contre la sexualité).

(187) *Sarrasine était depuis six ans le commensal de Bouchardon.* ★ REF. Chronologie (Sarrasine est entré chez Bouchardon à seize ans).

(188) *Fanatique de son art comme Canova le fut depuis, il se levait au jour, entrait dans l'atelier pour n'en sortir qu'à la nuit,* ★ SEM. Excès ★★ REF. Histoire de l'art (Canova).

(189) *et ne vivait qu'avec sa muse.* ★ SYM. Protection contre la sexualité. ★★ SYM. Pygmalion. La connotation est double (contradictoire) : Sarrasine ne fait jamais l'amour, il est en état d'*aphanisis* (ou perte de sexualité); Sarrasine, tel Pygmalion, couche avec ses statues, il investit son érotisme dans son art.

(190) *S'il allait à la Comédie-Française, il y était entraîné par son maître. Il se sentait si gêné chez Mme Geoffrin et dans le grand monde*

où Bouchardon essaya de l'introduire, qu'il préféra rester seul, et répudia les plaisirs de cette époque licencieuse. ★ REF. Code historique : le siècle de Louis XV. ★★ SYM. Protection contre la sexualité.

(191) *Il n'eut pas d'autres maîtresses que la sculpture* ★ Redondance de 189 : SYM. Protection contre la sexualité. ★★ SYM. Pygmalion.

(192) *et Clotilde, l'une des célébrités de l'Opéra.* ★ ACT. « Liaison » : 1 : avoir une liaison.

(193) *Encore cette intrigue ne dura-t-elle pas.* ★ ACT. « Liaison » : 2 : annonce de la fin de la liaison. L'annonce est intérieure au discours, non à l'histoire (à la liaison), auquel cas on eût rapporté des faits qui eussent été avant-coureurs de la rupture : c'est donc une annonce rhétorique. La brièveté de la liaison (signifiée à travers le *encore*...) connote son insignifiance : l'exil sexuel de Sarrasine n'est pas terminé.

(194) *Sarrasine était assez laid, toujours mal mis, et de sa nature si libre, si peu régulier dans sa vie privée,* ★ Romantiquement (c'est-à-dire en vertu du code romantique), la laideur connote le génie, par le relais de la marque, de l'exclusion (SEM. Génie). Contrairement à la beauté, la laideur ne réplique aucun modèle, elle n'a pas d'origine métonymique; elle n'a d'autre référence (d'autre Autorité) que le mot *laideur*, qui la dénote.

(195) *que l'illustre nymphe, redoutant quelque catastrophe, rendit bientôt le sculpteur à l'amour des Arts.* ★ ACT. « Liaison » : 3 : fin de la liaison.

XLV. *La dépréciation.*   *Commencer une liaison / annoncer sa fin / la finir :* l'asyndète signifie la brièveté dérisoire de l'aventure (alors que d'ordinaire la « liaison » s'offre à mille gonflements et incises romanesques). Au fond, par sa structure même (cette structure qui se voit bien dans la simplicité même de la séquence « Liaison »), le proaïrétisme déprécie comparativement le langage (« agir », dit-on, est mieux que « parler ») : une fois ramené à son essence proaïrétique, l'opératoire met en dérision le symbolique, il l'*expédie*. Par l'asyndète des énoncés de comportements, l'action humaine est trivialisée, réduite à un horizon de stimulus et de réponses, le sexuel est mécanisé, annulé. Ainsi, par la seule forme de sa séquence, la liaison de Sarrasine et de Clotilde maintient le sculpteur loin du sexe : le proaïrétisme, lorsqu'il est réduit à ses termes essentiels, comme autant de couteaux (les couteaux de l'asyndète), devient lui-même un instrument castrateur, appliqué par le discours à Sarrasine.

(196) *Sophie Arnould a dit je ne sais quel bon mot à ce sujet. Elle s'étonna, je crois, que sa camarade eût pu l'emporter sur des statues.* ★ REF. Code historique : le siècle de Louis XV (licencieux et spirituel). ★★ SYM. Loin du sexe. ★★★ SYM. Pygmalion.

(197) *Sarrasine partit pour l'Italie en 1758.* ★ ACT. « Voyage » : 1 : partir (pour l'Italie). ★★ REF. Chronologie (Sarrasine a donc vingt-deux ans en 1758, cf. n° 181).

(198) *Pendant le voyage, son imagination ardente s'enflamma sous un ciel de cuivre et à l'aspect des monuments merveilleux dont est semée la patrie des Arts. Il admira les statues, les fresques, les tableaux; et, plein d'émulation,* ★ ACT. « Voyage » : 2 : voyager (ce terme d'une séquence célèbre est infiniment catalysable). ★★ REF. Art et Tourisme (L'Italie mère des arts, etc.).

(199) *il vint à Rome,* ★ ACT. « Voyage » : 3 : arriver.

(200) *en proie au désir d'inscrire son nom entre les noms de Michel-Ange et de M. Bouchardon. Aussi, pendant les prèmiers jours, partagea-t-il son temps entre ses travaux d'atelier et l'examen des œuvres d'art qui abondent à Rome.* ★ ACT. « Voyage » : 4 : rester. ★★ REF. Histoire de l'Art.

XLVI. *La complétude.* *Partir /voyager /arriver /rester :* le voyage est saturé. Finir, remplir, joindre, unifier, on dirait que c'est là l'exigence fondamentale du *lisible*, comme si une peur obsessionnelle le saisissait : celle d'omettre une jointure. C'est la peur de l'oubli qui engendre l'apparence d'une logique des actions : les termes et leur liaison sont posés (inventés) de façon à se rejoindre, à se redoubler, à créer une illusion de continu. Le plein génère le dessin qui est censé l' « exprimer », et le dessin appelle le complément, le coloriage : on dirait que le lisible a horreur du vide. Que serait le récit d'un voyage où il serait dit que l'on reste sans être arrivé, que l'on voyage sans être parti, — où il ne serait jamais dit qu'étant parti, on arrive ou n'arrive pas ? Ce récit serait un scandale, l'exténuation, par hémorragie, de la lisibilité.

(201) *Il avait déjà passé quinze jours dans l'état d'extase qui saisit toutes les jeunes imaginations à l'aspect de la reine des ruines,* ★ REF. la Rome antique. ★★ REF. Chronologie. (Cette notation — *quinze jours* — s'accordera rétroactivement avec l'ignorance du sculpteur à l'égard de la langue italienne et des mœurs de Rome : ignorance capitale pour toute l'histoire, puisqu'elle soutient tout le leurre dont Sarrasine est entouré — et s'entoure — au sujet du sexe de la Zambinella.)

(202) *quand, un soir, il entra au théâtre d'Argentina,* ★ ACT. « Théâtre » : 1 : entrer (dans l'édifice).

(203) *devant lequel se pressait une grande foule.* ★ ACT. « Question » (elle va suivre) : 1 : fait à expliquer.

(204) *Il s'enquit des causes de cette affluence,* ★ ACT. « Question » : 2 : s'enquérir.

(205) *et le monde répondit par deux noms : Zambinella ! Jomelli !* ★ ACT. « Question » : 3 : recevoir une réponse. ★★. Le proaïrétisme

précédent (« Question ») a une valeur globale de connotation; il sert à désigner en Zambinella la vedette; ce signifié a déjà été fixé sur le vieillard; il est lié au caractère international de la famille Lanty et à l'origine de leur fortune (SEM. Vedette). ★★★ Qui est, ou plutôt : quelle (de quel sexe) est la Zambinella ? Telle est la sixième énigme du texte : elle est ici thématisée, puisque le sujet en est emphatiquement présenté (HER. Enigme 6 : thématisation).

XLVII. *S/Z*.   *SarraSine :* conformément aux habitudes de l'onomastique française, on attendrait *SarraZine :* passant au patronyme du sujet, le Z est donc tombé dans quelque trappe. Or Z est la lettre de la mutilation : phonétiquement, Z est cinglant à la façon d'un fouet châtieur, d'un insecte érinnyque; graphiquement, jeté par la main, en écharpe, à travers la blancheur égale de la page, parmi les rondeurs de l'alphabet, comme un tranchant oblique et illégal, il coupe, il barre, il zèbre; d'un point de vue balzacien, ce Z (qui est dans le nom de Balzac) est la lettre de la déviance (voir la nouvelle *Z. Marcas*); enfin, ici même, Z est la lettre inaugurale de la Zambinella, l'initiale de la castration, en sorte que par cette faute d'orthographe, installée au cœur de son nom, au centre de son corps, Sarrasine reçoit le Z zambinellien selon sa véritable nature, qui est la blessure du manque. De plus, S et Z sont dans un rapport d'inversion graphique : c'est la même lettre, vue de l'autre côté du miroir : Sarrasine contemple en Zambinella sa propre castration. Aussi la barre (/) qui oppose le S de SarraSine et le Z de Zambinella a-t-elle une fonction panique : c'est la barre de censure, la surface spéculaire, le mur de l'hallucination, le tranchant de l'antithèse, l'abstraction de la limite, l'oblicité du signifiant, l'index du paradigme, donc du sens.

XLVIII. *L'énigme informulée.*

Zambinella peut être *Bambinella,* le petit bébé, ou *Gambinella,* la petite jambe, le petit phallus, l'un et l'autre marqués par la lettre de la déviance (Z). Le nom donné sans son article (contrairement à ce qui se passera dans la suite du texte où le discours écrit : *la Zambinella*), promu à son pur état substantif par le cri de la renommée, évite encore les pièges du sexe; bientôt il faudra décider de mentir ou pas, dire *Zambinella* ou *la Zambinella;* il n'y a pour le moment ni leurre, ni question, simplement l'emphase d'un sujet, affirmé avant que l'énigme soit posée ou formulée; à vrai dire, elle ne le sera jamais; car demander quel peut être le sexe·de quelqu'un, ou même simplement l'effleurer d'un mystère, ce serait déjà trop tôt répondre : marquer le sexe, c'est immédiatement le dévier; jusqu'à son dévoilement, l'énigme ne connaît donc que des leurres ou des équivoques. Cependant, cette énigme est déjà en cours; car poser un sujet, thématiser, emphatiser, pointer d'une exclamation le nom de la Zambinella, c'est introduire la question du prédicat, l'incertitude du complément; la structure herméneutique est déjà tout entière contenue dans la cellule prédicative de la phrase et de l'anecdote; parler d'un sujet *(Zambinella!)*, c'est postuler une vérité. Comme la Zambinella, tout sujet est une *vedette :* il y a confusion du sujet théâtral, du sujet herméneutique et du sujet logique.

(206) *Il entre* ★ ACT. « Théâtre » : 2 : entrer dans la salle.

(207) *et s'assied au parterre,* ★ ACT. « Théâtre » : 3 : s'asseoir.

(208) *pressé par deux* **abbati** *notablement gros;* ★ ACT. « Gêne » : 1 : être pressé, incommodé. (Le proaïrétisme *être gêné/ ne pas s'en aper-*

cevoir connotera globalement l'insensibilité de Sarrasine, captivé par la Zambinella). ★★ REF. Italianité (les *abbati*, et non les ecclésiastiques : couleur locale).

(209) *mais il était assez heureusement placé près de la scène.* ★ La proximité de la scène, et donc de l'objet désiré, sert de départ (fortuit) à une séquence d'émotions fantasmatiques, qui conduira Sarrasine au plaisir solitaire (ACT. « Plaisir » : 1 : proximité de l'objet désirable).

(210) *La toile se leva.* ★ ACT. « Théâtre » : 4 : lever du rideau.

(211) *Pour la première fois de sa vie, il entendit cette musique* ★ ACT. « Théâtre » : 5 : entendre l'ouverture. ★★ Nous saurons bientôt (213, 214, 215) que la musique a sur Sarrasine un effet proprement érotique : elle le plonge dans l'extase, le « lubrifie », dénoue la constriction sexuelle dans laquelle il a vécu jusqu'alors. L'exil sexuel de Sarrasine est défait ici *pour la première fois*. Le *premier* plaisir (sensuel) est initiatique : il fonde le souvenir, la répétition, le rite : tout s'organise ensuite pour retrouver cette *première fois* (SYM. L'aphanisis : le premier plaisir).

(212) *dont M. Jean-Jacques Rousseau lui avait si éloquemment vanté les délices, pendant une soirée du baron d'Holbach.* ★ REF. Code historique : le siècle de Louis XV (Rousseau, les Encyclopédistes, les Salons).

(213) *Les sens du jeune sculpteur furent, pour ainsi dire, lubrifiés par les accents de la sublime harmonie de Jomelli. Les langoureuses originalités de ces voix italiennes habilement mariées le plongèrent dans une ravissante extase.* ★ Bien que la Zambinella n'ait pas encore paru, structuralement la passion de Sarrasine est commencée, sa *séduction* inaugurée par une extase préalable; une longue suite d'états corporels va conduire Sarrasine de la capture à l'embrasement (ACT. « Séduction » : 1 : Extase). ★★ REF. La musique italienne. ★★★ Jusque-là, Sarrasine a été retenu loin du sexe; aussi est-ce ce soir-là *pour la première fois* qu'il connaît le plaisir et quitte son pucelage (SYM. L'initiation).

XLIX. *La voix*.　　　　　La musique italienne, objet bien défini historiquement, culturellement, mythiquement (Rousseau, Glückistes et Piccinistes, Stendhal, etc.) connote un art « sensuel », un art de la voix. Substance érotique, la voix italienne était produite dénégativement (selon une inversion proprement symbolique) par des chanteurs sans sexe : ce renversement est *logique* (« *Cette voix d'ange, cette voix délicate eût été un contresens, si elle fût sortie d'un corps autre que le tien* », dit Sarrasine à la Zambinella, au n° 445), comme si, par une hypertrophie sélective, la densité du sexe dût quitter le reste du corps et se réfugier dans le gosier, drainant sur son passage tout le *lié* de l'organisme. Ainsi, sorti du corps châtré, un délire follement érotique se reverse sur ce corps : les castrats-vedettes sont applaudis par des salles hystériques, les femmes en tombent amoureuses, portent leurs portraits « *un à chaque bras, un au cou suspendu à une chaîne d'or, et deux sur les boucles de chaque soulier* » (Stendhal). La qualité érotique de cette musique (attachée à sa nature *vocale*) est ici définie : c'est le pouvoir de *lubrification;* le lié, c'est ce qui appartient en propre à la voix; le modèle du lubrifié, c'est l'organique, le « vivant », en un mot la liqueur séminale (la musique italienne « *inonde de plaisir* »); le chant (trait négligé de la plupart des esthétiques) a quelque chose de cénesthésique, il est lié moins à une « impression » qu'à un sensualisme interne, musculaire et humoral. La voix est diffusion, insinuation, elle passe par toute l'étendue du corps, la peau; étant passage, abolition des limites, des classes, des noms (« *son âme passa dans ses oreilles, il crut écouter par chacun de ses pores* », n° 215), elle détient un pouvoir particulier d'hallucination. La musique est donc d'un tout autre effet que la vue; elle peut déterminer l'orgasme, en pénétrant dans Sarrasine (n° 243);

116

et lorsque Sarrasine voudra s'acclimater (pour mieux le répéter à discrétion) au trop vif plaisir qu'il vient rechercher sur le sofa, c'est d'abord l'ouïe qu'il dressera ; c'est d'ailleurs de la voix de Zambinella que Sarrasine est amoureux (n° 277) : la voix, produit direct de la castration, trace pleine, liée, du manque. L'antonyme du *lubrifié* (plusieurs fois déjà rencontré), c'est le discontinu, le divisé, le grinçant, le composite, le bizarre : tout ce qui est rejeté hors de la plénitude liquide du plaisir, tout ce qui est impuissant à rejoindre le *phrasé*, valeur précieusement ambiguë, puisqu'elle est à la fois linguistique et musicale, conjoint dans une même plénitude le sens et le sexe.

(214) *Il resta muet, immobile, ne se sentant même pas foulé par les deux prêtres.* ★ ACT. « Gêne » : 2 : ne rien ressentir.

(215) *Son âme passa dans ses oreilles et dans ses yeux. Il crut écouter par chacun de ses pores.* ★ ACT. « Séduction » : 2 : extraversion (la « sortie » du corps vers l'objet de son désir est d'ordre pré-hallucinatoire : le mur — du réel — est traversé).

(216) *Tout à coup, des applaudissements à faire crouler la salle accueillirent l'entrée en scène de la* prima donna. ★ ACT. « Théâtre » : 6 : entrée de la vedette. ★★ SEM. Vedette (« vedettarité ») ★★★ HER. Enigme 6 : thématisation et leurre (la *prima donna*).

(217) *Elle s'avança par coquetterie sur le devant du théâtre, et salua le public avec une grâce infinie. Les lumières, l'enthousiasme de tout un peuple, l'illusion de la scène, les prestiges d'une toilette qui, à cette époque, était assez engageante, conspirèrent en faveur* ★ ACT. « Théâtre » : 7 : salut de la vedette. ★★ SEM. Féminité. Le discours, ici, ne ment pas : certes, il traite Zambinella comme une femme, mais en justifiant sa féminité comme une *impression*, dont les causes sont indiquées.

(218) *de cette femme.* ★ En revanche, la chute de la phrase est bien un leurre (il eût suffi que le discours dît : *l'artiste*, pour qu'il n'eût pas à mentir); commencée en vérité, la phrase se termine en mensonge : au total, *par le continu même de ses inflexions*, elle est cette nature qui opère le mixage des voix, le fading de l'origine (HER. Enigme 6 : leurre).

(219) *Sarrasine poussa des cris de plaisir.* ★ ACT. « Séduction » : 3 : plaisir intense.

(220) *Il admirait en ce moment la beauté idéale de laquelle il avait jusqu'alors cherché çà et là les perfections dans la nature, en demandant à un modèle, souvent ignoble, les rondeurs d'une jambe accomplie; à tel autre, les contours du sein; à celui-là, ses blanches épaules; prenant enfin le cou d'une jeune fille, et les mains de cette femme, et les genoux polis de cet enfant,* ★ SYM. Le corps morcelé, rassemblé.

LI. *Le corps rassemblé.*

La perfection (vocale) de la jeune Marianina tenait à ce qu'elle rassemblait dans un seul corps des qualités partielles ordinairement dispersées à travers des chanteuses différentes (n⁰ 20). De même la Zambinella aux yeux de Sarrasine : le sujet (hors l'épisode insignifiant de Clotilde, XLV) ne connaît le corps féminin que sous forme d'une division et d'une dissémination d'objets partiels : une jambe, un sein, une épaule, un cou, des mains [1]. La Femme coupée en morceaux, tel est l'objet offert aux amours de Sarrasine. Partagée, écartée, la femme n'est qu'une sorte de dictionnaire d'objets-fétiches. Ce corps déchiré, déchiqueté (on se rappelle les jeux de l'enfant au collège), l'artiste (et c'est là le sens de sa vocation) le rassemble en un corps total, corps d'amour enfin descendu du ciel de l'art, en qui le

---

1. Jean Reboul le premier a noté la présence de ce thème lacanien, dans *Sarrasine* (cf. *supra*, p. 23).

fétichisme s'abolit et par qui Sarrasine guérit. Cependant, sans que le sujet le sache encore et bien que la femme enfin rassemblée soit là réellement devant lui, proche à la toucher, ce corps sauveur reste un corps fictif, à travers les louanges mêmes que Sarrasine lui adresse : son statut est celui d'une *création* (c'est l'œuvre de Pygmalion « *descendue de son piédestal* », n° 229), d'un objet dont le *dessous*, le creux vont continuer à susciter son inquiétude, sa curiosité et son agression : déshabillant (par le dessin) la Zambinella, la questionnant et se questionnant, brisant pour finir la statue creuse, le sculpteur continuera à déchiqueter la femme (comme, enfant, il lacérait son banc d'église), renvoyant ainsi à l'état fétiche (dispersé) le corps dont il avait cru découvrir avec émerveillement l'unité.

(221) *sans rencontrer jamais sous le ciel froid de Paris les riches et suaves créations de la Grèce antique.* ★ REF. Histoire de l'Art : la statuaire antique (seul l'art peut fonder le corps total).

(222) *La Zambinella lui montrait réunies, bien vivantes et délicates, ces exquises proportions de la nature féminine si ardemment désirées, desquelles un sculpteur est tout à la fois le juge le plus sévère et le plus passionné.* ★ SYM. Le corps rassemblé. ★★ REF. Psychologie de l'Art (la Femme et l'Artiste).

(223) *C'était une bouche expressive, des yeux d'amour, un teint d'une blancheur éblouissante.* ★ SYM. Le corps morcelé, rassemblé (commencement du « détail »).

(224) *Et joignez à ces détails, qui eussent ravi un peintre,* ★ REF. Code de l'Art : la Peinture. Il y a division du travail : au peintre, les yeux, la bouche, le visage, en un mot l'*âme*, l'*expression*, c'est-à-dire l'intériorité venant se peindre en surface; au sculpteur, propriétaire du volume, le corps, la matière, la sensualité.

(225) *toutes les merveilles des Vénus révérées et rendues par le ciseau des Grecs.* ★ REF. Code de l'Art : la statuaire antique.

(226) *L'artiste ne se lassait pas d'admirer la grâce inimitable avec laquelle les bras étaient attachés au buste, la rondeur prestigieuse du cou, les lignes harmonieusement décrites par les sourcils, par le nez, puis l'ovale parfait du visage, la pureté de ses contours vifs, et l'effet de cils fournis, recourbés qui terminaient de larges et voluptueuses paupières.* ★ SEM. Féminité (les cils fournis, recourbés, les paupières voluptueuses). ★★ SYM. Le corps morcelé-rassemblé (suite du « détail »).

LI. *Le blason.*   Malice du langage : une fois rassemblé, pour se *dire*, le corps total doit retourner à la poussière des mots, à l'égrenage des détails, à l'inventaire monotone des parties, à l'émiettement : le langage défait le corps, le renvoie au fétiche. Ce retour est codé sous le nom de *blason*. Le blason consiste à prédiquer un sujet unique, la beauté, d'un certain nombre d'attributs anatomiques : *elle était belle quant aux bras*, *quant au cou, quant aux sourcils, quant au nez, quant aux cils*, etc. : l'adjectif devient sujet et le substantif prédicat. De même pour le strip-tease : un acte, la dénudation, est prédiqué de la suite de ses attributs (les jambes, les bras, la poitrine, etc.). Le strip-tease et le blason renvoient au destin même de la phrase (l'un et l'autre sont faits comme des phrases), qui consiste en ceci (c'est à quoi sa structure la condamne) : la phrase ne peut jamais constituer un *total;* les sens peuvent s'égrener, non s'additionner : le total, la somme sont pour le langage des terres promises, entrevues *au bout* de l'énumération, mais cette énumération accomplie, aucun trait ne peut la rassembler — ou, si ce trait est produit, il ne fait que *s'ajouter* encore aux autres. Ainsi de la beauté : elle ne peut être que tautologique (affirmée sous le nom même de beauté) ou analytique (si l'on parcourt ses prédicats), jamais synthétique. Comme genre, le blason exprime la croyance qu'un inventaire *complet* peut reproduire un corps *total*, comme si l'extrême de l'énumération pouvait basculer dans une catégorie nouvelle, celle de la totalité : la description est alors saisie d'une sorte d'éréthisme énumératif : elle accumule pour totaliser, multiplie les fétiches pour obtenir enfin un corps total, défétichisé; ce faisant, elle ne *représente* aucune beauté : personne ne peut *voir* la Zambinella, profilée à l'infini comme un total impossible, parce que linguistique, *écrit*.

(227) *C'était plus qu'une femme, c'était un chef d'œuvre !* ★ SYM. Réplique des corps.

LII. *Le chef-d'œuvre.*   Le corps zambinellien est un corps réel; mais ce corps réel n'est total (glorieux, miraculeux) que pour autant qu'il descend d'un corps déjà écrit par la statuaire (la Grèce Antique, Pygmalion); il est lui aussi (comme les autres corps de *Sarrasine*) une réplique, issue d'un code. Ce code est infini, puisqu'il est écrit. Il arrive cependant que la chaîne duplicative asserte son origine et que le Code se déclare fondé, arrêté, buté. Cette origine, cet arrêt, cette butée du Code, c'est le *chef-d'œuvre*. D'abord présenté comme un rassemblement inouï de parties dispersées, comme le concept induit d'un grand nombre d'expériences, le chef-d'œuvre est en fait, selon l'esthétique sarrasinienne, ce dont descend la statue vivante; par le chef-d'œuvre, l'écriture des corps est enfin pourvue d'un terme qui est en même

121

temps son origine. Découvrir le corps de la Zambinella, c'est donc faire cesser l'infini des codes, trouver enfin l'origine (l'original) des copies, fixer le départ de la culture, assigner aux performances leur supplément *(« plus qu'une femme »);* dans le corps zambinellien comme chef-d'œuvre, coïncident théologiquement le référent (ce corps réel qu'il faudra copier, exprimer, signifier) et la Référence (le commencement qui met fin à l'infini de l'écriture et conséquemment la fonde).

(228) *Il se trouvait dans cette création inespérée, de l'amour à ravir tous les hommes, et des beautés dignes de satisfaire un critique.* ★ REF. Psychologie de l'artiste.

(229) *Sarrasine dévorait des yeux la statue de Pygmalion, pour lui descendue de son piédestal.* ★ SYM. Pygmalion, la réplique des corps.

(230) *Quand la Zambinella chanta,* ★ ACT. « Théâtre » : 8 : air de la vedette.

(231) *ce fut un délire.* ★ ACT. « Séduction » : 4 : délire (le *délire* est intériorisé, c'est un état cénesthésique — froid/chaud —, alors que la *folie* — nº 235 — détermine un petit *acting out,* qui sera l'orgasme).

(232) *L'artiste eut froid;* ★ ACT. « Séduction » : 5 : Délire : froid.

(233) *puis il sentit un foyer qui pétilla soudain dans les profondeurs de son être intime, de ce que nous nommons le cœur, faute de mot !* ★ ACT. « Séduction » : 6 : Délire : chaud. ★★ REF. L'euphémisme (Le « cœur » ne peut désigner que le sexe : « *faute de mot* » : ce mot existe, mais il est malséant, tabou).

(234) *Il n'applaudit pas, il ne dit rien,* ★ ACT. « Séduction » : 7 : Délire : mutisme. Le *délire* s'est décomposé en trois temps, en trois termes : il apparaît donc rétrospectivement comme un mot générique, l'annonce rhétorique d'une sous-séquence, à la fois temporelle et analytique (définitionnelle).

(235) *il éprouvait un mouvement de folie,* ★ La folie double — rhétoriquement — le délire; mais alors que celui-ci est un moment, classique, du ravissement amoureux, celle-là dénote ici l'un des termes (c'est le second) d'une progression qui, à mots couverts, conduit Sarrasine, placé tout près de la Zambinella, jusqu'à l'orgasme (accompli au n° 244). — La *folie* va se monnayer en quelques termes, qui seront les conditions, progressivement installées ou précisées, du plaisir (ACT. « Plaisir » : 2 : folie, (condition de l'*acting out*).

(236) *espèce de frénésie qui ne nous agite qu'à cet âge où le désir a je ne sais quoi de terrible et d'infernal.* ★ REF. Psychologie des âges.

(237) *Sarrasine voulait s'élancer sur le théâtre et s'emparer de cette femme : sa force, centuplée par une dépression morale impossible à expliquer, puisque ces phénomènes se passent dans une sphère inaccessible à l'observation humaine, tendait à se projeter avec une violence douloureuse.* ★ ACT. « Plaisir » : 3 : tension (vouloir s'élancer, se détendre). La tension est hallucinatoire, elle coïncide avec un effondrement de la censure morale. L'élément de violence, d'agressivité, de rage, présent dans ce premier désir, devra être gommé lorsqu'il s'agira de le répéter volontairement : un cérémonial y pourvoira (n° 270). ★★REF. La Passion et ses abîmes.

(238) *A le voir, on eût dit d'un homme froid et stupide.* ★ ACT. « Plaisir » : 4 : immobilité apparente (l'*acting out* qui se prepare est secret).

(239) *˘Gloire, science, avenir, existence, couronnes, tout s'écroula.* ★ L'acte de décider (l'amour ou la mort) est ici précédé d'une phase solennelle de purification mentale; la décision « excessive » (radicale, engageant la vie) présuppose la mise entre parenthèses des autres engagements, des autres liens (ACT. « Décider » : 1 : condition mentale du choix).

(240) *— Etre aimé d'elle, ou mourir! tel fut l'arrêt que Sarrasine porta sur lui-même.* ★ ACT. « Décider » : 2 : poser une alternative. La « décision » s'arrête à l'alternative, dont les deux termes sont diachroniques (être aimé, *et puis*, si l'on n'y parvient pas, mourir); mais l'alternative elle-même, à partir de ses deux termes, libère une double séquence de traits : le *vouloir-aimer* et le *vouloir-mourir*. ★★ Le *vouloir-aimer* (ou *être-aimé*) constitue une entreprise dont le principe est ici posé; mais le développement en tournera court : louer une loge et se complaire à répéter le « premier plaisir » : ce qui sui-

vra ne dépendra plus de la séquence (« *les événements le surprirent...* », n° 263) (ACT. « Vouloir-aimer » : 1 : position de l'entreprise). ★★★ Sans doute, Zambinella perdue, Sarrasine ne décidera pas de mourir; cependant sa mort, préparée par une progression d'annonces, de prémonitions et de défis, bénie par la victime elle-même (n° 540), est un suicide, déjà en germe dans l'alternative posée (ACT. « Vouloir-mourir » : 1 : position du projet).

(241) *Il était si complètement ivre qu'il ne voyait plus ni salle, ni spectateurs, ni acteurs, n'entendait plus de musique.* ★ ACT. « Plaisir » : 5 : isolement.

(242) *Bien mieux, il n'existait pas de distance entre lui et la Zambinella, il la possédait, ses yeux, attachés sur elle, s'emparaient d'elle. Une puissance presque diabolique lui permettait de sentir le vent de cette voix, de respirer la poudre embaumée dont ses cheveux étaient imprégnés, de voir les méplats de ce visage, d'y compter les veines bleues qui en nuançaient la peau satinée.* ★ La proximité de la Zambinella (préparée par la situation du sujet près de la scène, n° 209) est d'ordre hallucinatoire : elle est abolition du Mur, confusion avec l'objet; il s'agit d'une hallucination d'étreinte : les traits de la Zambinella ne sont d'ailleurs plus décrits selon le code esthétique, rhétorique, mais selon le code anatomique (veines, méplats, cheveux) (ACT. « Plaisir » : 6 : étreinte). ★★ SEM. Diabolique (ce sème a déjà été fixé sur Sarrasine, être de la transgression; le « diable » est le nom de la petite poussée psychotique qui s'empare du sujet).

(243) *Enfin cette voix agile, fraîche et d'un timbre argenté, souple comme un fil auquel le moindre souffle d'air donne une forme, qu'il roule et déroule, développe et disperse, cette voix attaquait si vivement son âme,* ★ La voix est décrite dans sa force de pénétration, d'insinuation, de coulée; mais c'est ici l'homme qui est pénétré; tout comme Endymion « recevant » la lumière de son amante, il est visité par une émanation active de la féminité, par une force subtile qui l' « attaque », le saisit et le fixe en situation de passivité (ACT. « Plaisir » : 7 : être pénétré).

(244) *qu'il laissa plusieurs fois échapper de ces cris involontaires arrachés par les délices convulsives* ★ ACT. « Plaisir » : 8 : jouissance. La jouissance a été trouvée par hasard, au gré d'une crise hallucinatoire; il s'agira ensuite de répéter cette « première » jouissance, volontairement (tant elle a été précieuse au sujet qui, exilé de la pleine

sexualité, ne l'avait jamais connue), par les séances du sofa (organisées, quoique solitaires).

(245) *trop rarement données par les passions humaines.* ★ REF. Les passions humaines.

(246) *Bientôt il fut obligé de quitter le théâtre.* ★ ACT. « Théâtre » : 9 : sortir.

(247) *Ses jambes tremblantes refusaient presque de le soutenir. Il était abattu, faible comme un homme nerveux qui s'est livré à quelque effroyable colère. Il avait eu tant de plaisir, ou peut-être avait-il tant souffert, que sa vie s'était écoulée comme l'eau d'un vase renversée par un choc. Il sentait en lui un vide, un anéantissement semblable à ces atonies qui désespèrent les convalescents au sortir d'une forte maladie.* ★ ACT. « Plaisir » : 9 : le vide. ★★ REF. Code des maladies.

(248) *Envahi par une tristesse inexplicable,* ★ ACT. « Plaisir » : 10 : tristesse « post coïtum ».

(249) *il alla s'asseoir sur les marches d'une église. Là, le dos appuyé contre une colonne, il se perdit dans une méditation confuse comme un rêve. La passion l'avait foudroyé.* ★ ACT. « Plaisir » : 11 : récupérer. La récupération peut se lire selon des codes divers : psychologique (l'esprit reprend ses droits), chrétien (tristesse de la chair, refuge auprès d'une église), psychanalytique (retour à la colonne-phallus), trivial (repos post coïtum).

LIII. *L'euphémisme.*   Voici une certaine histoire de Sarrasine : il entre au théâtre; la beauté, la voix et l'art de la vedette le ravissent; il sort de la salle bouleversé, décidé à renouveler l'enchantement du premier soir, en louant pour toute la saison une loge près de la scène. Voici maintenant une autre histoire de Sarrasine : il entre par hasard au théâtre (206), il est placé par hasard tout près de la scène (209); la sensualité de la musique (213), la beauté de la *prima donna* (219), sa voix (231), le mettent

125

en état de désir; grâce à la proximité de la scène, il s'hallucine, croit posséder la Zambinella (242); pénétré par la voix de l'artiste (243), il en vient à l'orgasme (244); après quoi, vidé (247), triste (248), il sort, s'assied et réfléchit (249) : c'était en fait sa première jouissance; il décide de recommencer ce plaisir solitaire, chaque soir, en le domestiquant suffisamment pour en disposer à volonté. — Entre ces deux histoires, il y a un rapport diagrammatique, qui en assure l'identité : c'est la même histoire, parce que c'est le même dessin, la même séquence : tension, rapt ou investissement, explosion, fatigue, conclusion. Lire dans la scène du théâtre un orgasme solitaire, substituer une histoire érotique à sa version euphémique, cette opération de lecture est fondée, non sur un lexique tout fait de symboles, mais sur une cohésion systématique, une congruence de rapports. Il s'ensuit que le sens d'un texte n'est pas dans telle ou telle de ses « interprétations », mais dans l'ensemble diagrammatique de ses lectures, dans leur système pluriel. Certains diront que la scène du théâtre « *telle qu'elle est racontée par l'auteur* » possède le privilège de la littéralité et constitue donc la « vérité », la « réalité » du texte; la lecture de l'orgasme sera donc à leurs yeux une lecture symbolique, une élucubration sans garantie. « *Rien que le texte, le texte seul* » : cette proposition a peu de sens, sinon d'intimidation : la littéralité du texte est un système comme un autre : la lettre balzacienne n'est en somme que la « transcription » d'une autre lettre, celle du symbole : l'euphémisme est un langage. Au vrai, le sens d'un texte ne peut être rien d'autre que le pluriel de ses systèmes, sa « transcriptibilité » infinie (circulaire) : un système transcrit l'autre, mais réciproquement : vis-à-vis du texte, il n'y a pas de langue critique « première », « naturelle », « nationale », « maternelle » : le texte est d'emblée, en naissant, multilingue; il n'y a pour le dictionnaire textuel ni langue d'entrée ni langue de sortie, car le texte a, du dictionnaire, non le pouvoir définitionnel (clos) mais la structure infinie.

(250) *De retour au logis,* ★ ACT. « Théâtre » : 10 : rentrer chez soi.

(251) *il tomba dans un de ces paroxysmes d'activité qui nous révèlent la présence de principes nouveaux dans notre existence. En proie à cette première fièvre d'amour qui tient autant au plaisir qu'à la douleur, il voulut tromper son impatience et son délire en dessinant la Zambinella de mémoire. Ce fut une sorte de méditation matérielle.* ★ REF. L'amour-maladie. ★★ ACT. « Vouloir-aimer » : 2 : dessiner. Il s'agit là, dans l'entreprise d'amour, d'une activité velléitaire, temporisatrice. ★★★ SYM. La réplique des corps : le dessin. Le dessin, opération qui consiste à recoder le corps humain en le réintégrant dans un classement de styles, de poses, de stéréotypes, est présenté par le discours selon un schéma rhétorique; une activité générique (le dessin) va se monnayer en trois espèces.

(252) *Sur telle feuille, la Zambinella se trouvait dans cette attitude, calme et froide en apparence, affectionnée par Raphaël, par le Giorgion et par tous les grands peintres.* ★ SYM. La réplique des corps : le dessin (1) : académique (l'unité s'appuie sur un code culturel, sur une Référence : le livre d'art).

(253) *Sur telle autre, elle tournait la tête avec finesse en achevant une roulade, et semblait s'écouter elle-même.* ★ SYM. La réplique des corps : le dessin (2) : romantique (le moment le plus fragile du geste, copié du Livre de la Vie).

(254) *Sarrasine crayonna sa maîtresse dans toutes les poses : il la fit sans voile, assise, debout, couchée, ou chaste ou amoureuse, en réalisant, grâce au délire de ses crayons, toutes les idées capricieuses qui sollicitent notre imagination quand nous pensons fortement à une maîtresse.* ★ SYM. La réplique des corps : le dessin (3) : fantasmatique. Le modèle est soumis « librement » (c'est-à-dire conformément à un code, celui du fantasme) à une manipulation du désir *(« toutes les idées capricieuses », « dans toutes les poses »).* En fait, les dessins

précédents sont déjà fantasmatiques : copier une pose de Raphaël, imaginer un geste rare, c'est se livrer à un bricolage dirigé, c'est manipuler le corps désiré en fonction de sa « fantaisie » (de son fantasme). Selon la conception réaliste de l'art, c'est en somme toute la peinture qui peut être définie comme une immense galerie de manipulation fantasmatique — où l'on fait des corps *ce que l'on veut*, en sorte que peu à peu ils viennent occuper toutes les cases du désir (ce qui arrive crûment, c'est-à-dire exemplairement, dans les tableaux vivants de Sade). ★★ REF. Code de la Passion. ★★★ SYM. Le déshabillage (la Zambinella est imaginée *sans voile*).

(255) *Mais sa pensée furieuse alla plus loin que le dessin.* ★ REF. Excès (agressivité). ★★ SYM. Le déshabillage.

LIV. *Derrière, plus loin.* En déshabillant sans cesse son modèle, le sculpteur Sarrasine suit à la lettre Freud, qui (à propos de Léonard de Vinci) identifie la sculpture et l'analyse : l'une et l'autre sont *via di levare*, pratique d'un déblaiement. Reprenant un geste de son enfance (il déchiquetait le bois des bancs pour sculpter des ébauches grossières), le sculpteur arrache à la Zambinella ses voiles pour atteindre ce qu'il croit être la vérité de son corps; de son côté, le sujet Sarrasine, à travers les leurres répétés, se dirige fatalement vers l'état vrai du castrat, le vide qui lui tient lieu de centre. Ce double mouvement est celui de l'équivoque réaliste. L'artiste sarrasinien veut déshabiller l'apparence, aller toujours *plus loin*, *derrière*, en vertu du principe idéaliste qui identifie le secret à la vérité : il faut donc passer *dans* le modèle, *sous* la statue, *derrière* la toile (c'est ce qu'un autre artiste balzacien, Frenhofer, demande à la toile idéale dont il rêve). Même règle pour l'écrivain réaliste (et sa postérité critique) : il faut aller *derrière* le papier, connaître, par exemple, les rapports *exacts* de Vautrin et de

Lucien de Rubempré (mais ce qu'il y a derrière le papier, ce n'est pas le réel, le référent, c'est la Référence, la « subtile immensité des écritures »). Ce mouvement, qui pousse Sarrasine, l'artiste réaliste et le critique à tourner le modèle, la statue, la toile ou le texte pour s'assurer de son dessous, de son intérieur, conduit à un échec — à l'Echec —, dont *Sarrasine* est en quelque sorte l'emblème : *derrière* la toile imaginée par Frenhofer, il n'y a encore que sa surface, le gribouillis de lignes, l'écriture abstraite, indéchiffrable, le chef-d'œuvre inconnu (inconnaissable) auquel le peintre génial aboutit et qui est le signal même de sa mort; *sous* la Zambinella (et donc à l'intérieur de sa statue), il y a le *rien* de la castration, dont mourra Sarrasine après avoir détruit dans la statue illusoire le témoin de son échec : on ne peut authentifier l'enveloppe des choses, arrêter le mouvement dilatoire du signifiant.

(256) *Il voyait la Zambinella, lui parlait, la suppliait, épuisait mille années de vie et de bonheur avec elle, en la plaçant dans toutes les situations imaginables,* ★ C'est là une définition très exacte du fantasme : le fantasme est un scénario dans lequel les poses de l'objet sont innombrables *(« toutes les situations imaginables »)* mais toujours rapportées, comme des essais de manipulation voluptueuse, au sujet qui est le centre de la scène *(« il voyait, il parlait, suppliait, épuisait »)* (SYM. Le scénario fantasmatique).

(257) *en essayant, pour ainsi dire, l'avenir avec elle.* ★ Il ne manque même pas à ce scénario le *futur,* qui est le temps propre du fantasme (SYM. Le futur fantasmatique).

(258) *Le lendemain, il envoya son laquais louer, pour toute la saison, une loge voisine de la scène.* ★ REF. Chronologie *(« le lendemain »).* ★★ ACT. « Vouloir-aimer » : 3 : louer une loge au théâtre. L'entreprise d'amour, chez Sarrasine, est purement velléitaire : ce qu'il organise, ce n'est pas la conquête de la Zambinella, c'est la répétition de son premier plaisir solitaire; aussi la séquence, une fois

son départ claironné *(« être aimé d'elle ou mourir »)*, ne connaît-elle que deux termes dilatoires : dessiner, contempler; après quoi la marche des événements n'appartient plus à Sarrasine et c'est son *vouloir-mourir* qui est engagé. ★★★ La proximité de la scène, dont le sujet a trouvé par hasard les avantages précieux pour son plaisir, est ici délibérément recherchée, car ce plaisir, il s'agit maintenant de le répéter, de l'organiser, chaque soir, pendant toute la saison (ACT. « Plaisir » : 12 : condition de la répétition).

(259) *Puis, comme tous les jeunes gens dont l'âme est puissante,* ★ REF. Psychologie des âges.

(260) *il s'exagéra les difficultés de son entreprise, et donna, pour pre-mière pâture à sa passion, le bonheur de pouvoir admirer sa maîtresse sans obstacles.* ★ ACT. « Vouloir-aimer » : 4 : faire une pause. Le sujet vise plus à jouir fantasmatiquement de son objet, que réelle-ment; il renvoie donc à plus tard l'entreprise réelle, organise tout de suite les bonnes conditions d'une manipulation fantasmatique, et donne pour alibi à ce velléitarisme très volontaire l'obstacle de diffi-cultés qu'il exagère, car elles sont profitables à son « rêve », qui seul l'intéresse et qu'elles excusent.

(261) *Cet âge d'or de l'amour, pendant lequel nous jouissons de notre propre sentiment et où nous nous trouvons heureux presque par nous-mêmes,* ★ REF. Code des âges de l'amour.

(262) *ne devait pas durer longtemps chez Sarrasine.* ★ REF. Chrono-logie.

(263) *Cependant, les événements le surprirent* ★ Sarrasine ne dirige activement que son fantasme; ce qui vient de l'extérieur (du « réel »), en conséquence, le surprend. La notation consacre donc la fin du « vouloir-aimer »; mais comme c'est une notation prospective (il nous faudra attendre une vingtaine de lexies pour retrouver ces « événements », à savoir principalement le rendez-vous de la duègne), la pause instaurée au n° 240 pourra encore se monnayer en une série de termes fantasmatiques (ACT. « Vouloir-aimer » : 5 : interruption de l'entreprise).

(264) *quand il était encore sous le charme de cette printanière hallu-cination, aussi naïve que voluptueuse.* ★ La pause introduite dans l'en-treprise d'amour, bien que sa fin vienne de nous être notifiée, va se remplir d'un certain nombre d'occupations, comportements ou impressions; ces termes subséquents sont annoncés ici sous leur nom générique : l'hallucination voluptueuse (ACT. « Vouloir-aimer » : 6 : annonce des termes composant la pause).

(265) *Pendant une huitaine de jours, il vécut tout une vie, occupé le matin à pétrir la glaise à l'aide de laquelle il réussissait à copier la Zambinella,* ★ REF. Chronologie (huit jours de loge, de sofa : cela mettra le rendez-vous de la duègne, événement qui « surprend » Sarrasine, au vingt-quatrième jour de son séjour à Rome (information congruente à son ignorance des mœurs romaines). ★★ ACT. « Vouloir-aimer » : 7 : le matin, sculpter (premier terme-monnaie de l'hallucination voluptueuse). Le pétrissage, signalé au n° 163 comme une activité adolescente de Sarrasine, implique symboliquement le même geste que le déchiquetage; il s'agit d'enfoncer la main, de faire céder l'enveloppe, d'appréhender l'intérieur d'un volume, de saisir le *dessous*, le *vrai*.

(266) *malgré les voiles, les jupes, les corsets et les nœuds de rubans qui la lui dérobaient.* ★ SYM. Le déshabillage.

(267) *Le soir, installé de bonne heure dans sa loge, seul, couché sur un sofa, il se faisait, semblable à un Turc enivré d'opium, un bonheur aussi fécond, aussi prodigue qu'il le souhaitait.* ★ ACT. « Vouloir-aimer » : 8 : le soir, le sofa (second terme-monnaie du sursis hallucinatoire). Les connotations disent assez la nature de cette volupté, organisée et répétée cérémonialement par Sarrasine à partir du « premier plaisir » trouvé un soir par hasard : solitaire, hallucinatoire (plus de distance entre le sujet et l'objet), à discrétion. En tant que production volontaire et cérémonielle d'un plaisir, il comporte une sorte d'ascèse, de travail : il s'agit d'épurer le plaisir de tout élément grinçant, souffrant, violent, excessif : d'où une technique de l'assagissement progressif, destiné, non à éliminer le plaisir mais à le maîtriser, à l'épurer de toute sensation disparate. Ce bonheur sur le sofa va à son tour se monnayer en conduites.

(268) *D'abord il se familiarisa graduellement avec les émotions trop vives que lui donnait le chant de sa maîtresse;* ★ ACT. « Vouloir-aimer » : 9 : acclimater l'ouïe.

(269) *puis il apprivoisa ses yeux à la voir, et finit par la contempler* ★ ACT. « Vouloir-aimer » : 10 : apprivoiser la vue.

(270) *sans redouter l'explosion de la sourde rage par laquelle il avait été animé le premier jour. Sa passion devint plus profonde en devenant plus tranquille.* ★ La double ascèse, de l'ouïe et de la vue, produit un fantasme plus rentable, purifié de sa première violence (n° 237 : « *sa force tendait à se projeter avec une violence douloureuse* ») (ACT. « Vouloir-aimer » : 11 : résultat des deux opérations précédentes).

(271) *Du reste, le farouche sculpteur ne souffrait pas que sa solitude, peuplée d'images, parée des fantaisies de l'espérance et pleine de bonheur, fût troublée par ses camarades.* ★ ACT. « Vouloir-aimer » : 12 : protection de l'hallucination obtenue. — La solitude volontaire de Sarrasine a une fonction diégétique : elle « explique » comment Sarrasine, isolé de tout milieu, a pu ignorer que dans les états du Pape les chanteuses sont des castrats; elle a la même fonction que la brièveté du séjour de Sarrasine à Rome, que souligne à plusieurs reprises le code chronologique; tout cela est congruent à l'exclamation du vieux prince Chigi (n° 468) : « *D'où venez-vous ?* ».

(272) *Il aimait avec tant de force et si naïvement, qu'il eut à subir les innocents scrupules dont nous sommes assaillis quand nous aimons pour la première fois.* ★ REF. Code de la Passion.

(273) *En commençant à entrevoir qu'il faudrait bientôt agir, intriguer, demander où demeurait la Zambinella, savoir si elle avait une mère, un oncle, un tuteur, une famille, en songeant enfin aux moyens de la voir, de lui parler, il sentait son cœur se gonfler si fort à des idées si ambitieuses, qu'il remettait ces soins au lendemain,* ★ ACT. « Vouloir-aimer » : 13 : alibi de la pause et prorogation du sursis.

(274) *heureux de ses souffrances physiques autant que de ses plaisirs intellectuels.* ★ SEM. Composite (on connaît le caractère paradoxal de Sarrasine, en qui les contraires se mêlent).

(275) — *Mais, me dit Mme de Rochefide en m'interrompant, je ne vois encore ni Marianina ni son petit vieillard.*
— *Vous ne voyez que lui ! m'écriai-je, impatienté comme un auteur auquel on fait manquer l'effet d'un coup de théâtre.* ★ REF. Le code des Auteurs (par un acte métalinguistique, le narrateur désigne le code des narrateurs). ★★ HER. Enigme 4 (qui est le vieillard ?) : demande de réponse. ★★★ La réponse du narrateur induit à la fois en vérité (Zambinella est le vieillard) et en erreur (on pourrait comprendre que Sarrasine est le vieillard) : c'est une équivoque (HER. Enigme 4 : équivoque).

132

LV. *Le langage comme nature.*

L'aventure de Sarrasine ne met pratiquement en scène que deux personnages : Sarrasine lui-même et la Zambinella. Le vieillard est donc l'un d'eux *(« Vous ne voyez que lui »)*. La vérité, l'erreur sont réduites à une alternative simple : le lecteur « brûle », car il lui suffit de s'interroger — le temps d'un éclair — sur chaque terme de l'alternative, et donc sur la Zambinella, pour que l'identité du sopraniste soit démasquée : suspecter un sexe, c'est lui assigner une classe définitionnelle, celle de l'anomalie : en matière de classification sexuelle, le doute se résout instantanément en « douteux ». Ce n'est pourtant pas ce qui est lu ; l'équivoque n'est sûre, si l'on peut dire, qu'au niveau analytique ; mais au rythme de la lecture courante, une sorte de tourniquet rapide saisit les deux parties de l'alternative (erreur/vérité) et neutralise son pouvoir de révélation. Ce tourniquet, c'est la phrase. La simplicité de sa structure, sa brièveté, sa prestesse (qu'on dirait empruntée par métonymie à l'impatience du narrateur), tout en elle *emporte* la vérité (dangereuse pour l'intérêt de l'histoire) loin du lecteur. Ailleurs (autre exemple), ce sera une inflexion syntaxique, à la fois expéditive et élégante, une ressource offerte par la langue elle-même — réduire une contradiction structurale à un simple morphème de concession : « *malgré l'éloquence de quelques regards mutuels, il fut étonné de la réserve dans laquelle la Zambinella se tint avec lui* » (n° 351) — qui adoucit, allège, évapore les articulations de la structure narrative. Autrement dit, il y a dans la phrase (entité linguistique) une force qui domestique l'artifice du récit, un sens qui dénie le sens. On pourrait appeler cet élément diacritique (puisqu'il surplombe l'articulation des unités narratives) : le *phrasé*. Autrement dit encore : la phrase est une *nature*, dont la fonction — ou la portée — est d'innocenter la culture du récit. Superposée à la structure narrative, la formant, la dirigeant, en réglant le rythme, lui imposant les morphèmes d'une logique purement grammaticale, la phrase sert au récit d'*évidence*. Car la langue (ici française), par son mode d'apprentissage (enfantin), par son poids historique, par l'universalité apparente de ses usages, bref par son *antériorité*, semble avoir tous les droits sur une anecdote contingente, qui n'a commencé que quelque vingt pages en arrière — alors que la langue dure depuis toujours. Par quoi l'on voit que la dénotation n'est pas la vérité du discours : la dénotation n'est pas hors des structures, elle a une fonction structurale égale aux autres : celle, précisément, d'*innocenter* la structure; elle fournit aux codes une sorte d'excipient précieux, mais, circulairement, elle est aussi une matière spéciale, marquée, dont les autres codes se servent pour adoucir leur articulation.

(276) *Depuis quelques jours, repris-je après une pause, Sarrasine était si fidèlement venu s'installer dans sa loge, et ses regards exprimaient tant d'amour,* ★ REF. Chronologie (par la lexie 265, nous savons que ces quelques jours sont huit jours). ★★ ACT. « Vouloir-aimer » : 14 : résumé de la pause.

LVI. *L'arbre.*   Parfois, au fil de l'énonciation, le code rhétorique vient se superposer au code proaïrétique : la séquence égrène ses actions *(décider/dessiner/louer une loge/ faire une pause/interrompre l'entreprise)*, mais le discours y fait bourgeonner des expansions logiques : un genre nominal *(l'hallucination amoureuse)* se monnaye en conduites spéciales *(le soir/le matin)*,

134

qui, à leur tour, se reprennent en résultat, alibi ou résumé.
Partant de la nomination implicite de la séquence (« Vouloir-aimer »), on obtient ainsi un arbre proaïrétique (souvent en espalier), dont les embranchements et les rejoin-
tures figurent bien la transformation incessante de la
ligne phrastique en volume textuel :

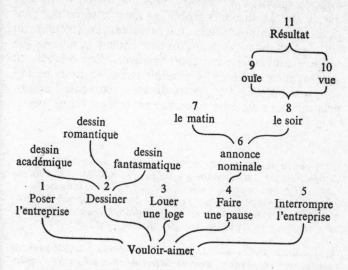

Le code rhétorique, si puissant dans le texte lisible,
impose à certains lieux de la séquence une sorte de bourgeonnement : le terme est transformé en nœud ; un nom
coiffe, pour l'annoncer ou le résumer, une énumération
qui sera, qui a été détaillée : la pause en moments, le
dessin en types, l'hallucination en organes affectés. A
travers une structure proprement aristotélicienne, le discours oscille sans cesse entre le genre (nominal) et ses
espèces (proaïrétiques) : le lexique, en tant que système
de noms génériques et spéciaux, collabore fondamenta-

lement à la structuration. C'est en fait pour se l'approprier, car le sens est une force : nommer, c'est assujettir, et plus la nomination est générique, plus l'assujettissement est fort. Lorsque le discours lui-même parle d'*hallucination* (quitte ensuite à la monnayer), il commet le même acte de violence que le mathématicien ou le logicien qui dit : *appelons P l'objet qui...; soit P' l'image que...*, etc. Le discours lisible est ainsi tissé de nominations pré-démonstratives qui assurent la sujétion du texte — mais aussi peut-être provoquent la nausée que soulève toute violence appropriative. Nous-mêmes, en nommant la séquence (« Vouloir-aimer »), nous ne faisons que prolonger la guerre du sens, retourner l'appropriation qui a été mise en œuvre par le texte lui-même.

(277) *que sa passion pour la voix de Zambinella aurait été la nouvelle de tout Paris, si cette aventure s'y fût passée;* ★ SYM. La voix du castrat (Ce qui pourrait passer pour une vulgaire synecdoque — Zambinella étant désignée par sa voix — doit être ici pris à la lettre : c'est de la voix du castrat, c'est de la castration même que Sarrasine est amoureux). ★★ REF. Psychologie ethnique : Paris.

(278) *mais, en Italie, madame, au spectacle, chacun y assiste pour son compte, avec ses passions, avec un intérêt de cœur qui exclut l'espionnage des lorgnettes.* ★ REF. Psychologie ethnique : l'Italie.

(279) *Cependant la frénésie du sculpteur ne devait pas échapper longtemps aux regards des chanteurs et des cantatrices.* ★ L'énigme 6 (qui est la Zambinella ?) est une énigme montée, elle repose sur un stratagème. On aura donc, dans cette énigme 6, chaque fois que la feinte pourra être rapportée à un agent machinateur, une brique, une séquence cohérente : la Machination. Cependant les feintes de la Zambinella resteront comptées comme des *leurres*, relevant de l'énigme 6 en général, et non de la machination, de façon à respecter l'ambiguïté (possible) des sentiments de la Zambinella elle-même (HER. « Machination » : 1 : le groupe machinateur).

136

(280) *Un soir, le Français s'aperçut qu'on riait de lui dans les coulisses.*
★ REF. Chronologie (« Un soir » reprend « les événements le surprirent », 263). ★★ HER. « Machination » : 2 : Rire (mobile du stratagème). Le rire, fondement de la machination, sera dénoncé comme castrateur au n° 513 *(« Rire, rire ! Tu as osé te jouer d'une passion d'homme ? »).*

(281) *Il eût été difficile de savoir à quelles extrémités il se serait porté,*
★ SEM. Violence, excès.

(282) *si la Zambinella n'était pas entrée en scène. Elle jeta sur Sarrasine un de ces coups d'œil éloquents* ★ Le regard « éloquent » de la Zambinella constitue un leurre émis par l'agent du groupe machinateur et adressé à sa victime (HER. Enigme 6 : leurre, de Zambinella à Sarrasine).

LVII. *Les lignes de destination.*

On pourrait appeler *idyllique* la communication qui mettrait en contact deux partenaires abrités de tout « bruit » (au sens cybernétique du terme), liés entre eux par une destination simple comme un seul fil. La communication narrative, elle, n'est pas idyllique; les lignes de destination y sont multiples, de telle sorte que tout message ne peut y être suffisamment défini que si l'on précise d'où il part et où il va. Relativement à l'énigme 6 (Qui est la Zambinella ?), *Sarrasine* met en œuvre cinq lignes de destination. La première va du groupe machinateur (les chanteurs, Vitagliani) à sa victime (Sarrasine); le message est alors constitué traditionnellement par des mensonges, des leurres, des stratagèmes, et, s'il est équivoque, par des jeux de mots, des « mises en boîte » destinés à amuser la galerie des complices. La seconde ligne de destination va de la Zambinella à Sarrasine; le message est alors une feinte, une imposture, ou, dans le cas d'équivoque, un remords étouffé, un tourment d'authenticité. La troisième ligne va de Sarrasine à lui-même : elle transporte les alibis, préjugés et preuves fallacieuses, dont le sculpteur, par intérêt vital, s'abuse. La quatrième ligne va de la collectivité (le prince Chigi, les camarades du sculpteur) à Sarrasine ; ce qui est transmis, c'est l'opinion courante, l'évidence, la « réalité » (« La Zambinella est un castrat déguisé en femme »). La cinquième ligne de destination va du discours au lecteur ; elle supporte tantôt des leurres (pour ne pas dévoiler trop tôt le secret de l'énigme), tantôt des équivoques (pour piquer la curiosité du lecteur). L'enjeu de cette multiplication est évidemment le spectacle, le texte comme spectacle. La communication idyllique dénie tout théâtre, elle refuse toute présence *devant qui* la destination pourrait s'accomplir, elle supprime tout autre, tout sujet. La communication narrative est le contraire : chaque destination est à un certain moment spectacle pour les autres participants du jeu : les messages que la Zambinella adresse à Sarrasine ou que Sarrasine s'adresse à lui-même sont écoutés par le groupe machinateur ; le leurre, dans lequel Sarrasine s'entretient après que la vérité lui a été dévoilée, est écouté par le lecteur, avec la complicité du discours. Ainsi, comme dans un réseau téléphonique dérangé, les fils sont à la fois distordus et aboutés selon tout un jeu d'épissures nouvelles, dont le lecteur est le dernier bénéficiaire : l'écoute générale n'est jamais brouillée, et cependant brisée, réfractée, saisie dans un système d'interférences décrochées ; des écouteurs différents (on devrait pouvoir dire ici *écouteur* comme on dit *voyeur*) semblent postés à chaque coin de l'énonciation, chacun à l'affût d'une origine qu'il reverse d'un geste second au flux de la lecture. Ainsi, s'opposant à la communication idyllique, à la communication pure (qui serait, par exemple, celle des sciences formalisées), l'écriture lisible met en scène un certain « bruit », elle est écriture du bruit, de la communication impure ; mais ce bruit n'est pas confus, massif, innommable ; c'est un bruit clair, constitué par des raccords, non par des superpositions : il s'agit d'une « cacographie » distincte.

(283) *qui disent souvent beaucoup plus de choses que les femmes ne le veulent.* ★ REF. Psychologie des Femmes.

(284) *Ce regard fut toute une révélation. Sarrasine était aimé ! — Si ce n'est qu'un caprice, pensa-t-il en accusant déjà sa maîtresse de trop d'ardeur, elle ne connaît pas la domination sous laquelle elle va tomber. Son caprice durera, j'espère, autant que ma vie.* ★ SEM. Excès, violence, etc. ★★ HER. Enigme 6 : leurre (de Sarrasine à lui-même). Le leurre porte, non sur le sentiment de la Zambinella, mais sur son sexe, puisque l'opinion courante (l'*endoxa*) veut que seule une femme puisse regarder un homme « éloquemment ».

(285) *En ce moment, trois coups légèrement frappés à la porte de sa loge excitèrent l'attention de l'artiste.* ★ ACT. « Porte II » : 1 : frapper (les trois coups légers connotent un mystère sans danger : complice).

(286) *Il ouvrit.* ★ ACT. « Porte II » : 2 : ouvrir.

(287) *Une vieille femme entra mystérieusement.* ★ ACT. « Porte II » : 3 : entrer. Si l'on veut en faire parler la banalité, il faut comparer cette « Porte » à celle que l'on a déjà rencontrée (n° 125-127), lorsque Marianina a confié le mystérieux vieillard à un domestique. On avait alors : *arriver/frapper/apparaître (ouvrir)*. On a ici : *frapper/ouvrir/entrer*. Or c'est précisément la perte du premier terme *(arriver)* qui définit le mystère : une porte qui « se frappe » toute seule, sans que personne y soit arrivé.

(288) *— Jeune homme, dit-elle, si vous voulez être heureux, ayez de la prudence. Enveloppez-vous d'une cape, abaissez sur vos yeux un grand chapeau ; puis vers dix heures du soir, trouvez-vous dans la rue du Corso, devant l'hôtel d'Espagne.* ★ ACT. « Rendez-vous » : 1 : fixer un rendez-vous. ★★ REF. L'Italie ténébreuse et romanesque.

(289) — *J'y serai, répondit-il* ★ ACT. « Rendez-vous » : 2 : donner son acceptation à celle qui transmet.

(290) *en mettant deux louis dans la main ridée de la duègne.* ★ ACT. « Rendez-vous » : 3 : remercier, gratifier.

(291) *Il s'échappa de sa loge,* ★ ACT. « Sortir » : 1 : d'un premier lieu.

(292) *après avoir fait un signe d'intelligence à la Zambinella, qui baissa timidement ses voluptueuses paupières comme une femme heureuse d'être enfin comprise.* ★ ACT. « Rendez-vous » : 4 : donner une acceptation à la personne de qui vient le rendez-vous. ★★ SEM. Féminité (les paupières voluptueuses). ★★★ *Comme une femme... :* il y a leurre, puisque Zambinella n'est pas une femme; mais d'où vient et où va le leurre ? de Sarrasine à lui-même (au cas où l'énoncé serait au style indirect, reproduisant la pensée de Sarrasine) ? du discours au lecteur (ce qui est plausible, puisque le *comme* modalise l'espèce féminine imputée à la Zambinella) ? Autrement dit, qui prend en charge le geste de la Zambinella ? L'origine de l'énoncé est indiscernable, ou plus exactement : indécidable (HER. Enigme 6 : leurre).

(293) *Puis il courut chez lui, afin d'emprunter à la toilette toutes les séductions qu'elle pourrait lui prêter.* ★ ACT. « Habillement » : 1 : vouloir s'habiller.

(294) *En sortant du théâtre,* ★ ACT. « Sortie » : 2 : sortir d'un second lieu. (La sortie est un comportement décroché selon différents lieux : la loge, l'édifice).

(295) *un inconnu l'arrêta par le bras.*
— *Prenez garde à vous, seigneur Français, lui dit-il à l'oreille. Il s'agit de vie ou de mort. Le cardinal Cicognara est son protecteur et ne badine pas.* ★ ACT. « Avertissement » : 1 : donner un avertissement. ★★ ACT. « Assassinat » : 1 : désignation du meurtrier futur (« cet homme est dangereux »).

(296) *Quand un démon aurait mis entre Sarrasine et la Zambinella les profondeurs de l'enfer, en ce moment il eût tout traversé d'une enjambée. Semblable aux chevaux des immortels peints par Homère, l'amour du sculpteur avait franchi en un clin d'œil d'immenses espaces.* ★ SEM. Energie, excès. ★★ REF. Histoire littéraire.

(297) — *La mort dût-elle m'attendre au sortir de la maison, j'irais encore plus vite, répondit-il.* ★ ACT. « Avertissement » : 2 : passer outre. ★★ ACT. « Vouloir-mourir » : 2 : se moquer d'un avertissement, accepter un risque.

LVIII. *L'intérêt de l'histoire.*	Sarrasine est libre de suivre ou de rejeter l'avertissement de l'inconnu.

Cette liberté alternative est structurale : elle marque chaque terme d'une séquence et assure la progression de l'histoire par « rebondissements ». Cependant, non moins structuralement, Sarrasine n'est nullement libre de refuser l'avertissement de l'Italien; car s'il l'acceptait et s'abstenait de poursuivre l'aventure, il n'y aurait plus d'histoire. Autrement dit, *Sarrasine est contraint par le discours* d'aller au rendez-vous de la Zambinella : la liberté du personnage est dominée par l'instinct de conservation du discours. D'un côté une alternative, de l'autre et en même temps une contrainte. Or ce conflit s'arrange ainsi : la contrainte du discours (« il faut que l'histoire continue ») est pudiquement « oubliée »; la liberté de l'alternative, elle, est noblement reportée sur le libre arbitre du personnage, qui semble choisir en toute responsabilité, faute d'avoir à mourir d'une *mort de papier* (la plus terrible pour un personnage de roman), ce à quoi le discours le contraint. Ce tour de passe-passe permet l'envolée du grand tragique romanesque. Car, une fois posé *loin du papier*, dans l'utopie référentielle, le choix du personnage semble soumis à des déterminations intérieures : Sarrasine choisit le rendez-vous : 1) parce qu'il est de naturel obstiné, 2) parce que sa passion est la plus forte, 3) parce qu'il est de son destin de mourir. La surdétermination a de la sorte une double fonction : elle semble référer à une liberté du personnage et de l'histoire, puisque l'acte

141

s'inscrit dans une psychologie de la personne; et en même temps elle masque par superposition la contrainte implacable du discours. Ce jeu est économique : il est de l'*intérêt* de l'histoire que Sarrasine refuse la dissuasion qui lui vient de l'inconnu; il faut *à tout prix* qu'il aille au rendez-vous de la duègne. Entendons qu'il y va de la survie même de l'anecdote, ou, si l'on préfère, de la protection d'une marchandise (le récit) qui n'a pas encore fait son temps sur le marché de la lecture : l' « intérêt » de l'histoire est l' « intérêt » de son producteur (ou de son consommateur); mais, comme d'habitude, le *prix* de la chose narrative est sublimé par une abondance de déterminations référentielles (prélevées dans le monde de l'âme, *hors du papier*), qui forment la plus noble des images : le Destin du sujet.

(298) — **Poverino!** *s'écria l'inconnu en disparaissant.* ★ REF. L'Italianité *(poverino*, et non *le pauvre!).*

(299) *Parler de danger à un amoureux, n'est-ce pas lui vendre des plaisirs?* ★ REF. Code proverbial.

(300) *Jamais le laquais de Sarrasine n'avait vu son maître si minutieux en fait de toilette.* ★ ACT. « Habillement » : 2 : s'habiller (La séquence « Habillement » vaut globalement comme signifiant d'amour, d'espoir). ★★ On connaît ce thème : Sarrasine exilé de la sexualité, maintenu en état de pucelage par la vigilance de la mère (Bouchardon). Cet état a été rompu lorsque Sarrasine a vu et entendu la Zambinella. Une expression a signifié alors l'accession à la sexualité, la fin du pucelage : *pour la première fois.* C'est cette *première fois* qui reparaît dans l'habillement de Sarrasine : le sculpteur s'habille *pour la première fois :* Clotilde, on s'en souvient, n'avait pu le tirer de sa mise négligée (n° 194) (entendons : n'avait pu le tirer hors de l'*aphanisis*), ce pour quoi d'ailleurs elle l'avait quitté (SYM. Fin de l'exil sexuel).

(301) *Sa plus belle épée, présent de Bouchardon, le nœud que Clo-tilde lui avait donné, son habit pailleté, son gilet de drap d'argent, sa tabatière d'or, ses montres précieuses, tout fut tiré des coffres,* ★ Bouchardon et Clotilde étaient liés à la contrainte, à la constriction, à l'*aphanisis;* ce sont donc eux qui, rituellement, président, par leurs dons, à l'initiation de Sarrasine : ceux qui ont retenu, consacrent ce qui est lâché. Le « dépucelage » se fait accompagner des objets sym-boliques (un nœud, une épée) remis par les gardiens du pucelage (SYM. L'initiation).

(302) *et il se para comme une jeune fille qui doit se promener devant son premier amant.* ★ REF. Psychologie des Amoureux. ★★ Le héros s'habille comme une jeune fille : cette inversion connote la Féminité (déjà relevée) de Sarrasine (SEM. Féminité).

(303) *A l'heure dite, ivre d'amour et bouillant d'espérance,* ★ Une longue séquence commence ici, articulée en trois termes princi-paux : *espérer/être déçu/compenser* (ACT. « Espoir » : 1 : espérer).

(304) *Sarrasine, le nez dans son manteau, courut au rendez-vous donné par la vieille. La duègne l'attendait.*
— *Vous avez bien tardé! lui dit-elle.*★ ACT. « Rendez-vous » : 5 : rendez-vous honoré (*Vous avez bien tardé* constitue une redondance à l'habillement minutieux de Sarrasine, n° 300).

(305) *Venez.*
Elle entraîna le Français dans plusieurs petites rues ★ ACT. « Course » : 1 : partir. ★★ ACT. « Course » : 2 : parcourir. ★★★ REF. L'Italie ténébreuse et romanesque (les petites rues).

(306) *et s'arrêta devant un palais d'assez belle apparence.* ★ ACT. « Porte III » : 1 : s'arrêter.

(307) *Elle frappa.* ★ ACT. « Porte III » : 2 : frapper.

(308) *La porte s'ouvrit.* ★ ACT. « Porte III » : 3 : s'ouvrir. On ne peut imaginer proaïrétisme plus banal (plus attendu) et apparemment plus inutile; l'histoire eût été, du point de vue anecdotique, tout aussi lisible si le discours avait dit : *elle entraîna le Français vers un palais et y ayant pénétré le conduisit vers une salle...* La structure opératoire de l'histoire eût été intacte. Qu'est-ce donc que la Porte ajoute ? le sémantique proprement dit : d'abord parce que toute porte est un

143

objet confusément symbolique (toute une culture de la mort, de la joie, de la limite, du secret y est attachée); et puis parce que cette porte qui s'ouvre (sans sujet) connote une atmosphère de mystère; enfin parce que la porte ouverte et la destination de la course restant cependant incertaine, le suspense est prolongé, c'est-à-dire relancé.

(309) *Elle conduisit Sarrasine à travers un labyrinthe d'escaliers, de galeries et d'appartements qui n'étaient éclairés que par les lueurs incertaines de la lune, et arriva bientôt à une porte* ★ ACT. « Course » : 3 : pénétrer. ★★ REF. L'Aventure, le Romanesque (le labyrinthe, les escaliers, l'obscurité, la lune).

(310) *entre les fentes de laquelle s'échappaient de vives lumières, d'où partaient de joyeux éclats de plusieurs voix.* ★ ACT. « Orgie » : 1 : signes avant-coureurs. L'annonce diégétique (intérieure à l'histoire) ne doit pas se confondre avec l'annonce rhétorique, par laquelle le discours nomme à l'avance d'un mot ce qu'il va ensuite détailler (ici : annonce diégétique).

(311) *Tout à coup, Sarrasine fut ébloui, quand, sur un mot de la vieille, il fut admis dans ce mystérieux appartement et se trouva dans un salon aussi brillamment éclairé que somptueusement meublé, au milieu duquel s'élevait une table bien servie, chargée de sacro-saintes bouteilles, de riants flacons dont les facettes rougies étincelaient.* ★ ACT. « Course » : 4 : arriver. ★★ REF. Le Vin (triste/joyeux/assassin/mauvais/confident/attendri, etc.). Ce code est doublé par un code implicitement littéraire (Rabelais, etc.).

(312) *Il reconnut les chanteurs et les cantatrices du théâtre,* ★ HER. « Machination » : 3 : le groupe machinateur.

(313) *mêlés à des femmes charmantes, tout prêts à commencer une orgie d'artistes qui n'attendaient plus que lui.* ★ ACT. « Orgie » : 2 : annonce (l'annonce est ici plus rhétorique que diégétique).

(314) *Sarrasine réprima un mouvement de dépit,* ★ ACT. « Espoir » : 2 : être déçu.

(315) *et fit bonne contenance.* ★ ACT. « Espoir » : 3 : compenser (Ce terme est très proche du code proverbial : faire contre mauvaise fortune bon cœur).

(316) *Il avait espéré une chambre mal éclairée, sa maîtresse auprès d'un brasier, un jaloux à deux pas, la mort et l'amour, des confidences échangées à voix basse, cœur à cœur, des baisers périlleux, et les visages si voisins, que les cheveux de la Zambinella eussent caressé son front chargé de désir, brûlant de bonheur.* ★ ACT. « Espoir » : 4 : espérer (reprise rétrospective). ★★ REF. Codes passionnel, romanesque, ironique.

LIX. *Trois codes ensemble.*

Les codes de référence ont une sorte de vertu vomitive, ils écœurent, par l'ennui, le conformisme, le dégoût de la répétition qui les fonde. Le remède classique, plus ou moins utilisé selon les auteurs, est de les ironiser; c'est-à-dire de superposer au code vomi un second code qui le parle avec distance (on a dit la limite de ce procédé, XXI); autrement dit, d'engager un processus de méta-langage (le problème *moderne* est de ne pas arrêter ce processus, de ne pas buter la distance que l'on prend à l'égard d'un langage). En disant que Sarrasine « *avait espéré une chambre mal éclairée, un jaloux, la mort et l'amour*, etc », le discours mêle trois codes décrochés (pris en charge les uns par les autres), issus de trois émetteurs différents. Le code de la Passion fonde ce que Sarrasine est censé éprouver. Le code Romanesque transforme ce « sentiment » en littérature : c'est le code d'un auteur de bonne foi, qui ne doute pas que le romanesque ne soit une expression *juste* (naturelle) de la passion (qui ne sait pas, à l'inverse de Dante, que la passion vient des livres). Le code Ironique prend en charge la « naïveté » des deux premiers codes : de même que le romancier se met à parler du personnage (code nº 2), l'ironiste se met à parler du romancier (code nº 3) : le langage « naturel » (intérieur) de Sarrasine est parlé deux fois; il suffirait de produire, sur le modèle de cette phrase 316, un pastiche de Balzac, pour reculer encore

cet étagement des codes. La portée de ce décrochage ?
C'est que, outrepassant toujours la dernière butée et se
portant à l'infini, il constitue l'écriture dans toute sa
puissance de jeu. L'écriture classique, elle, ne va pas si
loin ; elle s'essouffle vite, se ferme et signe très tôt son
dernier code (par exemple, en affichant, comme ici, son
ironie). Flaubert cependant (on l'a déjà suggéré), en
maniant une ironie frappée d'incertitude, opère un
malaise salutaire de l'écriture : il n'arrête pas le jeu des
codes (ou l'arrête mal), en sorte que (c'est là sans doute
la *preuve* de l'écriture) *on ne sait jamais s'il est responsable de ce qu'il écrit* (s'il y a un sujet *derrière* son langage) ; car l'être de l'écriture (le sens du travail qui la
constitue) est d'empêcher de jamais répondre à cette
question : *Qui parle ?*

(317) — *Vive la folie! s'écria-t-il.* Signori e belle donne, *vous me
permettrez de prendre plus tard ma revanche, et de vous témoigner
ma reconnaissance pour la manière dont vous accueillez un pauvre
sculpteur.* ★ ACT. « Espoir » : 5 : compenser (reprise). ★★ REF.
L'Italianité.

(318) *Après avoir reçu les compliments assez affectueux de la plupart des personnes présentes, qu'il connaissait de vue,* ★ HER.
« Machination » : 4 : feinte (Les « personnes présentes » sont les agents
de la machination dont Sarrasine est l'objet ; l'accueil qu'elles lui
font est une pièce de cette machine).

LX. *La casuistique*   La façon dont on accueille Sar-
du discours.   rasine est *assez* affectueuse.
                        C'est là un curieux quantita-
                        tif : en réduisant le *beaucoup* ou
le *très*, il en rabat sur le positif lui-même : ces compliments *assez* affectueux sont au fond un peu moins qu'af-

fectueux, ou du moins affectueux avec gêne et réticence.
Cette réticence du discours est l'effet d'un compromis :
d'une part les chanteurs doivent bien accueillir Sarrasine
afin de le berner et de faire ainsi progresser la machination qu'ils ont montée (d'où les compliments affectueux);
d'autre part cet accueil est une feinte que le discours
voudrait bien ne pas prendre à son compte — sans pouvoir cependant assumer son propre détachement, car ce
serait dénoncer trop tôt le mensonge des machinateurs
et l'histoire perdrait son suspense (d'où le : *assez* affectueux). Par où l'on voit que le discours essaye de mentir
le moins possible : juste ce qu'il faut pour assurer les
intérêts de la lecture, c'est-à-dire sa propre survie. Pris
dans une civilisation de l'énigme, de la vérité et du déchiffrement, le discours en vient à réinventer au niveau de sa
propre instance les accommodements moraux élaborés
par cette civilisation : il y a une casuistique du discours.

(319) *il tâcha de s'approcher de la bergère sur laquelle la Zambinella*
★ ACT. « Conversation I » : 1 : s'approcher.

(320) *était nonchalamment étendue.* ★ SEM. Féminité.

(321) *Oh! comme son cœur battit quand il aperçut un pied mignon,
chaussé d'une de ces mules qui, permettez-moi de le dire, madame,
donnaient jadis au pied des femmes une expression si coquette, si
voluptueuse, que je ne sais pas comment les hommes y pouvaient résister. Les bas blancs bien tirés et à coins verts, les jupes courtes, les
mules pointues et à talons hauts du règne de Louis XV ont peut-être
un peu contribué à démoraliser l'Europe et le clergé.*
— *Un peu, dit la marquise. Vous n'avez donc rien lu ?* ★ Féminité.
★★ Tout le vêtement de la Zambinella est une feinte adressée à Sarrasine; cette feinte réussit parce que Sarrasine tourne immanquablement l'imposture en preuve (la coquetterie prouve la Femme) : c'est,
si l'on peut dire, la preuve par le pied (HER. Enigme 6 : leurre, de la
Zambinella à Sarrasine). ★★★ REF. Le siècle de Louis XV. D'autre

part, il ne peut être indifférent que le moment où la jeune femme reprend contact avec la narration (en y intervenant) soit celui d'une allusion érotique; un bref marivaudage (où la marquise s'affiche brusquement affranchie, « dessalée », presque vulgaire) réactive le contrat qui est en train d'être honoré, et qui est de nature amoureuse (le narrateur ne s'y trompe pas et répond à la marquise par un sourire).

(322) — *La Zambinella, repris-je en souriant, s'était effrontément croisé les jambes, et agitait en badinant celle qui se trouvait dessus, attitude de duchesse, qui allait bien à son genre de beauté capricieuse et pleine d'une certaine mollesse engageante.* ★ La coquetterie de la Zambinella, signifiée d'une façon fort précise par les *jambes croisées*, posture désignatrice condamnée par le Code des Bonnes Manières, est construite comme une provocation : elle a donc ici expressément valeur d'une feinte (HER. Enigme 6 : leurre, de la Zambinella à Sarrasine).

(323) *Elle avait quitté ses habits de théâtre, et portait un corps qui dessinait une taille svelte et que faisaient valoir des paniers et une robe de satin brodée à fleurs bleues.* ★ Tant que la Zambinella était sur scène, son costume de femme était en quelque sorte institutionnel; mais revenu dans la vie civile, le musico ment en gardant l'apparence d'une femme : il y a feinte volontaire. C'est d'ailleurs par le vêtement que Sarrasine apprendra la vérité (n° 466); car seule l'institution (le vêtement) dicte à Sarrasine sa lecture des sexes : s'il n'en croyait pas le vêtement, Sarrasine serait encore vivant (HER. Enigme 6 : leurre, de la Zambinella à Sarrasine).

(324) *Sa poitrine, dont une dentelle dissimulait les trésors par un luxe de coquetterie, étincelait de blancheur.* Pour bien analyser — et peut-être mieux goûter — l'ambiguïté assez retorse de cette phrase, il faut la décomposer en deux leurres parallèles, dont seules les lignes de destination sont légèrement divergentes : ★ La Zambinella dissimule sa poitrine (seule allusion du texte à la féminité anatomique, et non plus culturelle); en même temps que sa poitrine, c'est la cause même de la dissimulation que la Zambinella dissimule aux yeux de Sarrasine : ce qu'il faut dissimuler, c'est qu'il n'y a rien : la perversité du manque tient à ce qu'on le dissimule, non par un plein (mensonge grossier du postiche) mais par cela même qui dissimule ordinairement le plein de la gorge (les dentelles) : le manque emprunte au plein, non sa figure, mais son mensonge (HER. Enigme 6 : leurre, de la Zambinella à Sarrasine). ★★ Le discours, lui, ment plus grossièrement : il

allègue le plein (les *trésors*) comme seul objet possible de la dissimulation, et parce qu'il donne à cette dissimulation un mobile (la coquetterie), il en rend l'existence indiscutable (en attirant l'attention sur la cause, on esquive de s'assurer du fait) (HER. Enigme 6 : leurre, du discours au lecteur). ✶✶✶ Le manque *éblouit par sa blancheur*, il se désigne dans le corps du castrat comme un foyer de lumière, une plage de pureté (SYM. Blancheur du manque).

(325) *Coiffée à peu près comme se coiffait Mme du Barry, sa figure, quoique surchargée d'un large bonnet, n'en paraissait que plus mignonne, et la poudre lui seyait bien.* ✶ SEM. Féminité. ✶✶ REF. Code historique.

(326) *La voir ainsi, c'était l'adorer.* ✶ REF. Code de l'Amour.

LXI. *La preuve narcissique.*

Une vérité courante (*endoxa* toute littéraire que la « vie » dément à chaque instant) veut qu'il y ait un lien d'obligation entre la beauté et l'amour *(la voir si belle, c'est l'adorer)*. Ce lien tire sa force de ceci : l'amour (romanesque), qui est lui-même codifié, doit s'appuyer sur un code *sûr :* la beauté le lui fournit; non pas, comme on l'a vu, que ce code puisse se fonder sur des traits référentiels : la beauté ne peut se décrire (sinon par additions et tautologies); elle est sans référent; mais elle ne manque pas de références (Vénus, la fille du Sultan, les madones de Raphaël, etc.), et c'est cette abondance d'autorités, cet héritage d'écritures, cette antériorité de modèles, qui font de la beauté un code sûr; partant, l'amour que cette beauté fonde est entraîné sous les règles *naturelles* de la culture : les codes se rejoignent, l'un s'appuie sur l'autre, il y a circularité : la beauté oblige à aimer, mais aussi ce que j'aime est fatalement beau. En déclarant la Zambinella adorable, Sarrasine installe l'une des trois preuves (narcissique, psychologique, esthétique) dont il se servira continûment pour s'abuser sur le sexe du castrat : je suis fondé à l'aimer puisqu'elle est belle, et si je l'aime (moi qui ne peux aberrer), c'est qu'elle est une femme.

(327) *Elle sourit gracieusement au sculpteur.* ★ HER. Enigme 6 : leurre, de la Zambinella à Sarrasine.

(328) *Sarrasine, tout mécontent de ne pouvoir lui parler que devant témoins,* ★ ACT. « Espoir » : 6 : être déçu (reprise).

(329) *s'assit poliment auprès d'elle, et l'entretint de musique en la louant sur son prodigieux talent;* ★ ACT. « Espoir » : 7 : compenser (reprise). ★★ ACT. « Conversation I » : 2 et 3 : s'asseoir et parler.

(330) *mais sa voix tremblait d'amour, de crainte et d'espérance.* ★ ACT. « Espoir » : 8 : espérer (reprise).

(331) *— Que craignez-vous? lui dit Vitagliani, le chanteur le plus célèbre de la troupe. Allez, vous n'avez pas un seul rival à craindre ici.*
Après avoir parlé, le ténor sourit silencieusement. Ce sourire se répéta sur les lèvres de tous les convives, ★ HER. « Machination » : 5 : indice de machination (complicité du groupe machinateur). ★★ HER. Enigme 6 : équivoque.

LXII. *L'équivoque I :*
la double entente.   « *Vous ne risquez pas de rival* », dit le ténor : 1) parce que vous êtes aimé (entend Sarrasine), 2) parce que vous courtisez un castrat (entendent ses complices et peut-être déjà le lecteur). Selon la première écoute, il y a leurre; selon la seconde, dévoilement. La tresse des deux écoutes forme une équivoque. L'équivoque est bien issue, en effet, de deux voix, reçues à égalité; il y a interférence de deux

lignes de destination. Autrement dit, la *double entente* (bien nommée), fondement du jeu de mots, ne peut s'analyser en simples termes de signification (deux signifiés pour un signifiant); il y faut la distinction de deux destinataires; et si, contrairement à ce qui se passe ici, les deux destinataires ne sont pas donnés par l'histoire, si le jeu de mots semble adressé à une seule personne (le lecteur, par exemple), il faut concevoir cette personne divisée en deux sujets, en deux cultures, en deux langages, en deux espaces d'écoute (d'où l'affinité traditionnelle du jeu de mots et de la « folie » : le « Fou », vêtu d'un costume bi-partite — divisé —, était autrefois le fonctionnaire de la double entente). Par rapport à un message idéalement pur (tel qu'il s'accomplit dans la mathématique), la division de l'écoute constitue un « bruit », elle rend la communication obscure, fallacieuse, risquée : incertaine. Cependant, ce bruit, cette incertitude sont produits par le discours en vue d'une communication : ils sont donnés au lecteur pour qu'il s'en nourrisse : ce que le lecteur lit, c'est une contre-communication; et si l'on veut bien penser que la double entente déborde largement le cas limité du jeu de mots ou de l'équivoque et imprègne au fond, sous des formes et des densités diverses, toute l'écriture classique (en raison même de sa vocation polysémique), on voit que les littératures sont en somme des arts du « bruit »; ce que le lecteur consomme, c'est ce défaut de la communication, ce manque du message; ce que toute la structuration édifie pour lui et lui tend comme la plus précieuse des nourritures, c'est une *contre-communication;* le lecteur est complice, non de tel ou tel personnage, mais du discours lui-même en ce qu'il joue la division de l'écoute, l'impureté de la communication : le discours, et non tel ou tel de ses personnages, est le seul héros *positif* de l'histoire.

(332) *dont l'attention avait une malice cachée dont ne devait pas s'apercevoir un amoureux.* ⋆ D'une part, Sarrasine, par aveuglement d'amoureux, est impuissant à déchiffrer le stratagème : c'est, structuralement, comme s'il s'adressait à lui-même un leurre; d'autre part, en faisant état de cet aveuglement, le discours tend au lecteur un début de déchiffrement, il pose le stratagème comme tel (HER. Enigme 6 : équivoque). ⋆⋆ REF. L'Amoureux (le bandeau sur les yeux).

(333) *Cette publicité fut comme un coup de poignard que Sarrasine aurait soudainement reçu dans le cœur. Quoique doué d'une certaine force de caractère, et bien qu'aucune circonstance ne dût influer sur son amour,* ⋆ Sarrasine prend le sourire du ténor pour un indice, non de malignité, mais d'indiscrétion : il se leurre lui-même (HER. Enigme 6 : leurre, de Sarrasine à lui-même). ⋆⋆ SEM. Energie.

(334) *il n'avait peut-être pas encore songé que Zambinella était presque une courtisane,* ⋆ L'oubli de Sarrasine (où se répète en écho cette « *ignorance des choses de la vie* » où l'avait entretenu Bouchardon) lui sert de leurre : faire de la Zambinella une courtisane, c'est la confirmer dans sa féminité; douter de son identité sociale, c'est s'éviter de douter de son identité sexuelle (HER. Enigme 6 : leurre, de Sarrasine à lui-même).

(335) *et qu'il ne pouvait pas avoir tout à la fois les jouissances pures qui rendent l'amour d'une jeune fille chose si délicieuse, et les emportements fougueux par lesquels une femme de théâtre fait acheter sa périlleuse possession.* ⋆ REF. Paradigme des Femmes : jeune fille/courtisane.

(336) *Il réfléchit et se résigna.* ⋆ ACT. « Espoir » : 9 : compenser, se résigner (reprise).

(337) *Le souper fut servi.* ⋆ ACT. « Orgie » : 3 : souper.

(338) *Sarrasine et la Zambinella se mirent sans cérémonie à côté l'un de l'autre.* ⋆ ACT. « Conversation II »; 1 : s'asseoir côte à côte.

(339) *Pendant la moitié du festin, les artistes gardèrent quelque mesure,* ⋆ ACT. « Orgie » : 4 : calme initial.

(340) *et le sculpteur put causer avec la cantatrice.* ⋆ ACT. « Conversation II » : 2 : causer.

(341) *Il lui trouva de l'esprit, de la finesse;* ★ SEM. Finesse mentale. Ce sème, qui est une sorte de *hapax* dans le tableau caractériel de la Zambinella, sert à corriger, selon un dessin euphémique et conformiste, ce qu'aurait de blessant l'image d'une femme *demeurée*.

(342) *mais elle était d'une ignorance surprenante,* ★ L'ignorance de la Zambinella vaut pour son immaturité physique (SEM. Immaturité).

(343) *et se montra faible et superstitieuse.* ★ La faiblesse et la superstition valent pour la pusillanimité (SEM. Pusillanimité).

(344) *La délicatesse de ses organes se reproduisait dans son entendement.* ★ Si l'on entend par les « organes » de la Zambinella, ses cordes vocales, rien n'est dévoilé, mais si ces organes sont ses caractères sexuels, tout est suggéré : il y a donc double entente (HER. Enigme 6 : équivoque). ★★ REF. Code psycho-physiologique : déficience physique et faiblesse mentale.

(345) *Quand Vitaglinani déboucha la première bouteille de vin de Champagne,* ★ ACT. « Orgie » : 5 : Vins.

(346) *Sarrasine lut dans les yeux de sa voisine une crainte assez vive de la petite détonation produite par le dégagement du gaz.* ★ HER. Enigme 6 : leurre, de Sarrasine à lui-même (la craintivité *prouve* la féminité : Sarrasine use de cette preuve psychologique pour se leurrer lui-même).

LXIII. *La preuve psychologique.* Le champagne sert à prouver la pusillanimité de la Zambinella. La pusillanimité de la Zambinella sert à prouver sa féminité. Le leurre sarrasinien va ainsi de preuve en preuve. Les unes sont inductives, fondées sur cette vieille déité rhétorique : l'*exemplum* : d'un épisode narratif (le champagne, plus tard le serpent), on induit un trait de caractère (ou plutôt, on construit l'épisode pour signifier le caractère). Les autres sont déductives; ce sont des enthymèmes, des syllogismes imparfaits (vicieux, ou incomplets, ou simplement probables) : toutes les femmes sont peureuses; or Zambinella est peureuse; donc Zambinella est une femme. Les deux systèmes logiques se mêlent : l'*exemplum* permet de poser la mineure du syllogisme : Zambinella a peur d'un bouchon qui saute, donc Zambinella est peureuse. Quant à la majeure, elle vient, soit du champ narcissique (la Femme est adorable), soit du champ psychologique (la Femme est craintive), soit du champ esthétique (la Femme est belle); ce qui fonde cette majeure, c'est, conformément à la définition de l'enthymème, non une vérité scientifique, mais une opinion courante, une *endoxa*. Ainsi les leurres que Sarrasine s'adresse à lui-même sont formés du discours le plus social : entièrement immergé dans la socialité, le sujet y prend ses censures et ses alibis, en un mot son aveuglement, ou encore : sa propre mort — puisqu'il mourra de s'être abusé. La psychologie — pur discours social — apparaît ainsi comme un langage meurtrier qui *conduit* (on voudrait placer sous ce mot l'*exemplum* inducteur et le syllogisme déducteur) le sujet à la castration finale.

(347) *Le tressaillement involontaire de cette organisation féminine fut interprété par l'amoureux artiste comme l'indice d'une excessive sensibilité. Cette faiblesse charma le Français.* ★ SEM. Pusillanimité (craintivité, féminité). ★★ *Organisation féminine* vaut pour un leurre, si on le prend à la lettre, et pour un déchiffrement si on l'entend métaphoriquement (HER. Enigme 6 : équivoque).

(348) *Il entre tant de protection dans l'amour d'un homme !*
— Vous disposerez de ma puissance comme d'un bouclier ! Cette phrase n'est-elle pas écrite au fond de toutes les déclarations d'amour ? ★ REF. Code proverbiale : l'Amour.

(349) *Sarrasine, trop passionné pour débiter des galanteries à la belle Italienne, était, comme tous les amants, tour à tour grave, rieur, ou recueilli.* ★ REF. Psychologie de l'Amoureux.

(350) *Quoiqu'il parût écouter les convives, il n'entendait pas un mot de ce qu'ils disaient, tant il s'adonnait au plaisir de se trouver près d'elle, de lui effleurer la main, de la servir. Il nageait dans une joie secrète.* ★ REF. L'Amour : comportements et sentiments.

(351) *Malgré l'éloquence de quelques regards mutuels,* ★ « Les regards mutuels » sont signes d'amour réciproque. Cependant, structuralement, le sentiment de Sarrasine est sans pertinence, car il est installé dans le discours depuis longtemps et n'a rien d'incertain; seul compte ici le signe d'accord émis par la Zambinella; ce signe est une feinte (HER. Enigme 6 : leurre, de la Zambinella à Sarrasine).

(352) *il fut étonné de la réserve dans laquelle la Zambinella se tint avec lui.* ★ Il suffirait que Sarrasine poussât un peu plus loin son « étonnement » pour qu'il découvrît peut-être la vérité; cet « étonnement » est donc un déchiffrement que Sarrasine s'adresse incomplètement à lui-même (HER. Enigme 6 : déchiffrement partiel, de Sarrasine à lui-même).

(353) *Elle avait bien commencé la première à lui presser le pied et à l'agacer avec la malice d'une femme libre et amoureuse;* ★ HER. Enigme 6 : leurre, de la Zambinella à Sarrasine. ★★ REF. Typologie des Femmes.

(354) *mais soudain elle s'était enveloppée dans une modestie de jeune fille,* ★ REF. Typologie des Femmes. ★★ Toute réserve de la Zambinella, quel qu'en soit le mobile (peur ou scrupule), est une suspension du stratagème et vaut pour un début de déchiffrement; cependant, ici, on ne peut dire si le message vient de la Zambinella ou du discours, s'il va à Sarrasine ou au lecteur : il est proprement *insitué :* par quoi l'on voit une fois de plus que l'écriture a ce pouvoir d'opérer un véritable silence de la destination : c'est, à la lettre, une contre-communication, une « cacographie » (HER. Enigme 6 : déchiffrement partiel).

(355) *après avoir entendu raconter par Sarrasine un trait qui peignit l'excessive violence de son caractère.* ★ SEM. Violence (excès). ★★ La pusillanimité de la Zambinella (source logique de sa féminité) est signifiée à travers quelques exemples (champagne, serpent), mais aussi à

155

travers quelques offensives de Sarrasine; le sème prend alors une valeur opératoire (même si ces offensives ne sont pas d'abord dirigées contre la Zambinella); il devient terme d'une longue séquence (« Danger »), jalonnée par les menaces dont la Zambinella sera progressivement l'objet, jusqu'au moment où, la machination étant découverte, le musico risque d'être tué par Sarrasine. Ces peurs, consécutives à des menaces (même abstraites) sont des annonces de la crise finale (ACT. « Danger » : 1 : acte de violence, signe d'un caractère dangereux).

(356) *Quand le souper devint une orgie,* ★ ACT. « Orgie » : 6 : nomination de l'orgie (il s'agit d'une annonce rhétorique, dénominative : le discours nomme l'ensemble de ce qu'il va détailler).

(357) *les convives se mirent à chanter, inspirés par le peralta et le pedro-ximenès. Ce furent des duos ravissants, des airs de la Calabre, des seguidilles espagnoles, des canzonettes napolitaines.* ★ ACT. « Orgie » : 7 : chanter.

(358) *L'ivresse était dans tous les yeux, dans la musique, dans les cœurs et dans les voix. Il déborda tout à coup une vivacité enchanteresse, un abandon cordial, une bonhomie italienne* ★ ACT. « Orgie » : 8 : s'abandonner (annonce dénominative).

(359) *dont rien ne peut donner l'idée à ceux qui ne connaissent que les assemblées de Paris, les raouts de Londres ou les cercles de Vienne.* ★ REF. L'Europe mondaine.

(360) *Les plaisanteries et les mots d'amour se croisaient, comme des balles dans une bataille, à travers les rires, les impiétés, les invocations à la sainte Vierge ou* al Bambino. ★ ACT. « Orgie » : 9 : s'abandonner (1) : conversations débridées. ★★ REF. L'Italianité *(al Bambino)*.

(361) *L'un se coucha sur un sofa et se mit à dormir.* ★ ACT. « Orgie » : 10 : s'abandonner (2) : dormir.

(362) *Une jeune fille écoutait une déclaration sans savoir qu'elle répandait du vin de Xérès sur la nappe.* ★ ACT. « Orgie » : 11 : s'abandonner (3) : répandre du vin (ce geste n'est pas conforme au Code de la Jeune Fille et cette incongruité double le signe du désordre).

(363) *Au milieu de ce désordre,* ★ ACT. « Orgie » : 12 : s'abandon-

ner (reprise dénominative). L'*abandon*, fragment de l'orgie, est construit rhétoriquement : une annonce, trois termes, une reprise.

(364) *la Zambinella, comme frappée de terreur, resta pensive. Elle refusa de boire,* ★ ACT. « Danger » : 2 : peur de la victime.

LXIV. *La voix du lecteur.* *Comme frappée de terreur :* qui parle ici ? Ce ne peut être, même indirectement, Sarrasine, puisqu'il prend la crainte de la Zambinella pour de la pudeur. Ce ne peut être nommément le narrateur, puisqu'il sait, lui, que la Zambinella est effectivement terrifiée. La modalisation *(comme)* exprime les intérêts d'un seul personnage, qui n'est ni Sarrasine ni le narrateur et qui est le lecteur : c'est lui qui a intérêt à ce que la vérité soit à la fois nommée et esquivée, équivoque dont s'acquitte très bien le *comme* du discours, puisqu'il indexe la vérité et cependant la réduit déclarativement à une simple apparence. Ce qu'on entend ici est donc la voix *déplacée* que le lecteur prête, par procuration, au discours : le discours parle selon les intérêts du lecteur. Par quoi l'on voit que l'écriture n'est pas la communication d'un message qui partirait de l'auteur et irait au lecteur; elle est spécifiquement la voix même de la lecture : *dans le texte, seul parle le lecteur.* Cette inversion de nos préjugés (qui font de la lecture une *réception*, ou, en mettant les choses au mieux, une simple participation psychologique à l'aventure racontée), cette inversion peut s'illustrer par une image linguistique : dans le verbe indo-européen (grec, par exemple), deux diathèses (précisément : deux *voix*) s'opposaient : la voix moyenne, selon laquelle l'agent accomplissait l'action pour son propre compte *(je sacrifie pour moi-même)*, et la voix active, selon laquelle il accomplissait cette même action au profit d'un autre (ainsi du prêtre qui sacrifiait dans l'intérêt de son client). A ce compte, l'écriture est *active*, car elle agit pour le lecteur : elle procède, non d'un auteur, mais d'un *écrivain public*, notaire chargé par l'institution, non de flatter les goûts de son client, mais de consigner sous sa dictée le relevé de ses intérêts, les opérations par lesquelles, à l'intérieur d'une économie du dévoilement, il gère cette marchandise : le récit.

(365) *mangea peut-être un peu trop; mais la gourmandise est, dit-on, une grâce chez les femmes.* ★ REF. Code des femmes (elles sont gourmandes). ★★ La gourmandise *prouve* la Femme, comme sa craintivité : c'est une preuve psychologique (HER. Enigme 6 : leurre : de Sarrasine à lui-même ? du discours au lecteur ?).

(366) *En admirant la pudeur de sa maîtresse,* ★ Sarrasine, s'abusant, transforme la crainte en pudeur (HER. Enigme 6 : leurre, de Sarrasine à lui-même).

(367) *Sarrasine fit de sérieuses réflexions pour l'avenir.*
— *Elle veut sans doute être épousée, se dit-il.*
Alors il s'abandonna aux délices de ce mariage. Sa vie entière ne lui semblait pas assez longue pour épuiser la source de bonheur qu'il trouvait au fond de son âme. ★ Portant d'abord sur une dénomination du fait *(pudeur* au lieu de *peur)*, la feinte que Sarrasine se destine à lui-même s'étend métonymiquement au mobile, placé à son tour sous l'autorité du Code qui règle les mariages bourgeois (si une femme se refuse, c'est qu'elle veut être épousée) (HER. Enigme 6 : leurre, de Sarrasine à lui-même). ★★ REF. Les imaginations de l'Amoureux.

(368) *Vitagliani, son voisin, lui versa si souvent à boire que, vers les trois heures du matin,* ★ ACT. « Machination » : 6 : on enivre la victime.

(369) *sans être complètement ivre, Sarrasine se trouva sans force contre son délire.* ★ Ici commence un « Rapt » limité, que l'on distinguera de l' « Enlèvement » final (ACT. « Rapt » : 1 : mise en condi-

tion du ravisseur) (ce rapt est construit comme un « délire », un petit *acting out*).

(370) *Dans un moment de fougue, il emporta cette femme* ★ ACT. « Rapt » : 2 : enlever la victime.

(371) *en se sauvant dans une espèce de boudoir qui communiquait au salon,* ★ ACT. « Rapt » : 3 : changer de lieu.

(372) *et sur la porte duquel il avait plus d'une fois tourné les yeux.* ★ ACT. « Rapt » : 4 : avoir prémédité l'enlèvement.

(373) *L'Italienne était armée d'un poignard.*
— *Si tu approches, dit-elle, je serai forcée de te plonger cette arme dans le cœur.* ★ ACT. « Rapt » : 5 : défense armée de la victime. ★★ Ce que la Zambinella défend, ce n'est pas sa vertu, c'est son mensonge; par là même, elle désigne la vérité et son geste vaut pour un indice. Cependant Sarrasine attribue ce geste à un calcul de courtisane, il se leurre lui-même : indice et aveuglement forment une équivoque (HER. Enigme 6 : équivoque). ★★★ Le discours prête son écriture à la Zambinella (je serai forcée); par la simple obligation de l'orthographe (l'accord du participe passé), il ne peut faire autrement que de devenir complice de l'imposture (HER. Enigme 6 : leurre, du discours au lecteur). ★★★★ La Zambinella menace Sarrasine de le mutiler — ce qui s'accomplira d'ailleurs pour finir : « *Tu m'as ravalé jusqu'à toi* », n° 526 (SYM. La castration, le couteau).

(374) *Va ! tu me mépriserais. J'ai conçu trop de respect pour ton caractère pour me livrer ainsi. Je ne veux pas déchoir du sentiment que tu m'accordes.* ★ HER. Enigme 6 : équivoque (la raison donnée par la Zambinella peut être ou tactique ou sincère). ★★ REF. L'Honneur des Femmes, l'Estime et non l'amour, etc.

(375) — *Ah ! ah ! dit Sarrasine, c'est un mauvais moyen pour éteindre une passion que de l'exciter.* ★ REF. Psychologie et stratégie des passions.

(376) *Es-tu donc déjà corrompue à ce point que, vieille de cœur, tu agirais comme une jeune courtisane, qui aiguise les émotions dont elle fait commerce ?* ★ REF. Typologie des Femmes (la courtisane). ★★ HER. Enigme 6 : leurre, de Sarrasine à lui-même (Sarrasine s'abuse sur le mobile de la Zambinella).

La Zambinella et Sarrasine échangent des *répliques*. Chaque réplique est un leurre, un abus, et chaque abus prend sa justification dans un code : à l'Honneur des Femmes répond la Typologie des Femmes : on se jette des codes à la tête, et cette volée de codes, c'est la « scène ». Ainsi apparaît la nature du sens : c'est une force, qui tente de subjuguer d'autres forces, d'autres sens, d'autres langages. La force du sens dépend de son degré de systématisation : le sens le plus fort est le sens dont la systématisation englobe un nombre élevé d'éléments, au point de paraître recouvrir tout le notable du monde : ainsi des grands systèmes idéologiques, qui luttent entre eux à coups de sens. Le modèle en est toujours la « scène », qui est l'affrontement sans fin de deux codes différents, ne communiquant que par leurs emboîtements, l'ajustement de leurs limites (c'est : la double réplique, la stichomythie). Une société attentive à la nature en quelque sorte linguistique du monde, comme le fut la société médiévale avec son *Trivium* des arts de la parole, pensant que ce n'est pas la vérité qui met un terme à l'affrontement des langages, mais seulement la force de l'un d'eux, peut alors, dans un esprit ludique, essayer de coder cette force, de lui donner un protocole d'issue : c'est la *disputatio*, dont certains termes avaient pour fonction de clôturer arbitrairement mais nécessairement la répétition infinie des répliques — des « terminèmes » en somme, sortes de marques d'abandon qui mettaient fin au jeu des langages entre eux.

(377) — *Mais c'est aujourd'hui vendredi, répondit-elle,* ★ SEM. Superstition (pusillanimité, craintivité).

(378) *effrayée de la violence du Français.* ⋆ ACT. « Danger » : 3 :
nouvel effroi de la victime.

(379) *Sarrasine qui n'était pas dévot, se prit à rire.* ⋆ SEM. Impiété.
L'impiété de Sarrasine répond paradigmatiquement à la superstition
de la Zambinella; ce paradigme est (sera) proprement tragique :
l'être pusillanime entraînera l'être viril dans son manque, la figure
symbolique contaminera l'esprit fort.

(380) *La Zambinella bondit comme un jeune chevreuil* ⋆ ACT. :
« Rapt » : 6 : fuite de la victime.

(381) *et s'élança dans la salle du festin.* ⋆ ACT. « Rapt » : 7 : chan-
gement de lieu (symétrique et inverse à celui du n° 371).

(382) *Quand Sarrasine y apparut courant après elle,* ⋆ ACT. « Rapt » :
8 : poursuite.

(383) *il fut accueilli par un rire infernal.* ⋆ HER. « Machination » :
7 : rire, ponctuant la réussite du stratagème (le rire collectif est le
mobile de la machination : *« Je n'ai consenti à vous tromper que pour
plaire à mes camarades, qui voulaient rire »,* n° 512).

(384) *Il vit la Zambinella évanouie sur un sofa. Elle était pâle et
comme épuisée par l'effort extraordinaire qu'elle venait de faire.*
⋆ SEM. Faiblesse, pusillanimité, craintivité, féminité.

(385) *Quoique Sarrasine sût peu d'italien,* ⋆ REF. Chronologie (la
notation correspond au décompte des jours que Sarrasine a passés
à Rome : trois semaines, au soir de l'orgie).

LXVI. *Le lisible I :*   Il est nécessaire (vraisemblable)
« *Tout se tient* ».   que Sarrasine comprenne l'ita-
                          lien, car la remarque de sa
                          maîtresse doit le rendre confus
et faire cesser son délire; mais il est non moins nécessaire (vraisemblable) qu'il le sache mal, car il n'est que
depuis vingt-quatre jours en Italie (nous le savons par le

code chronologique); et s'il ne doit pas y être plus long-temps, c'est qu'il doit ignorer les mœurs de Rome, qui font monter sur les planches des castrats; et s'il doit ignorer ces mœurs, c'est qu'il faut qu'il se méprenne sur l'identité de la Zambinella, etc. Autrement dit, le dis-cours s'enferme avec scrupule dans un certain cercle de *solidarités*, et ce cercle, où « tout se tient », est celui du lisible. Le lisible, comme on peut s'y attendre, est régi par le principe de non-contradiction, mais en multipliant les solidarités, en marquant chaque fois qu'il le peut le caractère *compatible* des circonstances, en joignant les événements relatés par une sorte de « colle » logique, le discours pousse ce principe jusqu'à l'obsession; il prend la démarche précautionneuse et méfiante d'un individu qui craint d'être surpris en flagrant délit de contradiction; il surveille et prépare sans cesse, à tout hasard, sa défense contre l'ennemi qui l'acculerait à reconnaître la honte d'un illogisme, un trouble du « bon sens ». La solidarité des notations apparaît ainsi comme une arme défensive, elle dit à sa manière que le sens est une force, qu'il s'invente à l'intérieur d'une économie de forces.

(386) *il entendit sa maîtresse disant à voix basse à Vitagliani :*
— *Mais il me tuera !* ★ HER. « Machination » : 8 : indice de compli-cité entre l'instigateur et l'agent de la machination. ★★ ACT. « Dan-ger » : 4 : peur prémonitoire de la victime.

(387) *Cette scène étrange rendit le sculpteur tout confus. La raison lui revint. Il resta d'abord immobile; puis il retrouva la parole, s'assit auprès de sa maîtresse et protesta de son respect. Il trouva la force de donner le change à sa passion en disant à cette femme les discours les plus exaltés; et, pour peindre son amour, il déploya les trésors* ★ ACT. « Rapt » : 9 : échec du rapt, retour à l'ordre.

(388) *de cette éloquence magique, officieux interprète* ★ REF. Code de la Passion.

(389) *que les femmes refusent rarement de croire.* ★ REF. Psychologie des Femmes.

(390) *Au moment où les premières lueurs du matin surprirent les convives, une femme proposa d'aller à Frascati.* ★ ACT. « Excursion » : 1 : proposition. ★★ ACT. « Orgie » : 13 : fin (l'aube).

LXVII. *Comment est faite une orgie.*

Quelqu'un, qui n'est pas le lecteur mais un personnage (en l'occurrence Sarrasine) approche peu à peu le lieu d'une orgie; elle s'annonce à lui par des bruits de voix, des filets de lumière : c'est là une annonce intérieure à l'histoire, analogue aux indices physiques qui permettent de déchiffrer à l'avance une tempête, un séisme : nous sommes dans une histoire naturelle de l'orgie. Puis, l'orgie est annoncée à l'intérieur du discours : on la nomme, ce qui suppose que, tel un résumé dénominatif (le titre d'un chapitre, par exemple), on va l'analyser, donner ses moments, les signifiés qui la composent : nous sommes dans une rhétorique de l'orgie. Ces parties de l'orgie sont des conduites stéréotypées, nées d'une répétition d'expériences (souper, déboucher le champagne, chanter, se laisser aller) : nous sommes dans un savoir empirique de l'orgie. De plus, tel moment de cette orgie, donné sous son nom générique, l'*abandon,* peut être, non plus analysé, comme l'orgie elle-même, mais *illustré* par quelques conduites exemplaires (dormir, répandre du vin) : nous sommes dans une logique inductive de l'orgie (à base d'*exempla*). Enfin l'orgie dépérit, cesse : nous sommes dans une physique de l'orgie. Ce que l'on a appelé le code proaïrétique est donc fait lui-même d'autres codes, divers, modelés sur des savoirs différents. La suite des actions, pour naturelle, logique, linéaire qu'elle paraisse, n'est pas régie par une seule règle d'ordre; outre qu'elle peut « divaguer » au gré d'expansions infinies (ici même, le rapt manqué de la Zambinella), elle réfracte des savoirs, des ordres, des codes différents : c'est un espace perspectif : la matérialité du discours est le point de vue; les codes sont les points de fuite; le référent (l'orgie) est l'image cadrée.

(391) *Tous accueillirent par de vives acclamations l'idée de passer la journée à la villa Ludovisi.* ★ ACT. « Excursion » : 2 : acquiescement général.

(392) *Vitagliani descendit pour louer des voitures.* ★ ACT. « Excursion » : 3 : louer des voitures.

(393) *Sarrasine eut le bonheur de conduire la Zambinella dans un phaéton.* ★ ACT. « Promenade amoureuse » : 1 : monter dans la même voiture.

(394) *Une fois sortis de Rome, la gaieté, un moment réprimée par les combats que chacun avait livrés au sommeil, se réveilla soudain. Hommes et femmes, tous paraissaient habitués à cette vie étrange, à ces plaisirs continus, à cet entraînement d'artiste qui fait de la vie une fête perpétuelle où l'on rit sans arrière-pensée.* ★ ACT. « Excursion » : 4 : gaieté collective. ★★ REF. La Vie d'artiste.

(395) *La compagne du sculpteur était la seule qui parût abattue.*
— Etes-vous malade? lui dit Sarrasine. Aimeriez-vous mieux rentrer chez vous?
— Je ne suis pas assez forte pour supporter tous ces excès, répondit-elle. J'ai besoin de grands ménagements; ★ ACT. « Danger » : 5 : peur persistante. ★★ Sarrasine continue à s'abuser : après avoir pris la résistance de la Zambinella pour de la pudeur ou de la coquetterie, il attribue son abattement à la maladie (HER. Enigme 6 : leurre, de

Sarrasine à lui-même). ★★★ La réponse de la Zambinella est un leurre si la fatigue alléguée est celle de l'orgie; c'est une vérité si sa maladie résulte de l'effroi; c'est un leurre si sa pusillanimité est attribuée à sa féminité, c'est une vérité si elle vient de sa castration : il y a double entente (HER. Enigme 6 : équivoque). ★★★★ ACT. « Promenade amoureuse » : 2 : conversation à deux.

(396) *mais près de vous, je me sens si bien! Sans vous, je ne serais pas restée à ce souper;* ★ Deux vraisemblables font entendre ici leur voix, produisant de la sorte une double entente : 1) le vraisemblable opératoire dira que la Zambinella tient à Sarrasine un discours, sinon amoureux, du moins amical, pour écarter de lui tout soupçon du stratagème dans lequel il est pris : ce sera alors un leurre; 2) le vraisemblable « psychologique », qui tient pour logiques les « contradictions du cœur humain », verra dans la confidence de la Zambinella un mouvement de sincérité, la suspension fugitive de la fraude (HER. Enigme 6 : équivoque). ★★ La demande de protection signifie : *tout sauf le sexe;* mais par là se désigne la carence même du sexe (SYM. Protection asexuée : le thème reviendra encore).

(397) *une nuit passée me fait perdre toute ma fraîcheur.*
— *Vous êtes si délicate! reprit Sarrasine en contemplant les traits mignons de cette charmante créature.*
— *Les orgies m'abîment la voix.* ★ SEM. Féminité.

(398) — *Maintenant que nous sommes seuls, s'écria l'artiste, et que vous n'avez plus à craindre l'effervescence de ma passion, dites-moi que vous m'aimez.* ★ ACT. « Déclaration d'amour » : 1 : demande d'aveu.

LXVIII. *La tresse.*   A ce point du récit (ce pourrait être à un autre), plusieurs actions restent engagées en même temps : le « danger » couru par la Zambinella, le « vouloir-mourir » du héros, sa « déclaration d'amour » à sa maîtresse, leur « promenade amoureuse », la « machination » et l' « excursion » du groupe courent toujours, suspendus et entrelacés. Le texte, pendant qu'il se fait, est semblable à une dentelle de Valenciennes qui naîtrait devant nous sous les doigts de la dentellière : chaque séquence engagée pend comme le fuseau provisoirement inactif qui attend pendant que son voisin travaille; puis, quand son tour vient, la main reprend le fil, le ramène sur le tambour; et au fur et à mesure que le dessin se remplit, chaque fil marque son avance par une épingle qui le retient et que l'on déplace peu à peu : ainsi des termes de la séquence : ce sont des *positions* occupées puis dépassées en vue d'un investissement progressif du sens. Ce procès est valable pour tout le texte. L'ensemble des codes, dès lors qu'ils sont pris dans le travail, dans la marche de la lecture, constitue une tresse (*texte, tissu* et *tresse*, c'est la même chose); chaque fil, chaque code est une voix; ces voix tressées — ou tressantes — forment l'écriture : lorsqu'elle est seule, la voix ne travaille pas, ne transforme rien : elle *exprime;* mais dès que la main intervient pour rassembler et entremêler les fils inertes, il y a travail, il y a transformation. On connaît le symbolisme de la tresse : Freud, pensant à l'origine du tissage, y voyait le travail de la femme tressant ses poils pubiens pour fabriquer le pénis qui lui manque. Le texte est en somme un fétiche; et le réduire à l'unité du sens, par une lecture abusivement univoque, c'est *couper la tresse*, c'est esquisser le geste castrateur.

(399) — *Pourquoi? répliqua-t-elle, à quoi bon?* ★ ACT. « Déclaration » : 2 : éluder l'aveu demandé. ★★ Comme toute attitude *gênée*, la réponse de la Zambinella désigne la vérité en l'éludant (ou tout au moins dit qu'il y a énigme) (HER. Enigme 6 : équivoque).

(400) *Je vous ai semblé jolie. Mais vous êtes Français et votre sentiment passera.* ★ HER. Enigme 6 : leurre, de la Zambinella à Sarra-

sine (Vous cesserez de m'aimer parce que vous êtes volage ; donc je suis bien une femme). ★★ ACT. « Déclaration » : 3 : première raison de décliner une proposition d'amour (l'amour est volage). ★★★ REF. Typologie amoureuse des peuples : le Français volage. ★★★★ HER. Enigme 6 : leurre (du discours : *je vous ai semblé jolie*, au féminin, cf. n° 373).

(401) *Oh! vous ne m'aimeriez pas comme je voudrais être aimée.*
— *Comment !*
— *Sans but de passion vulgaire, purement.* ★ ACT. « Déclaration » : 4 : deuxième raison de décliner une proposition d'amour (impossibilité d'un sentiment convenable). ★★ SYM. Protection asexuée. ★★★ SYM. Alibi de la castration : l'Incomprise. Sincère ou non (pour en décider, il faudrait aller *derrière le papier*), la Zambinella sublime l'état de castration (ou d'exclusion) sous un thème noble et dolent : celui de l'Incomprise. Or ce thème sera repris par Mme de Rochefide, dès lors qu'elle aura été entraînée, par le récit du narrateur, dans la castration : « *Personne ne m'aura connue! j'en suis fière* », n° 560. ★★★★ « *Sans but de passion vulgaire, purement* » est une équivoque : car ou bien l'exil du sexe est une carence physique (vérité), ou bien c'est un congé sublime donné, par idéal, à la chair (leurre) (HER. Enigme 6 : équivoque).

(402) *J'abhorre les hommes encore plus peut-être que je ne hais les femmes.* ★ SYM. Le neutre *(ne-uter)* du castrat.

(403) *J'ai besoin de me réfugier dans l'amitié.* ★ SYM. Protection asexuée. ★★ HER. Enigme 6 : équivoque (sentiment sincère ou fuite déterminée par l'engrenage de la machination).

(404) *Le monde est désert pour moi. Je suis une créature maudite, condamnée à comprendre le bonheur, à le sentir, à le désirer, et, comme tant d'autres, forcée à le voir me fuir à toute heure.* ★ ACT. « Déclaration » : 5 : troisième raison de décliner une proposition d'amour (exclusion hors des normes affectives). ★★ SYM. L'exclusion, la malédiction (situé dans le lieu intenable du *ne-uter*, le castrat est un être de nulle part : il est exclu de la différence, de l'antithèse : il transgresse, non les sexes, mais la classification). ★★★ SYM. Définition euphémique du castrat : le désir sans résolution. ★★★★ REF. Code sapientiel (le bonheur fuit l'homme).

(405) *Souvenez-vous, seigneur, que je ne vous aurai pas trompé.*

* Le futur antérieur réfère au moment où la machination sera découverte : c'est un terme prédictif et conjuratoire (HER. « Machination » :
9 : prévision et conjuration de l'issue). ** HER. Enigme 6 : équivoque.
L'ambiguïté vient de ce que la « franchise » de la Zambinella se pré-
vaut d'une déclaration générale au point d'inclure la vérité, mais qui
l'est précisément trop pour pouvoir la désigner.

LXIX. *L'équivoque II :*   L'équivoque   (bien   souvent)
le mensonge   consiste à dévoiler le genre *(je*
métonymique.   *suis un être exclu)* et à taire l'espèce *(je suis un castrat)* : on
dit le tout pour la partie, c'est
une synecdoque, mais dans l'ambivalence, la métonymie
est en quelque sorte surprise au travail, comme énonciation et non plus comme énoncé; car le discours (ou par
procuration le personnage) d'un côté avance, dévoile, et
de l'autre retient, occulte; il s'active à imprégner le
vide de ce qu'il tait du plein de ce qu'il dit, à confondre
deux vérités différentes, celle de la parole et celle du
silence; des deux espèces du genre « *Exclu* » (d'une part
la Femme inaccessible et d'autre part le castrat indésirable), le discours sous-entend l'une, le destinataire sous-
entend l'autre : il y a ici encore division de l'écoute. Ce
mensonge métonymique (puisqu'en disant le tout pour
la partie, il induit en erreur ou du moins masque la
vérité, cache le vide sous le plein) a ici, comme on peut
s'y attendre, une fonction stratégique : comme différence de l'espèce au genre, c'est le *propre* de la Zambinella qui est tu : or ce *propre* est à la fois décisif opératoirement (il commande le dévoilement de l'énigme) et
vital symboliquement (il est la castration même).

(406) *Je vous défends de m'aimer.* ★ ACT. « Déclaration » : 6 : défense d'aimer.

(407) *Je puis être un ami dévoué pour vous, car j'admire votre force et votre caractère. J'ai besoin d'un frère, d'un protecteur. Soyez tout cela pour moi,* ★ ACT. « Déclaration » : 7 : réduction de l'amour à l'amitié. ★★ SYM. Protection asexuée (désignant sous l'alibi sublime la carence du sexe). ★★★ Zambinella, *un* ami ? Puisque le mot admet un féminin *(une amie)*, il y a choix et le masculin révèle le travesti. Ce dévoilement est cependant sans véritable effet sur la lecture : le mot dénonciateur est emporté dans la généralité fade de la phrase, cautionné par un stéréotype proche *(être un ami dévoué)*, et de la sorte gommé (HER. Enigme 6 : dévoilement, de la Zambinella à Sarrasine).

(408) *mais rien de plus.* ★ L'excédent, en toute cette histoire, est évidemment le sexe (SYM. Protection asexuée).

(409) — *Ne pas vous aimer ! s'écria Sarrasine; mais, cher ange, tu es ma vie, mon bonheur !* ★ ACT. « Déclaration » : 8 : protestation d'amour. ★★ REF. La rhétorique d'amour *(cher ange, ma vie)*.

(410) — *Si je disais un mot, vous me repousseriez avec horreur.* ★ Si un mot suffit à transformer une situation, c'est qu'il a un pouvoir révélateur et que par conséquent *il y a énigme* (HER. Enigme 6 : position). ★★ SYM. La marque, la malédiction, l'exclusion. ★★★ SYM. Tabou sur le nom de castrat.

LXX. *Castrature et castration.* Faire coïncider la *castrature*, condition anecdotique, avec la *castration*, structure symbolique, telle est la tâche réussie par le performateur (Balzac), car l'une n'emportait pas fatalement l'autre : témoin tant de relations anecdotiques concernant les castrats (Casanova, le président De Brosses, Sade, Stendhal). Cette réussite tient à un artifice structural : confondre le symbolique et l'herméneutique, faire que la recherche

de la vérité (structure herméneutique) soit la recherche
de la castration (structure symbolique), que la vérité soit
anecdotiquement (et non plus symboliquement) le phallus
perdu. La coïncidence des deux voies est obtenue (structuralement) en empêchant que l'on puisse jamais
décider de l'une ou de l'autre (l'indécidabilité est une
« preuve » d'écriture) : l'aphasie sur le nom de *castrat*
a une valeur double, dont la duplicité est insoluble :
au niveau symbolique, il y a tabou; au niveau opératoire, il y a retard du dévoilement : la vérité est suspendue
à la fois par la censure et par la machination. La structure *lisible* du texte est ainsi haussée au niveau d'une
investigation analytique; mais on peut dire aussi, et
sans doute à plus juste raison, qu'en devenant anecdotique, le cheminement psychanalytique du sujet (perfusé
partout : à travers Sarrasine, le narrateur, l'auteur et le
lecteur) perd sa nécessité : le symbolique est *de trop*,
inutile (ce qu'on a marqué ici du nom de *symbolique* ne
relève pas d'un savoir psychanalytique). D'où le prix
peut-être unique de cette nouvelle : « illustrant » la
castration par la castrature, le même par le même, elle
rend dérisoire l'idée d'illustration, elle abolit les deux
faces de l'équivalence (la lettre et le symbole), sans que
ce soit au profit de l'une ou de l'autre; le latent y occupe
d'emblée la ligne du manifeste, le signe s'aplatit : il n'y a
plus de « représentation ».

(411) — *Coquette !* ★ HER. Enigme 6 : leurre, de Sarrasine à lui-même.
Sarrasine s'acharne à *retourner* les morceaux de déchiffrement que
Zambinella, soit sincérité, soit précaution, lui tend : il dénie les déné-
gations de son partenaire. Or cette dénégation seconde se fait par des
voies proprement sémantiques : des messages de la Zambinella, Sarrasine ne retient que la connotation qui leur est associée par le code
culturel des feintes amoureuses (ici : la coquetterie).

(412) *rien ne peut m'effrayer.* ★ SEM. Opiniâtreté. ★★ La dénégation du risque désigne précisément la place où le destin doit frapper (ou plutôt : le destin est cela même, qui est dénié) (ACT. « Vouloir-mourir » : 3 : assumer tous les risques).

(413) *Dis-moi que tu me coûteras l'avenir, que dans deux mois je mourrai, que je serai damné pour t'avoir seulement embrassée.* ★ ACT. « Vouloir-mourir » : 4 : terme prédictif *(je mourrai)*, sous forme de provocation au destin. ★★ ACT. « Déclaration » : 9 : don de la vie (achat de l'objet désiré).

(414) *Il l'embrassa,* ★ ACT. « Promenade amoureuse » : 3 : vouloir embrasser.

LXXI. *Le baiser reversé.*

La seconde lecture, celle qui place derrière le transparent du suspense, posé sur le texte par le premier lecteur, avide et ignorant, la connaissance anticipée des issues de l'histoire, cette autre lecture — indûment censurée par les impératifs commerciaux de notre société qui oblige à gaspiller le livre, à le jeter sous prétexte qu'il est défloré, pour qu'on puisse en acheter un nouveau — cette lecture rétrospective donne au baiser de Sarrasine une énormité précieuse : Sarrasine embrasse passionnément un castrat (ou un garçon travesti); la castration se reverse sur le corps même de Sarrasine, et nous autres, lecteurs seconds, nous en recevons l'ébranlement. Il serait donc faux de dire que si nous acceptons de relire le texte, c'est pour un profit intellectuel (mieux comprendre, analyser en connaissance de cause) : c'est en fait et toujours pour un profit ludique : c'est pour multiplier les signifiants, non pour atteindre quelque dernier signifié.

(415) *malgré les efforts que fit la Zambinella pour se soustraire à ce baiser passionné.* ★ ACT. « Promenade amoureuse » : 4 : résister.

(416) — *Dis-moi que tu es un démon, qu'il te faut ma fortune, mon nom, toute ma célébrité ! Veux-tu que je ne sois pas sculpteur ? Parle.* ★ ACT. « Déclaration » : 10 : don du plus précieux de soi-même (l'Art).

(417) — *Si je n'étais pas une femme ?* ★ HER. Enigme 6 : dévoilement, de la Zambinella à Sarrasine. ★★ Les impossibilités d'aimer alléguées jusqu'à présent par la Zambinella (400, 401, 404) étaient toutes d'ordre psychologique. Ce qui est maintenant mis en avant, c'est une limite physique. Il y a passage de la contestation banale de sentiment, fondée sur certains attributs psychologiques *(vous êtes volage, je suis exigeante, exclue)*, dont chacun a cependant été considéré comme un mobile suffisant de refus au moment où il se présentait, à la contestation radicale d'être *(je ne suis pas une femme)* : on admettra que c'est là un terme rare de la séquence, si banale, de la « Déclaration d'amour » : terme dont le contenu est scandaleux, anomique, mais dont la forme *(impossibilité d'aimer)* laisse à la séquence toute sa lisibilité (ACT. « Déclaration » : 11 : impossibilité physique).

(418) *demanda timidement la Zambinella d'une voix argentine et douce.* ★ SEM. Féminité. ★★ La Féminité (connotée) dénie sa propre dénégation (dénotée), le signe est plus fort que le message, le sens associé que le sens littéral (ce dont ne manquera pas de s'emparer Sarrasine, grand consommateur de connotations, qui entend dans une phrase non ce qu'elle asserte, mais ce qu'elle suggère) (HER. Enigme 6 : leurre, de la Zambinella à Sarrasine).

(419) — *La bonne plaisanterie ! s'écria Sarrasine. Crois-tu pouvoir tromper l'œil d'un artiste ?* ★ ACT. « Déclaration » : 12 : dénégation de la dénégation. ★★ REF. Science anatomique de l'artiste réaliste. ★★★ HER. Enigme 6 : leurre, de Sarrasine à lui-même : preuve esthétique : les artistes sont infaillibles.

LXXII. *La preuve esthétique.*

Pour se leurrer lui-même (tâche dans laquelle il dépense une énergie vigilante), Sarrasine s'appuie sur trois enthymèmes : la preuve narcissique *(je l'aime, donc c'est une femme)*, la preuve psychologique (*les Femmes sont faibles, or la Zambinella est faible*, etc.) et la preuve esthétique *(la beauté n'appartient qu'aux Femmes, donc...)*. Ces syllogismes fallacieux peuvent se réunir et renforcer leurs erreurs, former une sorte de sorite (ou syllogisme composé) : *la beauté est féminine; or seul l'artiste connaît la beauté; or je suis un artiste; donc je connais la beauté, donc je connais la femme*, etc. Un lecteur « réaliste » pourrait sans doute demander à Sarrasine comment, même si c'est finalement pour en triompher, il ne marque aucun étonnement, aucun ébranlement devant la suggestion somme toute inouïe de sa partenaire *(Si je n'étais pas une femme?);* comment il se satisfait immédiatement d'un raisonnement (d'ailleurs mal fondé) contre l'appel même timide, même interrogatif, de la « réalité » (on a déjà dit que suspecter un sexe, c'est définitivement le dénier). C'est que précisément l'artiste « réaliste » ne place nullement la « réalité » à l'origine de son discours, mais seulement et toujours, si loin qu'on puisse remonter, un réel déjà écrit, un code prospectif, le long duquel on ne saisit jamais, à perte de vue, qu'une enfilade de copies. Ce code est en l'occurrence celui de l'art plastique : c'est lui qui fonde à la fois la beauté et l'amour, comme le dit le mythe de Pygmalion, sous l'autorité duquel Sarrasine s'est placé (n° 229). En opposant immédiatement une raison d'artiste à l'aveu de la Zambinella, le sculpteur ne fait que citer le code suprême, fondateur de tout réel et qui est l'art, d'où découlent les vérités et les évidences : l'artiste est infaillible non par la sûreté de ses performances (ce n'est pas seulement un bon copieur de « réalité ») mais par l'autorité de sa compétence; il est celui qui connaît le code, l'origine, le fondement, et devient ainsi garant, témoin, auteur *(auctor)* de la réalité : il a le droit de déterminer la différence des sexes, contre la protestation même des intéressés, qui

173

face à l'autorité originelle et ultime de l'Art vivent dans la contingence des phénomènes.

(420) *N'ai-je pas, depuis dix jours, dévoré, scruté, admiré tes perfections?* ★ REF. Chronologie (ce repère est à peu près exact : une soirée au théâtre, huit jours sur le sofa, puis tout de suite le rendez-vous de la duègne, l'orgie, l'excursion). ★★ Sarrasine définit la nature — ou l'origine — de son admiration pour la Zambinella, en rapport avec un sème qui lui a déjà été appliqué (nᵒ 162) et qui est son goût du déchiquetage, du pétrissage, de ce qu'il faudrait pouvoir appeler, si l'on voulait saisir la forme de ce mouvement, le *forage*, l'impulsion de percée, sorte d'énergie endoscopique qui, écartant les voiles, les vêtements, va chercher dans l'objet son essence intérieure. *Scruter* veut dire, à la lettre, *fouiller, sonder, visiter, explorer :* en *scrutant* la Zambinella (pendant dix jours), Sarrasine a exercé une triple fonction : névrotique, puisqu'il a répété un geste de son enfance (nᵒ 162); esthétique (c'est-à-dire pour lui fondatrice d'être), puisque l'artiste, et spécifiquement le sculpteur, est celui qui authentifie la copie de l'apparence par la connaissance de l'intérieur, du *dessous;* symbolique enfin, — ou fatale, ou encore : dérisoire —, puisque cette fouille, dont Sarrasine expose le produit triomphant (la féminité de la Zambinella), si elle était conduite plus loin, ramènerait en définitive au jour le *rien* dont est fait le castrat, en sorte que ce *rien* découvert, c'est la science même de l'artiste qui sera mise en échec, et la statue détruite (SEM. Déchiquetage).

(421) *Une femme seule peut avoir ce bras rond et moelleux, ces contours élégants.* ★ La preuve esthétique repose sur un enthymème dont la prémisse est fausse *(seules les femmes sont belles)*, puisque au moins les castrats peuvent être aussi beaux (HER. Enigme 6 : leurre, de Sarrasine à lui-même).

(422) *Ah! tu veux des compliments!* ★ HER. Enigme 6 : leurre, de Sarrasine à lui-même (preuve psychologique : coquetterie).

(423) *Elle sourit tristement, et dit en murmurant : — Fatale beauté! Elle leva les yeux au ciel.* ★ Dérivée d'un code pictural multiple, la Zambinella connaît ici sa dernière incarnation, ou expose sa dernière origine : *la Madone aux Yeux Levés.* C'est un stéréotype puis-

sant, élément majeur du Code Pathétique (Raphaël, le Greco, Junie et Esther chez Racine, etc.). L'image est sadique (on comprend qu'elle déclenche la « *sourde rage* » de Sarrasine, n° 430) : elle désigne la victime pure, pieuse, sublime, passive (la Justine sadienne), dont les yeux levés au ciel disent assez : regardez ce que je ne regarde pas, faites ce que vous voulez de mon corps, je m'en désintéresse, intéressez-vous-y (REF. Code pathétique).

(424) *En ce moment son regard eut je ne sais quelle expression d'horreur si puissante, si vive, que Sarrasine en tressaillit.* ★ SYM. La malédiction, l'exclusion (l' « horreur »). ★★ La Zambinella fait voir clairement à Sarrasine l'essence de sa condition, qui est l'horreur (la malédiction, la marque) — grâce à cette sorte de hiérarchie aléthique des signes qui veut que les sons (un cri, une exclamation) soient plus véridiques que les paroles, l'aspect que les sons, et l'expression (*nec plus ultra* de la sincérité) que l'aspect. Sarrasine reçoit le message : il tressaille (il est amené au bord de la vérité); mais il est détourné du signifié (de sa formulation, de son accession au langage, qui seule compterait) par une pulsion sadique : le signifiant *(« les yeux levés au ciel »)* l'induit, non vers la vérité du castrat, mais vers sa propre vérité, qui est de détruire la Zambinella, quel que soit son sexe (HER. Enigme 6 : dévoilement, de la Zambinella à Sarrasine).

(425) *— Seigneur Français, reprit-elle, oubliez à jamais un instant de folie.* ★ ACT. « Déclaration » : 13 : ordre d'oublier.

(426) *Je vous estime,* ★ Trois sens se mêlent ici : le refus du sexe (l'*estime* est, dans le code amoureux, l'euphémisme qui permet de rejeter le désir du partenaire sans infliger à celui-ci une blessure narcissique trop forte); la sincérité (entraînée par jeu dans un stratagème à vos dépens, j'ai appris à vous connaître et à vous estimer); la prudence (lorsque vous connaîtrez la vérité, n'ayant pas tout perdu, vous renoncerez à votre violence et nous finirons ainsi à moindres frais pour moi cette aventure). Ces sens sont possibles, c'est-à-dire indiscernables (HER. Enigme 6 : équivoque).

(427) *mais, quant à de l'amour, ne m'en demandez pas; ce sentiment est étouffé dans mon cœur. Je n'ai pas de cœur ! s'écria-t-elle en pleurant. Le théâtre sur lequel vous m'avez vue, ces applaudissements, cette musique, cette gloire à laquelle on m'a condamnée, voilà ma vie, je n'en ai pas d'autre.* ★ La Zambinella revient encore sur la définition de la castrature. Le « cœur », par un euphémisme déjà employé,

désigne précisément ce qui a été ôté au castrat. Etre du manque, il est condamné à une existence extérieure, mutilée de son fond, de son plein, de ce *dessous* qui, pour Sarrasine, fonde d'un seul mouvement l'art, la vérité et la vie. Cette définition prend appui (en le citant) sur un code culturel : le comédien est condamné à l'extériorité (c'est le tragique des clowns) (SYM. La condition du castrat).

(428) *Dans quelques heures, vous ne me verrez plus des mêmes yeux, la femme que vous aimez sera morte.* ★ HER. « Machination » : 10 : prévision de la fin. ★★ La femme sera morte : 1) parce que je mourrai; 2) parce que vous ne m'aimerez plus; 3) parce que la fausse enveloppe de la féminité sera tombée, etc. Cette ambivalence est fondée sur ce que l'on appelé le mensonge métonymique : la Femme désigne tantôt la personne totale, tantôt le sexe, tantôt l'objet imaginaire suscité par un sentiment d'amour; la feinte consiste à jouer des rapports d'identité du tout et des parties (HER. Enigme 6 : équivoque).

(429) *Le sculpteur ne répondit pas.* ★ Les répliques de la Déclaration comportent ici un blanc signifiant, puisque c'est dans cette « réponse » silencieuse que prend place le sadisme de Sarrasine (ACT. « Déclaration » : 14 : rester silencieux).

(430) *Il était la proie d'une sourde rage qui lui pressait le cœur. Il ne pouvait que regarder cette femme extraordinaire avec des yeux enflammés qui brûlaient. Cette voix empreinte de faiblesse, l'attitude, les manières et les gestes de la Zambinella, marqués de tristesse, de mélancolie et de découragement, réveillaient dans son âme toutes les richesses de la passion. Chaque parole était un aiguillon.* ★ Cette configuration sadique a ici deux fonctions; d'une part, à court terme, la pulsion dispense le sujet de percevoir la vérité que lui tend son partenaire et de répondre au congé qui lui est donné; et d'autre part, elle accomplit en situation le sème de violence, d'agressivité, fixé dès le début sur Sarrasine; le sens passe en quelque sorte à l'acte (SEM. Violence, excès).

(431) *En ce moment, ils étaient arrivés à Frascati.* ★ ACT. « Promenade amoureuse » : 5 : arriver à terme. ★★ ACT. « Excursion » : 5 : arriver au but de l'excursion.

(432) *Quand l'artiste tendit les bras à sa maîtresse pour l'aider à descendre,* ★ ACT. « Promenade amoureuse » : 6 : aider à descendre de voiture (ce terme répond au n° 393 : monter dans la même voiture).

(433) *il la sentit frissonnante.*
— Qu'avez-vous? Vous me feriez mourir, s'écria-t-il en la voyant
pâlir, si vous aviez la moindre douleur dont je fusse la cause même
innocente.
— Un serpent! dit-elle en montrant une couleuvre qui se glissait le
long d'un fossé. J'ai peur de ces odieuses bêtes.
Sarrasine écrasa la tête de la couleuvre d'un coup de pied. ★ L'épisode du serpent est l'élément d'une preuve (d'une *probatio*), dont
nous connaissons l'enthymème (d'ailleurs vicieux) : les Femmes
sont craintives; Zambinella est craintive; Zambinella est une femme.
L'épisode du serpent sert d'*exemplum* à la mineure (SEM. Pusillanimité, craintivité).

LXXIII. *Le signifié*   L'épisode du serpent est à la
comme conclusion.   fois un *exemplum* (arme induc-
                           tive de l'ancienne rhétorique)
                           et un signifiant (renvoyant à un
sème de caractère, fixé en l'occurrence sur le castrat). En
régime classique, le procès sémantique ne peut se distinguer d'un procès logique : il s'agit tout en même temps
de remonter du signifiant au signifié et de descendre de
l'exemple à la généralité qu'il permet d'induire. Il y a
entre le signifiant (avoir peur d'un serpent) et le signifié
(être impressionnable comme une femme) la même distance qu'entre une prémisse endoxale (les êtres craintifs
ont peur des serpents) et sa conclusion raccourcie (la
Zambinella est craintive). L'espace sémique est collé à
l'espace herméneutique : il s'agit toujours de placer dans
la perspective du texte classique une vérité profonde ou
finale (le profond est ce qui est découvert *à la fin*).

(434) — *Comment avez-vous assez de courage? reprit la Zambi-nella en contemplant avec un effroi visible le reptile mort.* ★ SEM. Craintivité. La craintivité permet de relancer la « protection », alibi de l'amour « moins le sexe ».

(435) — *Eh bien, dit l'artiste en souriant, oseriez-vous bien prétendre que vous n'êtes pas femme?* ★ La forme de la phrase *(« Oseriez-vous bien prétendre... »)* atteste le triomphe superbe d'une évidence. Or cette évidence n'est que la conclusion d'un enthymème vicieux (Vous êtes craintive, donc vous êtes femme) (HER. Enigme 6 : leurre, de Sarrasine à lui-même : preuve psychologique de la féminité).

(436) *Ils rejoignirent leurs compagnons et se promenèrent dans les bois de la villa Ludovisi, qui appartenait alors au cardinal Cicognara.* ★ ACT. « Excursion » : 6 : promenade dans les bois. L'allusion au cardinal Cicognara est proprement insignifiante (n'a aucune impor-tance fonctionnelle); mais outre qu'elle introduit un effet de réel, elle permet de relancer le nom du protecteur de la Zambinella et de l'as-sassin de Sarrasine : c'est la « colle » du lisible.

(437) *Cette matinée s'écoula trop vite pour l'amoureux sculpteur,* ★ REF. L'Amour et le Temps qui passe.

(438) *mais elle fut remplie par une foule d'incidents qui lui dévoi-lèrent la coquetterie, la faiblesse, la mignardise de cette âme molle et sans énergie.* ★ SEM. Pusillanimité, Féminité.

(439) *C'était la femme avec ses peurs soudaines, ses caprices sans raison, ses troubles instinctifs, ses audaces sans cause, ses bravades et sa délicieuse finesse de sentiment.* ★ SEM. Féminité. L'origine de la phrase est indiscernable. Qui parle ? Est-ce Sarrasine ? le nar-rateur ? l'auteur ? Balzac-auteur ? Balzac-homme ? le romantisme ? la bourgeoisie ? la sagesse universelle ? Le croisement de toutes ces origines forme l'écriture.

(440) *Il y eut un moment où s'aventurant dans la campagne, la petite troupe des joyeux chanteurs vit de loin quelques hommes armés jus-qu'aux dents, et dont le costume n'avait rien de rassurant. A ce mot : — Voici des brigands, chacun doubla le pas pour se mettre à l'abri dans l'enceinte de la villa du cardinal. En cet instant critique, Sarra-sine s'aperçut, à la pâleur de la Zambinella, qu'elle n'avait plus assez de force pour marcher; il la prit dans ses bras et la porta, pendant*

quelque temps, en courant. Quand il se fut rapproché d'une vigne
voisine, il mit sa maîtresse à terre. ★ L'épisode des brigands est un
exemplum (SEM. Pusillanimité, Craintivité, Féminité).

LXXIV. *La maîtrise*   Un récit classique donne tou-
du sens.   jours cette impression : que l'au-
    teur conçoit d'abord le signifié
(ou la généralité) et lui cherche ensuite, selon la fortune
de son imagination, de « bons » signifiants, des exemples
probants; car l'auteur classique est semblable à un artisan penché sur l'établi du sens et choisissant les meil-
leures *expressions* du concept qu'il a antérieurement
formé. Soit la *craintivité :* on choisit le bruit du champagne, une histoire de serpent, une histoire de brigands.
Cependant l'imagination signifiante est d'autant plus
rentable qu'elle fait coup double; elle essaye alors de
produire des signes doublement articulés, engagés dans
cette solidarité des notations qui définit le lisible; soit
l'*impiété;* on pourrait se contenter de représenter le
sujet s'amusant à l'office; mais c'est d'un plus grand
art que de lier l'impiété à la vocation de l'enfant (en
montrant Sarrasine sculptant des ébauches licencieuses
pendant la messe) ou de l'opposer à la superstition de la
Zambinella (dont se rit Sarrasine); car la sculpture et la
pusillanimité font partie d'autres réseaux du récit, et
plus l'anastomose des signifiants est étroite, bien cal-
culée, plus le texte est réputé « bien fait ». Dans l'ancienne rhétorique, le choix des *exempla* et des prémisses
démonstratives constituait un vaste département : l'*in-
ventio :* partant de la fin même de la démonstration (ce
que l'on voulait prouver), il s'agissait de trier les argu-
ments et de leur faire prendre le bon chemin; certaines
règles y aidaient (notamment la topique). De la même

façon, l'auteur classique naît comme performateur à partir du moment où il manifeste son pouvoir de *conduire* le sens, mot précieusement ambigu, sémantique et directionnel. C'est en effet la *direction* du sens qui détermine les deux grandes fonctions de gestion du texte classique : l'*auteur* est toujours censé aller du signifié au signifiant, du contenu à la forme, du projet au texte, de la passion à l'expression; et, en face, le *critique* refait le chemin inverse, remonte des signifiants au signifié. La *maîtrise du sens*, véritable sémiurgie, est un attribut divin, dès lors que ce sens est défini comme l'écoulement, l'émanation, l'effluve spirituel qui déborde du signifié vers le signifiant : l'*auteur* est un dieu (son lieu d'origine est le signifié); quant au critique, il est le prêtre, attentif à déchiffrer l'Ecriture du dieu.

(441) — *Expliquez-moi, lui dit-il, comment cette extrême faiblesse qui, chez toute autre femme, serait hideuse, me déplairait, et dont la moindre preuve suffirait presque pour éteindre mon amour, en vous me plaît, me charme?* ★ Du point de vue symbolique, le sujet s'avance à son tour dans l'aveu; il tente de définir *cela précisément* qu'il aime en Zambinella, et *cela précisément* est le manque, l'être du *n'être-pas*, la castration. Cependant, si loin que Sarrasine aille dans cette sorte d'auto-analyse, il continue de s'abuser en employant toujours un langage à double entente : car si l'*extrémité* de la faiblesse est le terme supérieur d'une hiérarchie, la pusillanimité connote une féminité superlative, une essence renforcée, une Sur-Femme; si l'*extrémité* est au contraire définie comme la dernière profondeur, elle désigne dans le corps zambinellien son centre, qui est absence. Ce sont en quelque sorte ces deux extrémités qui se superposent dans l'énoncé de Sarrasine, où interfèrent, comme d'habitude, deux langages : le langage social, saturé de préjugés, d'*endoxai*, de syllogismes, de références culturelles (ce langage conclut infailliblement à la féminité de la Zambinella) et le langage symbolique, qui, lui, ne cesse de dire l'accord de Sarrasine et de la castration (SYM. Le goût de la castration).

(442) — *Oh! combien je vous aime! reprit-il. Tous vos défauts, vos terreurs, vos petitesses ajoutent je ne sais quelle grâce à votre âme.* ⋆ Le manque (*défauts, terreurs, petitesses*, tous les produits caractériels de la castration) constitue le *supplément* par lequel la Zambinella diffère : 1) des autres femmes (leurre de Sarrasine fondé sur une *originalité* de la Zambinella), 2) des femmes (vérité de Sarrasine qui aime en Zambinella le castrat) (SYM. Le supplément du manque).

(443) *Je sens que je détesterais une femme forte, une Sapho, courageuse, pleine d'énergie, de passion.* ⋆ Il serait difficile à Sarrasine d'identifier plus clairement la femme dont il a peur : c'est la femme castratrice, définie par la place inversée qu'elle prend sur l'axe des sexes *(une Sapho)*. On se rappelle que le texte a déjà livré quelques images de cette femme active : Mme de Lanty, la jeune femme aimée du narrateur et substitutivement Bouchardon, mère possessive qui a cloîtré son enfant loin du sexe. Or, si le *destin* est bien cette action précise et comme *dessinée*, qui fait que deux événements *exactement* contradictoires brusquement se recouvrent et s'identifient, Sarrasine énonce ici son destin (ou ce qu'il y a de *fatal* dans son aventure) : car pour fuir la Sapho, la femme castratrice, il cherche refuge auprès de l'être châtré dont précisément le manque le rassure; mais cet être va le saisir plus sûrement que la Sapho redoutable et l'entraîner dans son propre vide : c'est pour avoir fui la castration que Sarrasine sera châtré : ainsi s'accomplit cette figure bien connue du rêve et du récit : chercher refuge dans les bras du meurtrier qui vous cherche (SYM. Peur de la castration).

(444) *O frêle et douce créature! comment pourrais-tu être autrement?* ⋆ La *différence* de la Zambinella (ce manque qui est un supplément absolument précieux, puisqu'il est l'essence même de l'adorable) est nécessaire : tout est justifié, et le castrat, et le goût pour le castrat (SYM. Fatalité de la castration).

(445) *Cette voix d'ange, cette voix délicate eût été un contresens, si elle fût sortie d'un corps autre que le tien.* ⋆ La différence, essentielle, adorable, est ici située dans son lieu spécifique : le corps. Si Sarrasine *lisait* ce qu'il dit, il ne pourrait plus donner à son goût pour le castrat l'échappatoire d'une méprise ou d'une sublimation; il formule lui-même *la vérité*, celle de l'énigme, celle de la Zambinella et la sienne propre. L'ordre juste des termes symboliques est ici rétabli : à l'opinion commune, au langage mythique, au code culturel qui fait du castrat une *contrefaçon* de la Femme et du goût qu'il peut susciter un *contresens*, Sarrasine répond que l'union de la voix adorable et du corps châtré est *droite* : le corps produit la voix et la voix justifie le corps; aimer la voix de la Zambinella, telle qu'elle est, c'est aimer le corps d'où elle se répand, tel qu'il est (SYM. L'amour du castrat).

(446) — *Je ne puis, dit-elle, vous donner aucun espoir.* ★ ACT. « Déclaration » : 15 : ordre d'abandonner.

(447) *Cessez de me parler ainsi,* ★ ACT. « Déclaration » : 16 : ordre de se taire.

(448) *car l'on se moquerait de vous.* ★ HER. « Machination » : 11 : équivoque. La mise en garde de la Zambinella est ambiguë : d'une part elle vise l'origine réelle de la machination, à savoir le rire, et d'autre part elle parle d'un risque, alors que le mal est déjà fait.

(449) *Il m'est impossible de vous interdire l'entrée du théâtre; mais si vous m'aimez ou si vous êtes sage, vous n'y viendrez plus.* ★ ACT. « Déclaration » : 17 : congé définitif.

LXXV. *La déclaration d'amour.* La déclaration d'amour (séquence banale, *déjà écrite*, s'il en fût) ne fait qu'alterner une assertion *(je vous aime)* et une dénégation *(ne m'aimez pas);* formellement, elle est donc à la fois variée (au sens musical du terme) et infinie. La variation résulte de la pauvreté des termes (ils ne sont que deux), qui oblige à trouver pour chacun toute une liste de signifiants différents; ces signifiants sont ici des *raisons* (d'aimer ou de refuser); mais ce pourrait être ailleurs (dans le poème lyrique, par exemple) des substituts métaphoriques. Seul un inventaire historique des formes de la parole amoureuse pourrait exploiter ces variations et nous découvrir le sens du « *Parlez-moi d'amour* », si ce sens a évolué, etc. L'infinitude, elle, résulte de la répétition : la répétition, c'est très exactement ce qu'il n'y a aucune raison d'arrêter. Par ces deux caractères (variation et infinitude), on voit déjà que la déclaration d'amour (agréée ou rebutée) est un discours contestataire, comme la « scène » (LXIV) : deux langages, qui n'ont pas le même point de fuite (la même perspective métaphorique), s'adossent l'un à l'autre; ils n'ont de commun que de participer au même paradigme, celui du *oui/non*, qui est en somme la forme pure de tout paradigme, en sorte que la contestation (ou la déclaration) apparaît comme une sorte de jeu obsessionnel du sens, une *litanie*, comparable au jeu alterné de l'enfant freudien, ou encore à celui du dieu hindou qui alterne sans fin la création et l'anéantissement du monde, faisant ainsi de ce monde, de notre monde, un simple jouet, et de la différence *répétée*, le jeu lui-même, le sens comme jeu supérieur.

(450) *Ecoutez, monsieur, dit-elle d'une voix grave.* ⋆ HER. Enigme 6 : dévoilement imminent et retenu.

(451) — *Oh! tais-toi, dit l'artiste enivré.* ⋆ Ce qui est interrompu, c'est la nomination du castrat (car c'est cela que la Zambinella s'apprêtait enfin à proférer *d'une voix grave*) (SYM. Tabou sur le nom de castrat). ⋆⋆ HER. Enigme 6 : leurre, de Sarrasine à lui-même. L'intérêt vital du sujet est de ne pas entendre la vérité, tout comme l'intérêt vital du discours est de suspendre encore le mot de l'énigme.

LXXVI. *Le personnage et le discours.* — Sarrasine interrompt la Zambinella et arrête ainsi la manifestation de la vérité. Si l'on a une vue réaliste du *personnage*, si l'on croit que Sarrasine vit en dehors du papier, on cherchera les mobiles de ce geste d'interruption (enthousiasme, refus inconscient de la vérité, etc.). Si l'on a une vue réaliste du *discours*, si l'on considère l'histoire racontée comme une mécanique dont il importe qu'elle fonctionne jusqu'au bout, on dira que la loi de fer du récit voulant qu'il continuât encore, il était nécessaire que le mot de *castrat* ne fût pas prononcé. Or ces deux vues, quoique appartenant à des vraisemblables différents et en principe indépendants l'un de l'autre (opposés même), se soutiennent l'une l'autre : une phrase commune est produite, qui compose sans prévenir des morceaux de langues différentes : Sarrasine est enivré parce que le discours ne doit pas finir; le discours pourra continuer, puisque Sarrasine, enivré, parle sans écouter. Les deux circuits de nécessité sont indécidables. La bonne écriture narrative est cette indécidabilité même. D'un point de vue critique, il est donc aussi faux de supprimer le personnage que de le faire sortir du papier pour en faire un personnage psychologique (doté de mobiles possibles) : *le personnage et le discours sont complices l'un de l'autre :* le discours suscite dans le personnage son propre complice : forme de détachement théurgique par lequel, mythiquement, Dieu s'est donné un sujet, l'homme une compagne, etc., dont la relative indépendance, une fois qu'ils ont été créés, permet de *jouer*. Tel le discours : s'il produit des personnages, ce n'est pas pour les faire jouer entre eux devant nous, c'est pour jouer avec eux, obtenir d'eux une complicité qui assure l'échange ininterrompu des codes : les personnages sont des types de discours et à l'inverse le discours est un personnage comme les autres.

(452) *Les obstacles attisent l'amour dans mon cœur.* ★ REF. Dynamique de la passion.

(453) *La Zambinella resta dans une attitude gracieuse et modeste; mais elle se tut, comme si une pensée terrible lui eût révélé quelque malheur.* ⋆ ACT. « Danger » : 6 : prémonition du malheur.

(454) *Quand il fallut revenir à Rome, elle monta dans une berline à quatre places, en ordonnant au sculpteur, d'un air impérieusement cruel, d'y retourner seul avec le phaéton.* ⋆ ACT. « Excursion » : 7 : retour. ⋆⋆ ACT. « Promenade amoureuse » : 7 : retour séparé.

(455) *Pendant le chemin, Sarrasine résolut d'enlever la Zambinella. Il passa toute la journée occupé à former des plans plus extravagants les uns que les autres.* ⋆ REF. Chronologie : une journée sépare l'excursion de l'enlèvement (mais un simple point sépare l' « Excursion » de l' « Enlèvement »). ⋆⋆ ACT. « Enlèvement » : 1 : décision et plans.

(456) *A la nuit tombante, au moment où il sortait pour aller demander à quelques personnes où était situé le palais habité par sa maîtresse,* ⋆ ACT. « Enlèvement » : 2 : informations préalables.

(457) *il rencontra l'un de ses camarades sur le seuil de la porte. — Mon cher, lui dit ce dernier, je suis chargé par notre ambassadeur de t'inviter à venir ce soir chez lui. Il donne un concert magnifique,* ⋆ ACT. « Concert » : 1 : invitation.

(458) *et, quand tu sauras que Zambinella y sera...* ⋆ La langue italienne inclut couramment dans sa structure la présence de l'article devant le nom propre. Cette règle, insignifiante ailleurs, a ici des conséquences d'ordre herméneutique en raison de l'énigme posée par le sexe de Zambinella : pour un lecteur français, l'article *(la)* féminise emphatiquement le nom qu'il précède (c'est un moyen usuel d'installer la féminité des travestis), et le discours, soucieux de protéger la feinte sexuelle dont est victime Sarrasine, n'a cessé (à une ou deux exceptions près) de dire jusqu'à présent : la Zambinella. Toute perte de l'article a donc une fonction herméneutique de déchiffrement, en faisant passer le sopraniste du féminin au masculin *(Zambinella)*. D'où tout un jeu de cet article, présent ou absent selon la situation du locuteur par rapport au secret du castrat. Ici, le camarade qui s'adresse à Sarrasine, étant au courant des mœurs romaines, et parlant français à un Français, déféminise le chanteur (HER. Enigme 6 : déchiffrement, de la collectivité à Sarrasine).

(459) — *Zambinella! s'écria Sarrasine en délire à ce nom, j'en suis fou !* — *Tu es comme tout le monde, lui répondit son camarade.* ★ Lorsque Sarrasine reprend le nom de Zambinella sans article, c'est selon une tout autre inflexion; d'abord du point de vue de la vraisemblance (c'est-à-dire d'une certaine congruence psychologique des informations), Sarrasine, connaissant mal l'italien (le code chronologique nous l'a assez dit) ne met aucune pertinence dans la présence ou la carence de l'article; de plus, du point de vue stylistique, l'exclamation emporte une sorte de degré zéro du nom, surgi dans son essence, antérieurement à tout traitement morphologique (c'était déjà le cas du cri par lequel la renommée, au n° 205, a appris à Sarrasine l'existence de la Zambinella). Le mot de son camarade ne renseigne pas plus Sarrasine sur le masculin de l'artiste que le masculin dont il use lui-même ne signifie de sa part la moindre conscience du secret de Zambinella (HER. Enigme 6 : leurre, de Sarrasine à lui-même). ★★ Les deux répliques (458 et 459) installent une nouvelle ambivalence du discours : le camarade est fou de Zambinella esthétiquement; Sarrasine est fou de la Zambinella amoureusement (HER. Enigme 6 : équivoque).

(460) — *Mais, si vous êtes mes amis, toi, Vien, Lauterbourg et Allegrain, vous me prêterez votre assistance pour un coup de main après la fête, demanda Sarrasine.* — *Il n'y a pas de cardinal à tuer?... pas de...?* — *Non, non, dit Sarrasine, je ne vous demande rien que d'honnêtes gens ne puissent faire.* ★ ACT. « Enlèvement » : 3 : recrutement des complices. ★★ En copiant plus tard, sous forme d'Adonis, la statue de la Zambinella, Vien, présenté ici, assurera la continuité de la chaîne duplicative (SYM. Réplique des corps).

(461) *En peu de temps, le sculpteur disposa tout pour le succès de son entreprise.* ★ ACT. « Enlèvement » : 4 : dispositions prises.

(462) *Il arriva l'un des derniers chez l'ambassadeur,* ★ ACT. « Concert » : 2 : arriver en retard. Dans une séquence banale (aller au concert), ce terme lui-même banal (arriver en retard) peut avoir une grande force opératoire : n'est-ce pas parce qu'il arrive en retard au concert de la princesse de Guermantes que le narrateur proustien reçoit les réminiscences qui fonderont son œuvre ?

LXXVII. *Le Lisible II :*   On connaît la loi de solidarité
déterminé/ déterminant.   du lisible : tout se tient, tout
doit se tenir le mieux possible
(LXVI). Vien est à la fois le
complice de Sarrasine et son héritier (il transmettra à la
postérité l'image de la Zambinella); ces deux fonctions
sont séparées dans la suite du discours, en sorte que
d'une part Vien semble n'entrer une première fois dans
l'histoire que par pure contingence, sans que l'on sache
alors s'il « resservira » à quelque chose (les compagnons
syntagmatiques de Vien, Lauterbourg et Allegrain, à
peine nés au discours, en disparaîtront à jamais) et que
d'autre part, Vien reparaissant plus tard (n° 546) pour
copier la statue de la Zambinella, il est alors *reconnu*,
reconnaissance qui doit apporter une satisfaction
logique : n'est-il pas normal que Vien copie la statue
faite par Sarrasine, puisqu'il était son ami ? La loi
morale, la loi de valeur du lisible, c'est de *remplir* les
chaînes causales; pour cela chaque déterminant doit
être autant que possible déterminé, de façon que toute
notation soit intermédiaire, doublement orientée, prise
dans une marche finale : la surdité du vieillard détermine
le narrateur à signaler qu'il connaît son identité (n° 70),
mais elle est elle-même déterminée par son âge extrême.
De même ici : Sarrasine arrive en retard au concert de
l'ambassadeur : ceci est *expliqué* (la préparation de
l'enlèvement a pris du temps) et ceci *explique :* Zambinella est déjà en train de chanter, elle se troublera
devant tout le monde, Cicognara s'en apercevra, donnera
l'ordre de surveiller, puis d'assassiner Sarrasine. Le
retard de Sarrasine est donc un terme-carrefour : déterminé et déterminant, il permet une anastomose *naturelle*
entre l'Enlèvement et l'Assassinat. Tel est le tissu narratif : apparemment soumis à la discontinuité des messages dont chacun, au moment où il entre dans la course,

est reçu comme un supplément inutile (dont la gratuité même sert à authentifier la fiction par ce que l'on a appelé l'*effet de réel*), mais en fait saturé de liaisons pseudo-logiques, de relais, de termes doublement orientés : c'est en somme le *calcul* qui fait le plein de cette littérature : la dissémination n'y est pas l'éparpillement perdu des sens vers l'infini du langage, mais une simple suspension — provisoire — d'éléments affinitaires, déjà aimantés, avant qu'ils ne soient convoqués et n'accourent pour se ranger économiquement dans le même *paquet*.

(463) *mais il y vint dans une voiture de voyage attelée de chevaux vigoureux menés par l'un des plus entreprenants* vetturini *de Rome.* ★ ACT. « Enlèvement » : 5 : moyen rapide de fuite. ★★ REF. L'Italianité *(vetturini).*

(464) *Le palais de l'ambassadeur était plein de monde;* ★ ACT. « Concert » : 3 : grande assistance. ★★ SEM. Vedette (l'assistance est indice de la popularité de la Zambinella; cette popularité est fonctionnelle, puisqu'elle justifiera l'immense fortune du sopraniste, et, partant, des Lanty).

(465) *ce ne fut pas sans peine que le sculpteur, inconnu à tous les assistants, parvint au salon où dans ce moment Zambinella chantait.* ★ ACT. « Concert » : 4 : parvenir au salon de musique. Ce n'est pas seulement *parce qu'*il y a du monde que Sarrasine met du temps à gagner le salon; c'est *pour qu'*il soit dit, rétroactivement, que Zambinella est célèbre. ★★ REF. Chronologie. Sarrasine est inconnu des assistants parce qu'il n'est que depuis peu de temps à Rome (condition de son ignorance) : « tout se tient ». ★★★ A son tour, après le camarade de Sarrasine, le discours se met au masculin, bien que la vérité n'ait pas encore été révélée à Sarrasine ni au lecteur; c'est qu'en fait le discours (réaliste) s'attache mythiquement à une fonction expressive : il feint de croire à l'existence antérieure d'un référent (d'un réel) qu'il a à charge d'enregistrer, de copier, de communiquer; or, à ce point de l'histoire, le référent, à savoir le

sopraniste, est déjà, dans sa matérialité, *sous les yeux du discours :* le discours est dans le salon, il voit déjà la Zambinella habillée en homme : ce serait mentir un moment de trop que d'en faire encore un personnage au féminin (HER. Enigme 6 : déchiffrement, du discours au lecteur).

(466) — *C'est sans doute par égard pour les cardinaux, les évêques et les abbés qui sont ici, demanda Sarrasine, qu'elle est habillée en homme, qu'elle a une bourse derrière la tête, les cheveux crêpés et une épée au côté ?* ★ L'énigme de la Zambinella est tout entière située entre deux vêtements : en femme (nº 323) et en homme (ici). Le vêtement apparaît (ou apparaissait) comme la preuve péremptoire du sexe; cependant Sarrasine, obstiné à préserver coûte que coûte son leurre, espère ruiner le fait en disputant du mobile (HER. Enigme 6 : leurre, de Sarrasine à lui-même). ★★ La féminité de la Zambinella est désormais « citée » *(elle)* : personne, semble-t-il, ne peut plus l'assumer. Cependant l'origine de cette citation reste énigmatique : est-ce le discours qui souligne ? Est-ce Sarrasine qui met de l'emphase dans la prononciation du pronom ? (HER. Enigme 6 : déchiffrement). ★★★ « *Les cheveux crêpés* » : ce détail est « réaliste », non en ce qu'il est précis, mais parce qu'il libère l'image d'un ragazzo napolitain et que cette image, conforme au code historique des castrats, contribue à la révélation du garçon, au déchiffrement de l'énigme, plus sûrement que l'épée ou le vêtement (HER. Enigme 6 : déchiffrement, et REF. Code historique des castrats).

(467) — *Elle ! qui elle ? répondit le vieux seigneur auquel s'adressait Sarrasine.*
— *La Zambinella.*
— *La Zambinella ! reprit le prince romain. Vous moquez-vous ?* ★ HER. Enigme 6 : dévoilement, de la collectivité à Sarrasine. Le dévoilement se fait par une sorte d'ébranlement exclamatif et interrogatif du leurre; mais le leurre portant sur le sexe, toute contestation est alternative et dévoile immédiatement l'*autre* terme.

(468) *D'où venez-vous ?* ★ Tous les repères chronologiques tendaient à nous persuader « objectivement » que l'expérience italienne de Sarrasine était courte; ce tracé chronologique aboutit ici à une fonction diégétique : l'innocence de Sarrasine explique le leurre dans lequel il a vécu et dont le vieux prince Chigi est en train de le réveiller (HER. Enigme 6 : dévoilement : explication indirecte du leurre).

(469) *Est-il jamais monté de femmes sur les théâtres de Rome? Et ne savez-vous pas par quelles créatures les rôles de femmes sont remplis dans les Etats du pape?* ★ HER. Enigme 6 : dévoilement (quoique euphémique, assertée par généralité et sans que le mot soit prononcé, la vérité ne sera pas mieux dite : Zambinella est un castrat). — ★★ REF. Histoire de la musique dans les Etats du pape.

LXXVIII. *Mourir d'ignorance.*

Résumés de savoir vulgaire, les codes culturels fournissent aux syllogismes du récit (nombreux, comme on l'a vu) leur prémisse majeure, fondée toujours sur une opinion courante (« probable », disait l'ancienne logique), sur une vérité endoxale, en un mot sur le discours des autres. Sarrasine, qui n'a cessé de se prouver la fausse féminité de la Zambinella par la voie de ces enthymèmes, va mourir par la faute d'un raisonnement mal conduit et mal fondé : c'est du discours d'autrui, de son trop-plein de raisons qu'il meurt. Mais c'est aussi, inversement et complémentairement, un défaut de ce discours qui le tue : tous les codes culturels, égrenés de citation en citation, forment dans leur ensemble un petit savoir encyclopédique bizarrement cousu, une fatrasie : cette fatrasie forme la « réalité » courante, par rapport à quoi le sujet s'adapte, vit. Un manque de cette encyclopédie, un trou dans ce tissu culturel, et ce peut être la mort. Ignorant le code des mœurs papales, Sarrasine meurt d'une lacune de savoir *(« Ne savez-vous pas... »)*, d'un blanc dans le discours des autres. Il est significatif que ce discours parvienne enfin (trop tard : mais il eût été toujours trop tard) à Sarrasine par la voix d'un vieux courtisan « réaliste » (n'a-t-il pas voulu faire un bon placement sur la voix de son ragazzo ?), porte-parole de ce savoir vital qui fonde la « réalité ». Ce qui est opposé brutalement aux constructions retorses du symbole (qui ont occupé toute la nouvelle), ce qui est appelé de droit à en triompher, c'est la vérité sociale, le code des institutions — le principe de réalité.

(470) *C'est moi, monsieur, qui ai doté Zambinella de sa voix. J'ai tout payé à ce drôle-là, même son maître à chanter. Eh bien, il a si peu de reconnaissance du service que je lui ai rendu, qu'il n'a jamais voulu mettre les pieds chez moi.* ★ Suscitant le garçon à la place de la femme ou du castrat, *ce drôle-là* rétablit (ne serait-ce que fugitivement) un axe, si l'on peut dire, normal des sexes (altéré tout au long de la nouvelle par la situation incertaine du castrat, tantôt essence de féminité, tantôt dénégation de toute sexualité) (SYM. Axe des sexes). ★★ SYM. Avant la castration.

LXXIX. *Avant la castration.* Le petit discours de Chigi, outre qu'il dénote la vérité, est encore fatal de deux façons, selon les images qu'il libère. D'abord, il dénomme en Zambinella le garçon, oblige Sarrasine à tomber de la Femme superlative au garnement (le ragazzo napolitain, aux cheveux crêpés) : il se produit dans le sujet ce qu'on pourrait appeler une *chute paradigmatique :* deux termes séparés par la plus forte des distinctions (d'un côté la Sur-Femme, terme et fondement de l'Art, et de l'autre, un drôle sale et déguenillé qui court les rues du Naples miséreux) sont tout à coup confondus dans la même personne : l'*impossible jointure* (pour reprendre un mot de Machiavel) s'accomplit, le sens, fondé statutairement en différence, s'abolit : il n'y a plus de sens, et cette subversion est mortelle. Et puis, en évoquant le temps où Zambinella n'était pas encore châtré (ceci n'est pas une supputation de notre part mais le simple déve-loppement de la connotation), Chigi libère une scène, tout un petit roman antérieur : le *ragazzo* recueilli et entretenu par le vieux qui prend en charge à la fois son opération (j'ai *tout* payé) et son éducation, l'ingratitude du protégé, en passe de devenir vedette, et qui choisit cyniquement un protecteur plus riche, plus puissant et visiblement plus amoureux (le cardinal). L'image a évidemment une fonction sadique : elle donne à lire à Sarrasine dans son amante un garçon (seule note de pédérastie dans toute la nouvelle); elle vulgarise la cas-tration, située comme une opération chirurgicale par-faitement réelle (datée : pourvue d'un *avant* et d'un *après*); enfin elle dénonce en Chigi le castrateur littéral (celui qui a payé l'opération); or c'est ce même Chigi qui conduit Sarrasine à la castration et à la mort à travers l'écume insignifiante de son babil : médiateur falot, sans envergure symbolique, abîmé dans la contingence, gardien plein d'assurance de la Loi endoxale, mais qui, précisément placé hors du sens, est la figure même du « destin ». Telle est la fonction agressive du *bavardage* (Proust et James diraient : du *potin*), essence du discours de l'autre, et par là parole la plus mortelle qu'on puisse imaginer.

(471) *Et cependant, s'il fait fortune, il me la devra tout entière.*
★ Sous une forme hypothétique, il est prédit à Zambinella qu'elle sera une grande vedette. Il faut ici rappeler qu'au XVIIIe siècle, un castrat pouvait occuper la place et amasser la fortune d'une très grande vedette internationale. Caffarelli acheta un duché (de San Donato), devint duc et se fit construire un palais splendide. Farinelli *(« il ragazzo »)* sortit d'Angleterre (où il avait tenu en échec Haendel) chargé d'or; passé en Espagne, il guérit par son chant quotidien (toujours le même air d'ailleurs) la léthargie mystique de Philippe V, qui lui fit pendant dix ans une pension annuelle de quatorze millions

de nos anciens francs; renvoyé par Charles III, il se fit édifier à Bologne un palais superbe. Ces faits montrent où pouvait atteindre la fortune d'un castrat qui avait réussi, comme la Zambinella : l'opération payée par le vieux Chigi pouvait être rentable, et en faisant allusion à cette sorte d'intérêt tout financier (outre que l'argent n'est jamais symboliquement neutre), le discours lie la fortune des Lanty (thème initial d'une chaîne d'énigmes et « sujet » de cette « scène de la vie parisienne ») à une origine sordide : une opération de castration, payée par un prince romain (intéressé ou débauché) à un jeune garçon napolitain qui l'a ensuite « plaqué » (SEM. Vedette).

(472) *Le prince Chigi aurait pu parler, certes, longtemps, Sarrasine ne l'écoutait pas. Une affreuse vérité avait pénétré dans son âme. Il était frappé comme d'un coup de foudre. Il resta immobile, les yeux attachés* ★ HER. Enigme 6 : consécration du dévoilement. Le dévoilement complet se fait en trois temps : 1) l'ébranlement du leurre, 2) l'explication, 3) son effet.

LXXX. *Dénouement et dévoilement.*

Dans le théâtre dramatique, dit Brecht, il y a intérêt passionné pour le dénouement; dans le théâtre épique, pour le déroulement. *Sarrasine* est une nouvelle dramatique (que va-t-il arriver au héros ? comment va-t-il « finir » ?), mais le dénouement est compromis dans un dévoilement : ce qui arrive, ce qui dénoue, c'est la vérité. Cette vérité peut être nommée différemment, selon les vraisemblables (les pertinences critiques) : pour l'anecdote, la vérité est un référent (un objet réel) : *Zambinella est un castrat.* Pour la psychologie, c'est un malheur : *j'ai aimé un castrat.* Pour le symbole, c'est un éclaircissement : *en Zambinella, c'est le castrat que j'ai aimé.* Pour le récit, c'est une prédiction : *ayant été touché par la castration, je dois mourir.* De toute manière, la vérité, c'est le prédicat enfin trouvé, le sujet enfin pourvu de son complément; car le personnage, si on le saisissait seulement au

193

niveau du *déroulement* de l'histoire, c'est-à-dire selon un point de vue épique, apparaîtrait toujours incomplet, insaturé, sujet errant à la recherche de son prédicat final : rien ne se montre pendant cette errance, sinon le leurre, l'abus : l'énigme est cette carence prédicative; en dévoilant, le discours remplit la formule logique, et c'est cette plénitude retrouvée qui *dénoue* le drame : il faut que le sujet soit enfin pourvu (propriétaire) d'un attribut et que la cellule mère de tout l'Occident (sujet et prédicat) soit saturée. Cette errance temporaire du prédicat peut se décrire en termes de jeu. Le récit dramatique est un jeu à deux partenaires : le leurre et la vérité. Au début, une grande indétermination règle leurs rencontres, l'errance est forte; mais peu à peu les deux réseaux s'approchent, se compénètrent, la détermination se remplit et le sujet avec elle; le dévoilement est alors ce coup final, par quoi tout le probable initial passe du côté du nécessaire : le jeu est fini, le drame est « dénoué », le sujet justement prédiqué (fixé) : le discours ne peut plus que se taire. Contrairement à ce qui se passe dans l'œuvre épique (telle que l'imaginait Brecht), rien n'a été montré (offert à une critique immédiate du lecteur) : ce qui est montré, l'est d'un seul coup et à la fin : c'est la fin qui est montrée.

(473) **sur le prétendu chanteur.** ★ La formulation est énigmatique; on attendrait plutôt : *la prétendue chanteuse*, car dans la Zambinella, ce n'est pas le chant qui est une imposture, c'est le sexe, et ce sexe étant ici masculin (seul genre dont la langue dispose pour nommer le castrat), il ne peut être « prétendu »; mais peut-être est-ce toute la personne de Zambinella qui est frappée de prétention, de fausseté, d'imposture, quelle que soit son apparence; pour que cette apparence ne fût pas « prétendue », il faudrait que la Zambinella fût habillé en castrat, costume que la société papale n'avait pas prévu (HER. Enigme 6 : dévoilement).

(474) *Son regard flamboyant eut une sorte d'influence magnétique sur Zambinella,* ★ ACT. « Incident » (de concert, de spectacle) : 1 : appel à l'attention de l'artiste qui est en scène.

(475) *car le* musico *finit par tourner les yeux vers Sarrasine,* ★ ACT. « Incident » : 2 : attention éveillée. ★★ REF. L'Italianité (le discours ne met plus désormais Zambinella au féminin).

(476) *et alors sa voix céleste s'altéra. Il trembla !* ★ ACT. « Incident » : 3 : trouble de l'artiste. ★★ ACT. « Danger » (de la Zambinella) : 7 : réaction de peur.

(477) *Un murmure involontaire échappé à l'assemblée, qu'il tenait comme attachée à ses lèvres, acheva de le troubler;* ★ ACT. « Incident » : 4 : trouble collectif.

(478) *il s'assit et discontinua son air.* ★ ACT. « Incident » : 5 : interruption du chant, du spectacle.

(479) *Le cardinal Cicognara, qui avait épié du coin de l'œil la direction que prit le regard de son protégé, aperçut alors le Français;* ★ ACT. « Assassinat » : 2 : signalisation de la victime. La séquence « Assassinat » se développe, grâce à l'Incident de Concert, qui est ainsi fonctionnellement justifié : sans incident (lui-même dû au retard de Sarrasine), pas de salut pour Zambinella, pas de meurtre pour Sarrasine.

(480) *il se pencha vers un de ses aides de camp ecclésiastiques, et parut demander le nom du sculpteur.* ★ ACT. « Assassinat » : 3 : demande d'information.

(481) *Quand il eut obtenu la réponse qu'il désirait,* ★ ACT. « Assassinat » : 4 : information reçue.

(482) *il contempla fort attentivement l'artiste* ★ ACT. « Assassinat » : 5 : évaluation et décision intérieure.

(483) *et donna des ordres à un abbé, qui disparut avec prestesse.* ★ ACT. « Assassinat » : 6 : ordre secret. Cette partie de la séquence n'a pas seulement une fonction opératoire, mais aussi sémique : elle installe une « atmosphère » ténébreuse (puissance occulte de l'Eglise, amours interdites, ordres secrets, etc.), celle-là même qui, par ironie

195

avait tant manqué à Sarrasine, déçu de ne trouver qu'une orgie de comédiens au bout de son rendez-vous amoureux (n° 316).

(484) *Cependant, Zambinella, s'étant remis,* ★ ACT. « Incident » : 6 : se maîtriser.

(485) *recommença le morceau* ★ ACT. « Incident » : 7 : reprendre le chant, le spectacle.

(486) *qu'il avait interrompu si capricieusement;* ★ SEM. Vedette.

LXXXI. *Voix de la personne.* La fin approche, la fin de notre transcription aussi. Il faut donc reprendre une à une chacune des Voix (chacun des codes) dont la tresse a formé le texte. Voici l'un des tout derniers sèmes. Qu'est-ce donc que l'inventaire de ces sèmes nous apprend ? Le sème (ou signifié de connotation proprement dit) est un connotateur de personnes, de lieux, d'objets, dont le signifié est un *caractère*. Le caractère est un adjectif, un attribut, un prédicat (par exemple : *hors-nature*, *ténébreux*, *vedette*, *composite*, *excessif*, *impie*, etc.). Bien que la connotation soit évidente, la nomination de son signifié est incertaine, approximative, instable : arrêter le nom de ce signifié dépend en grande partie de la pertinence critique à laquelle on se place : le sème n'est qu'un *départ*, une avenue du sens. On peut arranger ces avenues en paysages divers : ce sont les thématiques (on n'a procédé ici à aucun de ces arrangements, on n'a donné qu'une liste de ces caractères, sans chercher à leur trouver une suite d'ordre). Si l'on met à part les sèmes d'objets ou d'atmosphères, somme toute rares (du moins ici), ce qui est constant, c'est que le sème est lié à une idéologie de la personne (inventorier les sèmes d'un texte classique n'est donc qu'observer cette idéologie) : la personne n'est qu'une collection de sèmes (mais à l'inverse, des sèmes peuvent émigrer d'un personnage à un autre, pourvu que l'on descende à une certaine profondeur symbolique, où il n'est plus fait acception de personnes : Sarrasine et le narrateur ont des sèmes communs). Ainsi, d'un point de vue classique (plus psychologique que symbolique), Sarrasine est la somme, le lieu de confluence de : *turbulence, don artistique, indépendance, violence, excès, féminité, laideur, nature composite, impiété, goût du déchiquetage, volonté,* etc.). Ce qui donne l'illusion que la somme est supplémentée d'un reste précieux (quelque chose comme l'*individualité,* en ce que, qualitative, ineffable, elle échapperait à la vulgaire comptabilité des caractères composants), c'est le Nom Propre, la différence remplie de son *propre.* Le nom propre permet à la personne d'exister en dehors des sèmes, dont cependant la somme la constitue entièrement. Dès lors qu'il existe un Nom (fût-ce un pronom) vers quoi affluer et sur quoi se fixer, les sèmes deviennent des prédicats, inducteurs de vérité, et le Nom devient sujet. On peut dire que le propre du récit n'est pas l'action, mais le personnage comme Nom propre : le matériau sémique (correspondant à un certain moment de notre histoire du récit) vient *remplir* le propre d'être, le nom d'adjectifs. L'inventaire et la structuration des sèmes, l'écoute de cette Voix de la personne peuvent servir : beaucoup à la critique psychologique, un peu à la critique thématique, un peu à la critique psychanalytique : tout dépend du niveau auquel on arrête la nomination du sème.

(487) *mais il l'exécuta mal,* ★ Le trouble subsistant ne se réfère plus à l'incident de concert, mais au danger dont Zambinella se sait menacé (ACT. « Danger » : 8 : sentiment de menace).

(488) *et refusa, malgré toutes les instances qui lui furent faites, de chanter autre chose.* ★ ACT. « Incident » : 8 : refus de prolonger le concert, le spectacle.

(489) *Ce fut la première fois qu'il exerça cette tyrannie capricieuse qui, plus tard, ne le rendit pas moins célèbre que son talent* ★ SEM. Vedette. On saisit bien, ici, la nature du sème de connotation : le caractère « capricieux » des vedettes n'est répertorié dans aucun dictionnaire, sinon dans un dictionnaire des Idées Reçues — qui serait un dictionnaire des connotations usuelles. ★★ Articulée sur le « Danger » couru par Zambinella, une nouvelle séquence va bientôt se développer autour de la menace très précise que le sculpteur va faire peser sur le castrat durant son enlèvement; or l'issue de cette séquence est ici déjà suggérée : le futur *(plus tard)* nous assure que Zambinella survivra à l'agression de Sarrasine (ACT. « Menace » : 1 : prédiction de l'issue).

(490) *et son immense fortune, due, dit-on, non moins à sa voix qu'à sa beauté.* ★ La chaîne des énigmes est à peu près reconstituée. Dès lors que nous saurons que Zambinella vieilli est l'oncle de Mme de Lanty, connaissant déjà par la présente lexie la fortune du castrat, nous saurons d'où vient celle des Lanty (HER. Enigme 2 : la fortune des Lanty : rappel du thème). Que la beauté de Zambinella soit pour quelque chose dans son immense fortune ne peut que référer à la « protection » amoureuse que lui accorde le cardinal : l'origine de la fortune des Lanty est donc « impure » (elle a sa source dans une « prostitution »).

(491) *— C'est une femme, dit Sarrasine en se croyant seul. Il y a là-dessous quelque intrigue secrète. Le cardinal Cicognara trompe le pape et toute la ville de Rome !* ★ HER. Enigme 6 : leurre, de Sarrasine à lui-même. Le leurre réflexif (de Sarrasine à Sarrasine) survit au dévoilement : on sait que le sculpteur préfère l'évidence des codes à celle des faits. ★★ REF. Code machiavélique (réseau fictif d'intrigues secrètes, d'impostures ténébreuses, de feintes énormes et subtiles : espace de la paranoïa et code de l'Italie papale et florentine).

(492) *Aussitôt, le sculpteur sortit du salon,* ★ ACT. « Concert » : 5 : sortir du salon d'audition.

(493) *rassembla ses amis* ★ ACT. « Enlèvement » : 6 : rassemblement des complices.

(494) *et les embusqua dans la cour du palais.* ★ ACT. « Enlèvement » : 7 : embuscade.

(495) *Quand Zambinella se fut assuré du départ de Sarrasine, il parut recouvrer quelque tranquillité.* ★ ACT. « Danger » : 9 : se rasséréner.

(496) *Vers minuit, après avoir erré dans les salons en homme qui cherche un ennemi,* ★ REF. Chronologie (*vers minuit*, c'est-à-dire le soir du concert). ★★ ACT. « Danger » : 10 : méfiance subsistante. La séquence « Danger » va désormais faire place à la séquence « Menace », qui aura pour lieu l'atelier où Zambinella est prisonnier de Sarrasine. Bien que ces deux proaïrétismes soient très proches, ils ne comportent pas le même ordre. Le Danger est ici constitué par une série de prémonitions ou de réactions à des incidents répétés; la Menace est une séquence construite selon le dessin d'une crise; le Danger pourrait être une série ouverte, infinie; la Menace est une structure fermée, appelant une fin. Cependant, il y a un rapport structural entre les deux séquences : la dispersion des termes du Danger a pour fonction de *marquer* l'objet de la menace : désigné depuis longtemps comme victime, Zambinella peut alors entrer dans la crise de la Menace.

(497) *le musico quitta l'assemblée.* ★ ACT. « Enlèvement » : 8 : départ innocent de la victime.

(498) *Au moment où il franchissait la porte du palais, il fut adroitement saisi par des hommes qui le bâillonnèrent avec un mouchoir et le mirent dans la voiture louée par Sarrasine.* ★ ACT. « Enlèvement » : 9 : le rapt proprement dit. Cet enlèvement est structuralement parfait : les complices ont été recrutés en 460, rassemblés en 493, embusqués en 494, la voiture (rapide) a été amenée en 463.

(499) *Glacé d'horreur, Zambinella resta dans un coin sans oser faire un mouvement. Il voyait devant lui la figure terrible de l'artiste qui gardait un silence de mort.* ★ ACT. « Menace » : 2 : la victime est terrorisée.

(500) *Le trajet fut court.* ★ ACT. « Enlèvement » : 10 : trajet. Ce terme, dans d'autres récits, s'offre à une catalyse infinie, qui peut durer tout un roman ou tout un film.

(501) *Zambinella, enlevé par Sarrasine, se trouva bientôt dans un atelier sombre et nu.* ★ ACT. « Enlèvement » : 11 : arrivée au lieu de la séquestration.

(502) *Le chanteur, à moitié mort, demeura sur une chaise,* ★ ACT. « Menace » : 3 : la victime immobile.

(503) *sans oser regarder une statue de femme, dans laquelle il reconnut ses traits.* Une autre version du texte, plus logique, dit : « *dans laquelle il avait reconnu ses traits* ». ★ ACT. « Statue » : 1 : thématisation de l'objet qui doit centraliser un certain nombre de comportements. ★★ SYM. Réplique des corps : la statue est l'un des maillons de cette longue chaîne qui duplique le corps de la femme Essentielle, de la Zambinella à l'Endymion de Girodet.

(504) *Il ne proféra pas une parole, mais ses dents claquaient.* ★ ACT. « Menace » : 4 : victime muette.

(505) *Sarrasine se promenait à grands pas. Tout à coup il s'arrêta devant Zambinella.*
— *Dis-moi la vérité, demanda-t-il* ★ HER. Enigme 6 : équivoque. Le dévoilement a été accompli, mais le sujet reste encore incertain. *Dis-moi la vérité* implique : 1) que Sarrasine doute et espère encore; 2) qu'il tient déjà Zambinella pour un « drôle » qu'il peut tutoyer (Sarrasine n'a jusqu'ici tutoyé Zambinella que deux fois, en 444 et 445, mais à titre d'objet sublime, justiciable de la haute apostrophe lyrique).

(506) *d'une voix sourde et altérée.* ★ Le son *sourd* (venant de la profondeur étouffée du corps) est réputé (en Occident) connoter l'intériorité — et donc la vérité d'une émotion : Sarrasine *sait* que Zambinella n'est pas une femme (HER. Enigme 6 : déchiffrement, de Sarrasine à lui-même).

(507) *Tu es une femme?* ★ HER. Enigme 6 : équivoque (le leurre impliqué par l'énoncé est corrigé par la forme interrogative).

(508) *Le cardinal Cicognara...* ★ HER. Enigme 6 : leurre, de Sarrasine à lui-même (Sarrasine reprend l'idée d'une intrigue romaine

(n° 491), explication qui préserve la féminité de Zambinella).
★★ REF. Code machiavélique.

(509) *Zambinella tomba sur ses genoux, et ne répondit qu'en baissant
la tête.* ★ HER. Enigme 6 : dévoilement, de Zambinella à Sarrasine.

(510) — *Ah! tu es une femme, s'écria l'artiste en délire, car même
un... Il n'acheva pas. — Non, reprit-il, il n'aurait pas tant de bassesse.*
★ HER. Enigme 6 : leurre, de Sarrasine à lui-même. La preuve psychologique fournit à Sarrasine son dernier leurre, au délire son dernier refuge. Cette preuve fonde la féminité sur la faiblesse des femmes.
Face à cette preuve, dont il s'est souvent servi, Sarrasine est cependant encombré d'un nouveau terme, le castrat, qu'il lui faut situer
dans la hiérarchie morale des êtres biologiques; ayant besoin de
placer la faiblesse absolue, dernière, dans la Femme, il donne au
castrat une place intermédiaire *(« même un castrat ne serait pas aussi
lâche »)*; l'enthymème, fondateur de toute preuve, s'organise alors
ainsi : c'est la Femme qui occupe le dernier degré de la pusillanimité;
or Zambinella, par l'humiliation de sa posture, la bassesse de son
comportement, se place à ce dernier degré; donc Zambinella est bien
une femme. ★★ SYM. Tabou sur le nom de castrat. ★★★ SYM.
Marque graphique du neutre : le *il* souligné, cité, dont le masculin
est suspecté.

(511) — *Ah! ne me tuez pas! s'écria Zambinella fondant en larmes.*
★ ACT. « Menace » : 5 : première demande de grâce. Les demandes
de grâce ne suivent pas forcément une menace explicite, mais une
menace diffuse, connotée par la situation et le *délire* de Sarrasine.

(512) *Je n'ai consenti à vous tromper que pour plaire à mes camarades, qui voulaient rire.* ★ HER. « Machination » : 12 : dévoilement
du mobile du stratagème (on sait que le Rire est un substitut castrateur).

(513) — *Rire! répondit le sculpteur d'une voix qui eut un éclat infernal. Rire, rire! Tu as osé te jouer d'une passion d'homme, toi?*
Le rôle castrateur du Rire est confirmé ici par la protestation virile,
liée à la menace de castration, que lui oppose Sarrasine. On sait
que Adler avait proposé de nommer *protestation mâle* le rejet de
toute attitude passive à l'égard des autres hommes et que depuis
on a proposé de définir plus précisément cette protestation comme
une *répudiation de la féminité*. Sarrasine répudie en effet une féminité

dont il ne manquait pourtant pas de traces en lui; le « paradoxe », souligné par Sarrasine lui-même, est que sa virilité ait été contestée, sous l'arme castratrice du Rire, par un être dont la définition était d'en avoir été lui-même dépouillé (SYM. La protestation virile).

(514) — *Oh! grâce! répliqua Zambinella.* ★ ACT. « Menace » : 6 : seconde demande de grâce.

(515) — *Je devrais te faire mourir! cria Sarrasine en tirant son épée par un mouvement de violence.* ★ ACT. « Menace » : 7 : première menace de mort (le conditionnel annonce déjà la suspension de la menace).

(516) *Mais, reprit-il avec un dédain froid,* ★ ACT. « Menace » : 8 : retrait de la menace.

(517) *en fouillant ton être avec cette lame, y trouverais-je un sentiment à éteindre, une vengeance à satisfaire? Tu n'es rien. Homme ou femme, je te tuerais!* ★ SYM. Le *rien* du castrat. Le raisonnement est le suivant : « Tu as voulu m'entraîner dans la castration. Pour me venger et te punir, il faudrait qu'à mon tour je te châtre *(fouiller ton corps avec cette lame)*, mais je ne le puis, tu l'es déjà. » La perte du désir porte le castrat en deçà de toute vie et de toute mort, *hors de toute classification :* comment tuer ce qui n'est pas classé ? Comment atteindre ce qui transgresse, non l'ordre interne du paradigme sexuel (un travesti eût inversé cet ordre mais ne l'eût pas détruit : *Homme, je te tuerais*), mais l'existence même de la différence, génératrice de vie et de sens; le fond de l'horreur n'est pas la mort, mais que s'interrompe le classement de la mort et de la vie.

(518) *mais...*
Sarrasine fit un geste de dégoût ★ SYM. Tabou sur le nom de castrat. ★★ SYM. Horreur, malédiction, exclusion.

(519) *qui l'obligea de détourner sa tête, et alors il regarda la statue.* ★ ACT. « Statue » : 2 : apercevoir l'objet qui a été auparavant thématisé.

LXXXII. *Glissando.*　　　Deux codes mis côte à côte
dans une même phrase : cette
opération, artifice courant du
lisible, n'est pas indifférente : coulés dans une même
unité linguistique, les deux codes y nouent un lien appa-
ramment *naturel;* cette *nature* (qui est simplement celle
d'une syntaxe millénaire) s'accomplit chaque fois que le
discours peut amener un rapport *élégant* (au sens mathématique : *une solution élégante*) entre deux codes. Cette
élégance tient dans une sorte de *glissando* causal, qui
permet de joindre le fait symbolique et le fait proaïrétique, par exemple, à travers le continu d'une seule
phrase. Ainsi articule-t-on le dégoût du castrat (terme
symbolique) et la destruction de la statue (terme proaïrétique) par toute une chaîne glissée de menues causalités
serrées les unes contre les autres, comme les grains d'un
fil apparemment lisse : 1) Sarrasine est dégoûté par la vue
du castrat, 2) le dégoût lui fait fuir cette vue, 3) cette
fuite du regard fait détourner la tête, 4) dans ce détour,
les yeux aperçoivent la statue, etc. : toute une marquet-
terie d'articulations qui permettent de passer, comme
d'écluse en écluse, du symbolique à l'opératoire, à travers le grand naturel de la phrase *(« Sarrasine fit un geste
de dégoût qui l'obligea de détourner sa tête et alors il
regarda la statue »).* Amenée à la surface du discours, la
citation de code y perd sa marque, elle reçoit, comme un
vêtement neuf, la forme syntaxique venue de la phrase
« éternelle », cette forme l'innocente et l'intronise dans
la vaste nature du langage *courant.*

(520) — *Et c'est une illusion! s'écria-t-il.* ★ ACT. « Statue » : 3 : être
déçu (par le mensonge, le vide, de l'objet thématisé). ★★ HER.
Enigme 6 : dévoilement, de Sarrasine à lui-même.

(521) *Puis, se tournant vers Zambinella : — Un cœur de femme était pour moi un asile, une patrie. As-tu des sœurs qui te ressemblent? Non.* ★ SYM. Réplique des corps. ★★ Les sœurs de Zambinella permettent de figurer fugitivement un castrat-femme, un castrat corrigé, guéri (SYM. Le castrat redressé).

LXXXIII. *La pandémie*   La castration est contagieuse, elle touche tout ce qu'elle approche (elle touchera Sarrasine, le narrateur, la jeune femme, le récit, l'or) : telle est l'une des « démonstrations » de *Sarrasine*. Ainsi de la statue : si elle est « illusion », ce n'est pas parce qu'elle copie par des moyens artificiels un objet réel dont elle ne peut avoir la matérialité (proposition banale), mais parce que cet objet (la Zambinella) est vide. L'œuvre « réaliste » doit être garantie par la vérité intégrale du modèle, qui doit être connu de l'artiste copieur jusqu'en ses dessous (on connaît la fonction du déshabillage chez le sculpteur Sarrasine); dans le cas de la Zambinella, le creux intérieur de toute statue (qui attire sans doute bien des amateurs de statuaire et donne tout son contexte symbolique à l'iconoclastie) reproduit le manque central du castrat : la statue est ironiquement vraie, dramatiquement indigne : le vide du modèle a envahi la copie, lui communiquant son sens d'horreur : la statue a été touchée par la force métonymique de la castration. On comprend qu'à cette contagion, le sujet oppose le rêve d'une métonymie inverse, heureuse, salvatrice : celle de l'essence de Féminité. Les sœurs espérées permettent d'imaginer un castrat redressé, resexualisé, guéri, qui se dépouillerait de sa mutilation comme d'une enveloppe hideuse pour ne garder que sa féminité droite. Dans les coutumes de certains peuples, l'institution prescrit d'épouser non une personne mais une sorte d'essence familiale (sororat, polygynie sororale, lévirat); Sarrasine, de la même façon, poursuit loin de la dépouille châtrée que lui laisse entre les mains le castrat, une essence zambinellienne — qui, au reste, bien plus tard, refleurira dans Marianina et Filippo.

(522) *Eh bien meurs !* ★ ACT. « Menace » : 9 : seconde menace de mort.

(523) *Mais non, tu vivras. Te laisser la vie, n'est-ce pas te vouer à quelque chose de pire que la mort?* ★ ACT. « Menace » : 10 : retrait de la menace. ★★ SYM. Le castrat hors de tout système. La mort elle-même est touchée, corrompue, dé-nommée (comme on dit : *défigurée*) par la castration. Il y a une vraie mort, une mort active, une mort *classée*, qui fait partie du système de la vie : étant hors-système, le castrat ne dispose même plus de cette mort.

(524) *Ce n'est ni mon sang ni mon existence que je regrette, mais l'avenir et ma fortune de cœur. Ta main débile a renversé mon bonheur.* ★ Sarrasine commente sa mort, qu'il a donc acceptée (ACT. « Vouloir-mourir » : 5 : commenter à l'avance sa mort). ★★ SYM. Contagion de la castration.

(525) *Quelle espérance puis-je te ravir pour toutes celles que tu as flétries? Tu m'as ravalé jusqu'à toi. Aimer, être aimé! sont désormais des mots vides de sens pour moi, comme pour toi.* ★ SYM. Contagion de la castration : Sarrasine châtré.

LXXXIV. *Pleine littérature.*

Le mal zambinellien a atteint Sarrasine (« *Tu m'as ravalé jusqu'à toi* »). Ici éclate la force contagieuse de la castration. Son pouvoir métonymique est irréversible : touchés par son vide, non seulement le sexe s'abolit, mais encore l'art se brise (la statue est détruite), le langage meurt (« *aimer, être aimé sont désormais des mots vides de sens pour moi*») : à quoi l'on peut voir que selon la métaphysique sarrasinienne, le sens, l'art et le sexe ne forment qu'une même chaîne substitutive : celle du *plein*. Comme produit d'un art (celui de la narration), mobilisation d'une polysémie (celle du texte classique) et thématique du sexe, la nouvelle elle-même est emblème de plénitude (mais ce qu'elle *représente*, on le dira mieux dans un instant, est le trouble catastrophique de cette plénitude) : le texte est plein de sens multiples, discontinus et entassés, et cependant poncé, lissé par le mouvement « naturel » de ses phrases : c'est un texte-œuf. Un auteur de la Renaissance (Pierre Fabri) a écrit un traité intitulé : *Le grand et vrai art de pleine rhétorique*. Ainsi pourrait-on dire que tout texte classique (lisible) est implicitement un art de Pleine Littérature : littérature qui est pleine : comme une armoire ménagère où les sens sont rangés, empilés, économisés (dans ce texte, jamais rien de perdu : le sens récupère tout); comme une femelle pleine des signifiés dont la critique ne se fera pas faute de l'accoucher; comme la mer, pleine des profondeurs et des mouvements qui lui donnent son apparence d'infini, son grand drapé méditatif; comme le soleil, plein de la gloire qu'elle déverse sur ceux qui la font; ou enfin franche comme un art déclaré et reconnu : institutionnel. Cette Pleine Littérature, lisible, ne peut plus s'écrire : la plénitude symbolique (culminant dans l'art romantique) est le dernier avatar de notre culture.

(526) *Sans cesse je penserai à cette femme imaginaire en voyant une femme réelle.*

Il montra la statue par un geste de désespoir. ★ La statue, la femme imaginaire (superlative) et la femme réelle sont des maillons de la chaîne duplicative des corps, catastrophiquement rompue par le manque du castrat (SYM. Réplique des corps). ★★ ACT. « Statue » : 4 : désespoir suscité par l'objet thématisé.

(527) — *J'aurai toujours dans le souvenir une harpie céleste qui viendra enfoncer ses griffes dans tous mes sentiments d'homme, et qui signera toutes les autres femmes d'un cachet d'imperfection!* ★ SYM. Contagion de la castration. L'image des Harpies connote à la fois la castration (par le griffu) et la culpabilité (par le thème des Erinnyes). Le code des corps féminins, code écrit s'il en fut, puisque c'est celui de l'art, de la culture, sera désormais *signé* par le manque.

(528) *Monstre!* ★ L'apostrophe a ici sa plénitude littérale : le monstre est hors de la nature, hors de toute classe, de tout sens (ce sème a déjà été fixé sur le vieillard) (SEM. Hors-nature).

(529) *Toi qui ne peux donner la vie à rien,* ★ SYM. Réplique des corps.

LXXXV. *La réplique interrompue.* Comme femme « imaginaire » — c'est-à-dire, au sens moderne, suscitée en Sarrasine par la méconnaissance de son inconscient —, la Zambinella servait de relais entre des paroles contingentes, morcelées (les femmes réelles : autant de fétiches) et le code fondateur de toute beauté, le chef-d'œuvre, à la fois terme et départ. Le relais venant à manquer (il est vide), tout le système de transmission s'effondre : c'est la dé-ception sarrasinienne, la dé-prise de tout le circuit des corps. La définition banale de la castrature (« *Toi qui ne peux donner la vie à rien* ») a donc une portée structurale, elle concerne non seulement la duplication esthétique des corps (la « copie » de l'art réaliste) mais aussi la force métonymique dans sa généralité : le crime ou le malheur fondamental (« *Monstre!* »), c'est en effet d'interrompre la circulation des copies (esthétiques ou biologiques), c'est de troubler la perméabilité réglée des sens, leur *enchaîne-ment*, qui est classement et répétition, comme la langue. Métonymique elle-même (et de quelle force), la castration bloque toute métonymie : les chaînes de vie et d'art sont brisées, comme va l'être à l'instant la statue, emblème de la transmission glorieuse des corps (mais elle sera sauvée et quelque chose sera transmis à l'Adonis, à l'Endymion, aux Lanty, au narrateur, au lecteur).

(530) *tu m'as dépeuplé la terre de toutes les femmes.* ★ SYM. La castration pandémique. ★★ La mort physique du héros est précédée de trois morts partielles : aux femmes, aux plaisirs, à l'art (ACT. « Vouloir-mourir » : 6 : mourir aux femmes).

(531) *Sarrasine s'assit en face du chanteur épouvanté. Deux grosses larmes sortirent de ses yeux secs, roulèrent le long de ses joues mâles et tombèrent à terre : deux larmes de rage, deux larmes âcres et brûlantes.* ★ REF. Code des Larmes. Le code du héros permet à l'homme de pleurer dans les limites très étroites d'un certain rituel, lui-même fortement historique : Michelet félicitait et enviait Saint Louis d'avoir eu « le don des larmes », on pleurait abondamment aux tragédies de Racine, etc., cependant qu'au Japon, dans le Bushido, ou art de vivre hérité des Samouraï, toute physique de l'émotion est interdite. Sarrasine, lui, a le droit de pleurer pour quatre raisons (ou à quatre conditions) : parce que son rêve d'artiste, d'amoureux, est anéanti, parce qu'il va mourir (il ne serait pas séant qu'il survécût à ses larmes), parce qu'il est seul (le castrat n'étant rien), parce que le contraste même de la virilité et des pleurs est pathétique; encore ses larmes sont-elles rares *(deux)* et brûlantes (elles ne participent pas de l'humidité indigne attachée à la féminité, mais du feu, sec et viril).

(532) — *Plus d'amour! je suis mort à tout plaisir, à toutes les émotions humaines.* ★ SYM. Contagion de la castration. ★★ ACT. « Vouloir-mourir » : 7 : mourir aux plaisirs, à l'affectivité.

(533) *A ces mots, il saisit un marteau et le lança sur la statue avec une force si extravagante,* ★ ACT. « Vouloir-mourir » : 8 : mourir à l'Art. ★★ ACT. « Statue » : 5 : geste de destruction.

(534) *qu'il la manqua. Il crut avoir détruit ce monument de sa folie,* ★ ACT. « Statue » : 6 : la statue épargnée. ★★ SYM. Réplique des corps : la chaîne, *in extremis*, est préservée.

(535) *et alors il reprit son épée et la brandit pour tuer le chanteur.* ★ ACT. « Menace » : 11 : troisième menace de mort.

(536) *Zambinella jeta des cris perçants.* ★ ACT. « Menace » : 12 : appel au secours. L'appel au secours de la victime va permettre aux deux séquences, « Menace » et « Assassinat », de se conjoindre : la victime sera sauvée parce que son agresseur sera tué : les sauveteurs de l'une seront les assassins de l'autre.

LXXXVI. *Voix de l'empirie.*

Les séquences proaïrétiques vont bientôt toutes se fermer, le récit mourra. Que savons-nous d'elles ? Qu'elles naissent d'un certain pouvoir de la lecture, qui veut nommer d'un terme suffisamment transcendant une suite d'actions, issues elles-mêmes d'un trésor patrimonial d'expériences humaines; que la typologie de ces proaïrétismes semble incertaine, ou que du moins on ne peut leur donner d'autre logique que celle du probable, de l'empirie, du *déjà-fait* ou du *déjà-écrit,* car le nombre et l'ordre des termes en sont variables, les uns provenant d'une réserve pratique de menus comportements courants *(frapper à une porte, donner un rendez-vous),* les autres prélevés dans un corpus écrit de modèles romanesques *(l'Enlèvement, la Déclaration amoureuse, l'Assassinat);* que ces séquences sont largement ouvertes à la catalyse, au bourgeonnement, et peuvent former des « arbres »; que, soumises à un ordre logico-temporel, elles constituent l'armature la plus forte du lisible; que, par leur nature typiquement séquentielle, à la fois syntagmatique et ordonnée, elles peuvent former le matériau privilégié d'une certaine analyse structurale du récit.

(537) *En ce moment trois hommes entrèrent,* ★ ACT. « Menace » : 13 : arrivée des sauveteurs. ★★ ACT. « Assassinat » : 7 : entrée des assassins.

(538) *et soudain le sculpteur tomba percé de trois coups de stylet.* ★ ACT. « Menace » : 14 : élimination de l'agresseur. ★★ ACT. « Assassinat » : 8 : meurtre du héros. Les armes sont codées : l'épée est l'arme phallique de l'honneur, de la passion bafouée, de la protestation virile (dont Sarrasine voulut d'abord charmer la Zambinella, en 301, puis percer le castrat, en 535); le stylet (petit phallus) est l'arme dérisoire des tueurs à gages, l'arme qui s'accorde au héros désormais châtré.

(539) *— De la part du cardinal Cicognara, dit l'un d'eux.* ★ ACT. « Assassinat » : 9 : signature du meurtre.

(540) *— C'est un bienfait digne d'un chrétien, répondit le Français en expirant.* ★ En dépit de l'allusion ironique à la religion du meurtrier, la bénédiction de la victime fait de l'assassinat un suicide : le sujet assume sa mort, conformément au pacte qu'il avait conclu avec lui-même (en 240) et au destin symbolique où l'avait engagé le contact de la castration (ACT. « Vouloir-mourir » : 9 : assumer sa mort).

(541) *Ces sombres émissaires* ★ REF. Le Romanesque ténébreux (cf. plus loin, *la voiture fermée*).

LXXXVII. *Voix de la science.* Les codes culturels, dont le texte sarrasinien a tiré tant de références, vont eux aussi s'éteindre (ou tout au moins émigrer vers d'autres textes : il n'en manque pas pour les recevoir) : c'est, si l'on peut dire, la grande voix de la petite science qui s'éloigne ainsi. Ces citations sont en effet extraites d'un corpus de savoir, d'un Livre anonyme dont le meilleur modèle est sans doute le Manuel Scolaire. Car d'une part, ce Livre antérieur est à la fois livre de science (d'observation empirique) et de sagesse, et d'autre part, le matériel didactique qui est mobilisé dans le texte (souvent, comme on l'a vu, pour fonder des raisonnements ou prêter son autorité écrite à des sentiments) correspond à peu près au jeu des sept ou huit manuels dont pouvait disposer un honnête élève de l'enseignement classique bourgeois : une Histoire de la Littérature (Byron, *Les Mille et Une nuits*, Anne Radcliffe, Homère), une Histoire de l'Art (Michel-Ange, Raphaël, le miracle grec), un manuel d'Histoire (le siècle de Louis XV), un précis de Médecine pratique (la maladie, la convalescence, la vieillesse), un traité de Psychologie (amoureuse, ethnique, etc.), un abrégé de Morale (chrétienne ou stoïcienne : morale de versions latines), une Logique (du syllogisme), une Rhétorique et un recueil de maximes et proverbes concernant la vie, la mort, la souffrance, l'amour, les femmes, les âges, etc. Quoique d'origine entièrement livresque, ces codes, par un tourniquet propre à l'idéologie bourgeoise, qui inverse la culture en nature, semblent fonder le réel, la « Vie ». La « Vie » devient alors, dans le texte classique, un mélange écœurant d'opinions courantes, une nappe étouffante d'idées reçues : c'est en effet dans ces codes culturels que se concentre le démodé balzacien, l'essence de ce qui, dans Balzac, ne peut être (ré-)écrit. Ce démodé n'est pas à vrai dire un défaut de performance, une impuissance personnelle de l'auteur à ménager dans son œuvre les chances du moderne à venir, mais plutôt une condition fatale de la Pleine Littérature, guettée mortellement par l'armée des stéréotypes qu'elle porte en elle. Aussi, la critique des références (des codes culturels) n'a jamais pu s'établir que par ruse, aux limites mêmes de la Pleine Littérature, là où il est possible (mais au prix de quelle acrobatie et de quelle incertitude) de critiquer le stéréotype (de le vomir) sans recourir à un nouveau stéréotype : celui de l'ironie. C'est peut-être ce qu'a fait Flaubert (on le dira une fois de plus), notamment dans *Bouvard et Pécuchet*, où les deux copieurs de codes scolaires sont eux-mêmes « représentés » dans un statut incertain, l'auteur n'usant d'aucun métalangage à leur égard (ou d'un métalangage en sursis). Le code culturel a en fait la même position que la bêtise : comment épingler la bêtise sans se déclarer intelligent ? Comment un code peut-il avoir barre sur un autre sans fermer abusivement le pluriel des codes ? Seule l'écriture, en assumant le pluriel le plus vaste possible dans son travail même, peut s'opposer sans coup de force à l'impérialisme de chaque langage.

(542) *apprirent à Zambinella l'inquiétude de son protecteur, qui attendait à la porte, dans une voiture fermée, afin de pouvoir l'emmener aussitôt qu'il serait délivré.* ★ ACT. « Menace » : 15 : retour avec les sauveteurs. ★★ ACT. « Assassinat » : 10 : explication finale.

(543) — *Mais, me dit Mme de Rochefide, quel rapport existe-t-il entre cette histoire et le petit vieillard que nous avons vu chez les Lanty ?* ★ HER. Enigme 4 (Qui est le vieillard ?) : formulation.

(544) — *Madame, le cardinal Cicognara se rendit maître de la statue de Zambinella et la fit exécuter en marbre; elle est aujourd'hui dans le musée Albani.* ★ ACT. « Statue » : 7 : la statue (visée, manquée) retrouvée. ★★ Encore un maillon de la chaîne duplicative des corps : la statue est reproduite en marbre. L'agent de cette énergie duplicative est une fois de plus le désir : Cicognara, qui n'a aucun scrupule à disposer de l'œuvre de sa victime et à contempler l'effigie de son mignon avec les yeux de son rival, *passe*, comme au jeu du

furet, son désir et la castration qui lui est en l'occurrence attachée, à la postérité : ce désir imprégnera encore l'Adonis de Vien (désiré par Mme de Rochefide) et l'Endymion de Girodet visité par la lune (SYM. Réplique des corps).

(545) *C'est là qu'en 1791 la famille Lanty la retrouva,* ★ REF. Chronologie. En fait, l'information est mate, elle ne peut être connectée avec aucun autre repère (mais aussi elle n'est incompatible avec aucun autre : la biographie de Vien, par exemple, mort en 1809); c'est un pur effet de réel : rien de plus « réel », pense-t-on, qu'une date. ★★ HER. Enigme 3 (Qui sont les Lanty ?) : début de réponse (il y a un rapport entre les Lanty et la statue).

(546) *et pria Vien de la copier.* ★ SYM. Réplique des corps.

LXXXVIII. *De la sculpture* Sarrasine mort, la Zambinella *à la peinture.* émigre de la statue à la toile : c'est que quelque chose de *dangereux* a été contenu, conjuré, pacifié. En passant du volume à la planéité, la copie perd, ou du moins atténue la problématique brûlante que la nouvelle n'a cessé de mettre en scène. Contournable, pénétrable, en un mot *profonde*, la statue appelle la visite, l'exploration, la pénétration : elle implique idéalement la plénitude et la vérité de l'*intérieur* (c'est pourquoi il est tragique que cet intérieur soit ici vide, châtré); la statue parfaite, selon Sarrasine, eût été une enveloppe sous laquelle se fût tenue une femme réelle (à supposer qu'elle-même fût un *chef-d'œuvre*), dont l'essence de réalité aurait vérifié et garanti la peau de marbre qui lui aurait été appliquée (ce rapport, pris dans l'autre sens, donne le mythe de Pygmalion : une femme réelle naît de la statue). La peinture, au contraire, a peut-être un envers, mais elle n'a pas d'intérieur : elle ne peut provoquer le mouvement *indiscret* par lequel on essaierait d'aller voir ce qu'il y a *derrière* la toile (sauf peut-être, on l'a vu, dans le rêve de Frenhofer, qui voudrait que l'on pût circuler *dans* le tableau, comme dans un air volumineux, contourner la chair des corps peints, de façon à les authentifier). L'esthétique sarrasinienne de la statue est tragique, elle risque la chute du plein rêvé dans le vide châtré, du sens dans le hors-sens; celle de la toile, moins emblématique, plus indifférente, est plus apaisée : une statue se brise, une toile, plus simplement, se brouille (comme il arrive, pour se détruire, au « *chef-d'œuvre inconnu* »). Passée le long de la chaîne duplicative dans les peintures de Vien et de Girodet, la sombre histoire de la Zambinella s'éloigne, ne subsiste plus que comme une énigme vague et lunaire, mystérieuse sans offense (encore que la simple vue de l'Adonis peint doive réactiver la métonymie castratrice : c'est pour en être séduite que la jeune femme provoque le narrateur au récit qui les châtrera tous deux). Quant au dernier avatar, qui est le passage de la toile à la « représentation » écrite, il récupère toutes les copies précédentes, mais l'écriture exténue encore davantage le fantasme du *dedans*, car elle n'a plus d'autre substance que l'interstice.

(547) *Le portrait qui vous a montré Zambinella à vingt ans, un instant après l'avoir vu centenaire, a servi plus tard pour l'Endymion de Girodet, vous avez pu en reconnaître le type dans l'Adonis.* ★ REF. Chronologie (Zambinella a vingt ans en 1758; s'il est vraiment centenaire au moment de la soirée Lanty, c'est que cette soirée se passe en 1838, huit ans après que Balzac l'a écrite, cf. n° 55). ★★ HER. Enigme 4 (Qui est le vieillard ?) : dévoilement partiel (le dévoilement porte sur l'identité civile du vieillard ; c'est la Zambinella; reste à dévoiler son identité parentale, son rapport aux Lanty). ★★★ SYM. Réplique des corps. ★★★★ HER. Enigme 5 (Qui est l'Adonis ?) : dévoilement (c'est la Zambinella à vingt ans).

(548) — *Mais ce ou cette Zambinella?*
— *Ne saurait être, madame, que le grand-oncle de Marianina.*
★ HER. Enigme 4 : dévoilement complet (identité parentale du vieil-lard). ★★ HER. Enigme 3 : dévoilement (Qui sont les Lanty ? — des parents de la Zambinella). ★★★ Quel genre grammatical appliquer au castrat ? Le neutre, sans doute; mais la langue française n'en pos-sède pas; d'où l'alternance de *ce/cette*, dont l'oscillation, en bonne physique, produit une sorte de moyenne des sexes, à égale distance du masculin et du féminin (SYM. Le neutre).

(549) *Vous devez concevoir maintenant l'intérêt que Mme de Lanty peut avoir à cacher la source d'une fortune qui provient...* ★ HER. Enigme 2 (origine de la fortune des Lanty) : dévoilement.

LXXXIX. *Voix de la vérité.* Toutes les énigmes sont main-tenant dévoilées, la grande phrase herméneutique est close (seule continuera encore un peu ce que l'on pourrait appeler la vibration métonymique de la castration, qui doit ébranler de ses dernières ondes la jeune femme et le narrateur). Cette phrase herméneutique, cette *période* de vérité (au sens rhétorique), on en connaît maintenant les morphèmes (ou les « herméneutèmes »). Ce sont : 1. la *thématisation*, ou marque emphatique du sujet qui sera l'objet de l'énigme; 2. la *position*, index métalin-guistique qui, en signalant de mille façons variées, qu'il y a énigme, désigne le *genre* herméneutique (ou énigma-tique); 3. la *formulation* de l'énigme; 4. la *promesse de réponse* (ou la *demande de réponse*); 5. le *leurre*, feinte qui doit être définie, s'il est possible, par son circuit de des-tination (d'un personnage à un autre, à lui-même, du discours au lecteur); 6. l'*équivoque*, ou la double entente, mélange en une seule énonciation, d'un leurre et d'une vérité; 7. le *blocage*, constat d'insolubilité de l'énigme; 8. la *réponse suspendue* (après avoir été amorcée); 9. la *réponse partielle,* qui consiste à n'énoncer que l'un des traits dont la somme formera l'identification complète de la vérité; 10. le *dévoilement,* le *déchiffrement,* qui est, dans la pure énigme (dont le modèle est bien toujours la question du Sphinx à Œdipe), une nomination finale, la découverte et la profération du mot irréversible.

(550) — *Assez ! dit-elle en me faisant un geste impérieux.*
Nous restâmes pendant un moment plongés dans le plus profond silence.
★ SYM. Tabou sur la castration. ★★ SYM. Horreur de la castration. Le dégoût attaché à la fortune des Lanty (thème de cette « scène de la vie parisienne ») a plusieurs sources : c'est une fortune entachée de prostitution (le ragazzo entretenu par le vieux Chigi, puis par le cardinal Cicognara), de sang (le meurtre de Sarrasine), mais surtout imprégnée de l'horreur consubstantielle à la castration.

(551) — *Hé ! bien ? lui dis-je.*
— *Ah ! s'écria-t-elle en se levant et se promenant à grands pas dans la chambre. Elle vint me regarder, et me dit d'une voix altérée :*
★ La castration atteint la jeune femme : elle présente des symptômes de maladie (agitation, trouble) (SYM. Contagion de la castration).

(552) — *Vous m'avez dégoûtée de la vie et des passions pour long-temps.* ★ SYM. Contagion de la castration. ★★ La castration est arrivée par le porteur du récit (ACT. « Narrer » : 13 : effet castrateur du récit).

XC. *Le texte balzacien.*

Pour longtemps ? Mais non. Béatrix, comtesse Arthur de Rochefide, née en 1808, mariée en 1828 et très vite lassée de son mari, amenée par le narrateur au bal des Lanty vers 1830 — et frappée alors, dit-elle, d'une castration mortelle — n'en fera pas moins trois ans plus tard une fugue en Italie avec le ténor Conti, aura une aventure célèbre avec Calyste du Guénic pour faire enrager son amie et rivale Félicité des Touches, sera encore la maîtresse de la Palférine, etc. : la castration n'est décidément pas une maladie mortelle, on en guérit. Seulement, pour en guérir, il faut sortir de *Sarrasine*, émigrer vers d'autres textes (*Béatrix*, *Modeste Mignon*, *Une Fille d'Eve*, *Autre Etude de Femme*, *Les secrets de la princesse de Cadignan*, etc.). Ces textes forment le texte balzacien. Il n'y a aucune raison pour ne pas inclure le texte sarrasinien dans le texte balzacien (on aurait pu le faire si on avait voulu continuer, développer ce jeu du pluriel) : de proche en proche, un texte peut entrer en contact avec n'importe quel système : l'inter-texte n'a d'autre loi que l'infinitude de ses reprises. L'Auteur lui-même — déité quelque peu vétuste de l'ancienne critique — peut, ou pourra un jour constituer un texte comme les autres : il suffira de renoncer à faire de sa personne le sujet, la butée, l'origine, l'autorité, le Père, d'où dériverait son œuvre, par une voie d'*expression;* il suffira de le considérer lui-même comme un être de papier et sa vie comme une *bio-graphie* (au sens étymologique du terme), une écriture sans référent, matière d'une *connexion*, et non d'une *filiation :* l'entreprise critique (si l'on peut encore parler de critique) consistera alors à *retourner* la figure documentaire de l'auteur en figure romanesque, irrepérable, irresponsable, prise dans le pluriel de son propre texte : travail dont l'aventure a déjà été racontée, non par des critiques, mais par des auteurs eux-mêmes, tels Proust et Jean Genet.

(553) — *Au monstre près, tous les sentiments humains ne se dénouent-ils pas ainsi, par d'atroces déceptions? Mères, des enfants nous assassinent ou par leur mauvaise conduite ou par leur froideur. Epouses,*

nous sommes trahies. Amantes, nous sommes délaissées, abandonnées.
L'amitié! existe-t-elle? ★ Engagée sous l'action du récit dans un travail d'auto-castration, la jeune femme élabore aussitôt la version sublime de son mal; ce retrait du sexe, elle le drape, le dignifie en le plaçant sous l'autorité rassurante, ennoblissante d'un code de haute morale (SYM. Alibi de la castration). ★★ Ce code est celui du pessimisme universel, de la vanité du monde et du rôle ingrat, stoïque et admirable des victimes nobles, mères, épouses, amantes et amies (REF. *Vanitas vanitatum*).

(554) *Demain, je me ferais dévote si je ne savais pouvoir rester comme un roc inaccessible au milieu des orages de la vie.* ★ SYM. Alibi de la castration : la Vertu (code culturel).

(555) *Si l'avenir du chrétien est encore une illusion, au moins elle ne se détruit qu'après la mort.* ★ REF. Le code chrétien.

(556) *Laissez-moi seule.*
— *Ah! lui dis-je, vous savez punir.* ★ Touchée par la castration, la jeune femme rompt le pacte conclu avec le narrateur, se retire de l'échange et congédie son partenaire (ACT. « Narrer » : 14 : rupture du contrat). ★★ SYM. Le narrateur entraîné dans la castration (il est puni d'avoir « raconté »).

XCI. *La modification.* Un homme amoureux, profitant de la curiosité manifestée par sa maîtresse pour un vieillard énigmatique et un portrait mystérieux, lui propose un contrat : la vérité contre une nuit d'amour, un récit contre un corps. La jeune femme, après avoir essayé de se dérober par quelque marchandage, accepte : le récit commence; mais il se trouve que c'est la relation d'un mal terrible, animé d'une force irrésistible de contagion; porté par le récit lui-même, ce mal finit par toucher la belle écouteuse et, la retirant de l'amour, la détourne d'honorer son contrat. L'amoureux, pris à son propre piège, est rebuté : on ne raconte pas impunément une histoire de castration. — Cette fable nous apprend que la narration (objet) modifie la narration (acte) : le message est lié paramétriquement à sa performance ; il n'y a pas d'un côté des énoncés et de l'autre des énonciations. Raconter est un acte responsable et marchand (n'est-ce pas la même chose ? ne s'agit-il pas dans les deux cas de *peser ?*), dont le sort (la virtualité de transformation) est en quelque sorte indexé sur le prix de la marchandise, sur l'objet du récit. Cet objet n'est donc pas dernier, il n'est pas le but, le terme, la fin de la narration (*Sarrasine* n'est pas une « histoire de castrat ») : comme sens, le sujet de l'anecdote recèle une force récurrente qui revient sur la parole et démystifie, désole l'innocence de son émission : ce qui est raconté, c'est le « raconter ». Finalement, il n'y a pas d'*objet* du récit : le récit ne traite que de lui-même : *le récit se raconte*.

(557) — *Aurais-je tort ?*
— *Oui, répondis-je avec une sorte de courage. En achevant cette histoire, assez connue en Italie, je puis vous donner une haute idée des progrès faits par la civilisation actuelle. On n'y fait plus de ces malheureuses créatures.* ★ Par un dernier effort — à vrai dire voué à l'échec, ce pour quoi il lui faut « *une sorte de courage* » —, le narrateur tente d'opposer à la terreur d'une castration toute-puissante, qui contamine tout et dont il est la dernière victime, le barrage de la raison historique, du fait positif : congédions le symbole, dit-il, revenons sur terre, dans le « réel », dans l'histoire : il n'y a plus de castrats : *la maladie est vaincue*, elle a disparu d'Europe, comme la peste, la lèpre ; proposition minuscule, rempart douteux, argument dérisoire contre la force torrentueuse du symbolique qui vient d'emporter toute la petite population de *Sarrasine* (SYM. La contagion de la castration est niée). ★★ SEM. Rationalité, asymbolie (ce sème s'était déjà fixé sur le narrateur). ★★★ REF. Histoire des castrats. Le code historique auquel se réfère le narrateur nous apprend que les deux derniers castrats connus furent Crescentini, qui reçut l'Ordre de la Couronne de Fer après que Napoléon l'eut entendu à Vienne en

1805, qu'il fit venir à Paris et qui mourut en 1846, et Velluti, qui chanta en dernier lieu à Londres en 1826 et mourut il y a un peu plus de cent ans (en 1861).

(558) — *Paris, dit-elle, est une terre bien hospitalière : il accueille tout, et les fortunes honteuses et les fortunes ensanglantées. Le crime et l'infamie y ont droit d'asile;* ★ REF. Paris, l'Or, immoralisme de la nouvelle société, etc.

(559) *la vertu seule y est sans autels. Oui, les âmes pures ont une patrie dans le ciel!* ★ SYM. Alibi sublime de la castration (le Ciel justifiera les castrats que nous sommes devenus). ★★ REF. Code moral (la vertu n'est pas de ce monde).

(560) *Personne ne m'aura connue! J'en suis fière.* ★ Comme la Zambinella, dont elle a rejoint symboliquement la condition, la marquise transforme l'exclusion en « incompréhension ». L'Incomprise, figure pleine, rôle drapé, image lourde de sens imaginaires, objet de langage *(« j'en suis fière »),* se substitue profitablement au vide affreux du castrat, qui est *celui dont il n'y a rien à dire* (qui ne peut rien dire de lui-même : qui ne peut *s'imaginer)* (SYM. Alibi de la castration : l'Incomprise).

XCII. *Les trois entrées.* Le champ symbolique est occupé par un seul objet, dont il tire son unité (et dont nous avons tiré un certain droit à le nommer, un certain plaisir à le décrire et comme l'apparence d'un privilège accordé au système des symboles, à l'aventure symbolique du héros, sculpteur ou narrateur). Cet objet est le corps humain. De ce corps, *Sarrasine* raconte les transgressions topologiques. L'antithèse du *dedans* et du *dehors :* abolie. Le *dessous :* vide. La chaîne des copies : interrompue. Le contrat du désir : truqué. Or, dans ce champ symbolique, on peut entrer par trois voies, dont aucune n'est privilégiée : pourvu d'entrées égales, le réseau textuel, à son niveau symbolique, est réversible. La voie rhétorique découvre la transgression de l'Antithèse, le passage du mur des contraires, l'abolition de la différence. La voie de la castration proprement dite découvre le vide pandémique du désir, l'effondrement de la chaîne créative (corps et œuvres). La voie économique découvre l'évanouissement de toute monnaie fallacieuse, Or vide, sans origine, sans odeur, qui n'est plus indice, mais signe, récit rongé par l'histoire qu'il transporte. Ces trois voies conduisent à énoncer un même trouble de classement : il est mortel, dit le texte, de lever le trait séparateur, la barre paradigmatique qui permet au sens de fonctionner (c'est le mur de l'antithèse), à la vie de se reproduire (c'est l'opposition des sexes), aux biens de se protéger (c'est la règle de contrat). En somme la nouvelle *représente* (nous sommes dans un art du lisible) un effondrement généralisé des économies : l'économie du langage, ordinairement protégée par la séparation des contraires, l'économie des genres (le neutre ne doit pas prétendre à l'humain), l'économie du corps (ses lieux ne peuvent s'échanger, les sexes ne peuvent s'équivaloir), l'économie de l'argent (l'Or parisien produit par la nouvelle classe sociale, spéculatrice et non plus terrienne, cet or est sans origine, il a répudié tout code de circulation, toute règle d'échange, toute ligne de propriété — mot justement ambigu puisqu'il désigne à la fois la correction du sens et la séparation des biens). Cet effondrement catastrophique prend toujours la même forme : celle d'une métonymie effrénée. Cette métonymie, en abolissant les barres paradigmatiques, abolit le pouvoir de *substituer légalement*, qui fonde le sens : il n'est plus possible alors d'opposer régulièrement un contraire à un contraire, un sexe à un autre, un bien à un autre; il n'est plus possible de sauvegarder un ordre de la juste équivalence; en un mot il n'est plus possible de *représen-*

ter, de donner aux choses des *représentants*, individués, séparés, distribués : *Sarrasine* représente le trouble même de la représentation, la circulation déréglée (pandémique) des signes, des sexes, des fortunes.

(561) *Et la marquise resta pensive.* ★ Pensive, la marquise peut penser à beaucoup de choses qui ont eu lieu ou qui auront lieu, mais dont nous ne saurons jamais rien : l'ouverture infinie de la pensivité (c'est précisément là sa fonction structurale) retire cette ultime lexie de tout classement.

XCIII. *Le texte pensif.* Comme la marquise, le texte classique est pensif : plein de sens (on l'a vu), il semble toujours garder en réserve un dernier sens, qu'il n'exprime pas, mais dont il tient la place libre et signifiante : ce degré zéro du sens (qui n'en est pas l'annulation, mais au contraire la reconnaissance), ce sens supplémentaire, inattendu, qui est la marque théâtrale de l'implicite, c'est la pensivité : la pensivité (des visages, des textes) est le signifiant de l'inexprimable, non de l'inexprimé. Car si le texte classique n'a rien de plus à dire que ce qu'il dit, du moins tient-il à « laisser entendre » qu'il ne dit pas tout; cette *allusion* est codée par la pensivité, qui n'est signe que d'elle-même : comme si, ayant rempli le texte mais craignant par obsession qu'il ne soit pas *incontestablement* rempli, le discours tenait à le supplémenter d'un *et cætera* de la plénitude. De même que la pensivité d'un visage signale que cette tête est grosse de langage retenu, de même le texte (classique) inscrit dans son système de signes la signature de sa plénitude : comme le visage, le texte devient *expressif* (entendons

222

qu'il signifie son expressivité), doué d'une intériorité dont la profondeur supposée supplée à la parcimonie de son pluriel. *A quoi pensez-vous ?* a-t-on envie de demander, sur son invite discrète, au texte classique; mais plus retors que tous ceux qui croient s'en tirer en répondant : *à rien*, le texte ne répond pas, donnant au sens sa dernière clôture : la suspension.

Annexes

Annexe 1

Honoré de Balzac

[1]SARRASINE

[2]J'étais plongé dans une de ces rêveries profondes [3]qui saisissent tout le monde, même un homme frivole, au sein des fêtes les plus tumultueuses. [4]Minuit venait de sonner à l'horloge de l'Elysée-Bourbon. [5]Assis dans l'embrasure d'une fenêtre [6]et caché sous les plis onduleux d'un rideau de moire, [7]je pouvais contempler à mon aise le jardin de l'hôtel où je passais la soirée. [8]Les arbres, imparfaitement couverts de neige, se détachaient faiblement du fond grisâtre que formait un ciel nuageux, à peine blanchi par la lune. Vus au sein de cette atmosphère fantastique, ils ressemblaient vaguement à des spectres mal enveloppés de leurs linceuls, image gigantesque de la fameuse danse des morts. [9]Puis, en me retournant de l'autre côté, [10]je pouvais admirer la danse des vivants! [11]un salon splendide, aux parois d'argent et d'or, aux lustres étincelants, brillant de bougies. Là, fourmillaient, s'agitaient et papillonnaient les plus jolies femmes de Paris, les plus riches, les mieux titrées, éclatantes, pompeuses, éblouissantes de diamants! des fleurs sur la tête, sur le sein, dans les cheveux, semées sur les robes, ou en guirlandes à leurs pieds. C'était de légers frémissements, des pas voluptueux qui faisaient rouler les dentelles, les blondes, la mousseline autour de leurs flancs délicats. Quelques regards trop vifs perçaient çà et là, éclipsaient les lumières, le feu des diamants, et animaient encore des cœurs trop ardents. On surprenait aussi des airs de tête significatifs pour les amants, et des attitudes négatives pour les maris. Les éclats de voix des joueurs, à chaque coup imprévu, le retentissement de l'or, se mêlaient à la musique, au murmure des conversations; pour achever d'étourdir cette foule enivrée par tout ce que le monde peut offrir de séductions, une vapeur de parfums et l'ivresse générale agissaient sur les imaginations affolées. [12]Ainsi à ma droite, la sombre et silencieuse image de la mort; à ma

gauche, les décentes bacchanales de la vie : ici, la nature froide, morne, en deuil ; là, les hommes en joie. [13]*Moi, sur la frontière de ces deux tableaux si disparates, qui, mille fois répétés de diverses manières, rendent Paris la ville la plus amusante du monde et la plus philosophique, je faisais une macédoine morale, moitié plaisante, moitié funèbre. Du pied gauche, je marquais la mesure, et je croyais avoir l'autre dans un cercueil. Ma jambe était en effet glacée par un de ces vents coulis qui vous gèlent une moitié du corps, tandis que l'autre éprouve la chaleur moite des salons, accident assez fréquent au bal.*

— [14]Il n'y a pas fort longtemps que monsieur de Lanty possède cet hôtel ?

— Si fait. Voici bientôt dix ans que le maréchal de Carigliano le lui a vendu...

— Ah !

— Ces gens-là doivent avoir une fortune immense ?

— Mais il le faut bien.

— Quelle fête ! Elle est d'un luxe insolent.

— Les croyez-vous aussi riches que le sont monsieur de Nucingen ou monsieur de Gondreville ?

— [15]Mais vous ne savez donc pas ?...

J'avançai la tête et reconnus les deux interlocuteurs pour appartenir à cette gent curieuse qui, à Paris, s'occupe exclusivement des Pourquoi ? des Comment ? D'où vient-il ? Qui sont-ils ? Qu'y a-t-il ? Qu'a-t-elle fait ? *Ils se mirent à parler bas, et s'éloignèrent pour aller causer plus à l'aise sur quelque canapé solitaire. Jamais mine plus féconde ne s'était ouverte aux chercheurs de mystères.* [16]Personne ne savait de quel pays venait la famille Lanty, [17]ni de quel commerce, de quelles spoliations, de quelle piraterie ou de quel héritage provenait une fortune estimée à plusieurs millions. [18]*Tous les membres de cette famille parlaient l'italien, le français, l'espagnol, l'anglais et l'allemand, avec assez de perfection pour faire supposer qu'ils avaient dû longtemps séjourner parmi ces différents peuples. Etaient-ce des bohémiens ? étaient-ce des flibustiers ?*

— [19]Quand ce serait le diable ! disaient de jeunes politiques, ils reçoivent à merveille.

— Le comte de Lanty eût-il dévalisé quelque Casauba, j'épouserais bien sa fille ! s'écriait un philosophe.

[20]Qui n'aurait épousé Marianina, jeune fille de seize ans, dont la

228

beauté réalisait les fabuleuses conceptions des poètes orientaux! Comme la fille du sultan dans le conte de la lampe merveilleuse, elle aurait dû rester voilée. Son chant faisait pâlir les talents incomplets des Malibran, des Sontag, des Fodor, chez lesquelles une qualité dominante a toujours exclu la perfection de l'ensemble; tandis que Marianina savait unir au même degré la pureté du son, la sensibilité, la justesse du mouvement et des intonations, l'âme et la science, la correction et le sentiment. Cette fille était le type de cette poésie secrète, lien commun de tous les arts, et qui fuit toujours ceux qui la cherchent. Douce et modeste, instruite et spirituelle, rien ne pouvait éclipser Marianina, si ce n'était sa mère.

²¹*Avez-vous jamais rencontré de ces femmes dont la beauté foudroyante défie les atteintes de l'âge, et qui semblent, à trente-six ans, plus désirables qu'elles ne devaient l'être quinze ans plus tôt? Leur visage est une âme passionnée, il étincelle; chaque trait y brille d'intelligence; chaque pore possède un éclat particulier, surtout aux lumières. Leurs yeux séduisants attirent, refusent, parlent ou se taisent; leur démarche est innocemment savante; leur voix déploie les mélodieuses richesses des tons les plus coquettement doux et tendres. Fondés sur des comparaisons, leurs éloges caressent l'amour-propre le plus chatouilleux. Un mouvement de leurs sourcils, le moindre jeu de l'œil, leur lèvre qui se fronce, impriment une sorte de terreur à ceux qui font dépendre d'elles leur vie et leur bonheur. Inexpériente de l'amour et docile au discours, une jeune fille peut se laisser séduire; mais pour ces sortes de femmes, un homme doit savoir, comme monsieur de Jaucourt, ne pas crier quand, en se cachant au fond d'un cabinet, la femme de chambre lui brise deux doigts dans la jointure d'une porte. Aimer ces puissantes sirènes, n'est-ce pas jouer sa vie? Et voilà pourquoi peut-être les aimons-nous si passionnément! Telle était la comtesse de Lanty.*

²²*Filippo, frère de Marianina, tenait, comme sa sœur, de la beauté merveilleuse de la comtesse. Pour tout dire en un mot, ce jeune homme était une image vivante de l'Antinoüs, avec des formes plus grêles. Mais comme ces maigres et délicates proportions s'allient bien à la jeunesse quand un teint olivâtre, des sourcils vigoureux et le feu d'un œil velouté promettent pour l'avenir des passions mâles, des idées généreuses! Si Filippo restait dans tous les cœurs de jeunes filles comme un type, il demeurait également dans le souvenir de toutes les mères comme le meilleur parti de France.*

²³La beauté, la fortune, l'esprit, les grâces de ces deux enfants venaient uniquement de leur mère. ²⁴Le comte de Lanty était petit, laid et grêlé; sombre comme un Espagnol, ennuyeux comme un banquier. Il passait d'ailleurs pour un profond politique, peut-être parce qu'il riait rarement, et citait toujours monsieur de Metternich ou Wellington

²⁵Cette mystérieuse famille avait tout l'attrait d'un poème de lord Byron, dont les difficultés étaient traduites d'une manière différente par chaque personne du beau monde : un chant obscur et sublime de strophe en strophe. ²⁶La réserve que monsieur et madame de Lanty gardaient sur leur origine, sur leur existence passée et sur leurs relations avec les quatre parties du monde n'eût pas été longtemps un sujet d'étonnement à Paris. En nul pays peut-être l'axiome de Vespasien n'est mieux compris. Là, les écus même tachés de sang ou de boue ne trahissent rien et représentent tout. Pourvu que la haute société sache le chiffre de votre fortune, vous êtes classé parmi les sommes qui vous sont égales, et personne ne vous demande à voir vos parchemins, parce que tout le monde sait combien peu ils coûtent. Dans une ville où les problèmes sociaux se résolvent par des équations algébriques, les aventuriers ont en leur faveur d'excellentes chances. En supposant que cette famille eût été bohémienne d'origine, elle était si riche, si attrayante, que la haute société pouvait bien lui pardonner ses petits mystères. ²⁷Mais, par malheur, l'histoire énigmatique de la maison Lanty offrait un perpétuel intérêt de curiosité, assez semblable à celui des romans d'Anne Radcliffe.

²⁸Les observateurs, ces gens qui tiennent à savoir dans quel magasin vous achetez vos candélabres, ou qui vous demandent le prix du loyer quand votre appartement leur semble beau, avaient remarqué, de loin en loin, au milieu des fêtes, des concerts, des bals, des raouts donnés par la comtesse, l'apparition d'un personnage étrange. ²⁹C'était un homme. ³⁰La première fois qu'il se montra dans l'hôtel, ce fut pendant un concert, où il semblait avoir été attiré vers le salon par la voix enchanteresse de Marianina.

— ³¹Depuis un moment, j'ai froid, dit à sa voisine une dame placée près de la porte.

L'inconnu, qui se trouvait près de cette femme, s'en alla.

— Voilà qui est singulier! J'ai chaud, dit cette femme après le départ de l'étranger. Et vous me taxerez peut-être de folie, mais je ne saurais m'empêcher de penser que mon voisin, ce monsieur vêtu de noir qui vient de partir, causait ce froid.

³²*Bientôt l'exagération naturelle aux gens de la haute société fit naître et accumuler les idées les plus plaisantes, les expressions les plus bizarres, les contes les plus ridicules sur ce personnage mystérieux.* ³³*Sans être précisément un vampire, une goule, un homme artificiel, une espèce de Faust ou de Robin des Bois, il participait, au dire des gens amis du fantastique, de toutes ces natures anthropomorphes.* ³⁴*Il se rencontrait çà et là des Allemands qui prenaient pour des réalités ces railleries ingénieuses de la médisance parisienne.* ³⁵*L'étranger était simplement un vieillard.* ³⁶*Plusieurs de ces jeunes hommes, habitués à décider, tous les matins, l'avenir de l'Europe, dans quelques phrases élégantes, voulaient voir en l'inconnu quelque grand criminel, possesseur d'immenses richesses. Des romanciers racontaient la vie de ce vieillard, et vous donnaient des détails véritablement curieux sur les atrocités commises par lui pendant le temps qu'il était au service du prince de Mysore. Des banquiers, gens plus positifs, établissaient une fable spécieuse.*

— *Bah! disaient-ils en haussant leurs larges épaules par un mouvement de pitié, ce petit vieux est une tête génoise!*

— ³⁷*Monsieur, si ce n'est pas une indiscrétion, pourriez-vous avoir la bonté de m'expliquer ce que vous entendez par une tête génoise?*

— *Monsieur, c'est un homme sur la vie duquel reposent d'énormes capitaux, et de sa bonne santé dépendent sans doute les revenus de cette famille.*

³⁸*Je me souviens d'avoir entendu chez madame d'Espard un magnétiseur prouvant, par des considérations historiques très spécieuses, que ce vieillard, mis sous verre, était le fameux Balsamo, dit Cagliostro. Selon ce moderne alchimiste, l'aventurier sicilien avait échappé à la mort, et s'amusait à faire de l'or pour ses petits-enfants. Enfin le bailli de Ferette prétendait avoir reconnu dans ce singulier personnage le comte de Saint-Germain.* ³⁹*Ces niaiseries, dites avec le ton spirituel, avec l'air railleur qui, de nos jours, caractérisent une société sans croyances, entretenaient de vagues soupçons sur la maison Lanty.* ⁴⁰*Enfin, par un singulier concours de circonstances, les membres de cette famille justifiaient les conjectures du monde, en tenant une conduite assez mystérieuse avec ce vieillard, dont la vie était en quelque sorte dérobée à toutes les investigations.*

⁴¹*Ce personnage franchissait-il le seuil de l'appartement qu'il était censé occuper à l'hôtel de Lanty, son apparition causait toujours une grande sensation dans la famille. On eût dit un événement de haute*

importance. Filippo, Marianina, madame de Lanty et un vieux domestique avaient seuls le privilège d'aider l'inconnu à marcher, à se lever, à s'asseoir. Chacun en surveillait les moindres mouvements. ⁴²Il semblait que ce fût une personne enchantée de qui dépendissent le bonheur, la vie ou la fortune de tous. ⁴³Etait-ce crainte ou affection? Les gens du monde ne pouvaient découvrir aucune induction qui les aidât à résoudre ce problème. ⁴⁴Caché pendant des mois entiers au fond d'un sanctuaire inconnu, ce génie familier en sortait tout à coup comme furtivement, sans être attendu, et apparaissait au milieu des salons comme ces fées d'autrefois qui descendaient de leurs dragons volants pour venir troubler les solennités auxquelles elles n'avaient pas été conviées. ⁴⁵Les observateurs les plus exercés pouvaient alors seuls deviner l'inquiétude des maîtres du logis, qui savaient dissimuler leurs sentiments avec une singulière habileté. ⁴⁶Mais, parfois, tout en dansant dans un quadrille, la trop naïve Marianina jetait un regard de terreur sur le vieillard qu'elle surveillait au sein des groupes. Ou bien Filippo s'élançait en se glissant à travers la foule, pour le joindre, et restait auprès de lui, tendre et attentif, comme si le contact des hommes ou le moindre souffle dût briser cette créature bizarre. La comtesse tâchait de s'en approcher, sans paraître avoir eu l'intention de le rejoindre; puis, en prenant des manières et une physionomie autant empreintes de servilité que de tendresse, de soumission que de despotisme, elle disait deux ou trois mots auxquels déférait presque toujours le vieillard, il disparaissait emmené ou, pour mieux dire, emporté par elle. ⁴⁷Si madame de Lanty n'était pas là, le comte employait mille stratagèmes pour arriver à lui; mais il avait l'air de s'en faire écouter difficilement, et le traitait comme un enfant gâté dont la mère satisfait les caprices ou redoute la mutinerie. ⁴⁸Quelques indiscrets s'étant hasardés à questionner étourdiment le comte de Lanty, cet homme froid et réservé n'avait jamais paru comprendre l'interrogation des curieux. Aussi, après bien des tentatives, que la circonspection de tous les membres de cette famille rendit vaines, personne ne chercha-t-il à découvrir un secret si bien gardé. Les espions de bonne compagnie, les gobe-mouches et les politiques avaient fini, de guerre lasse, par ne plus s'occuper de ce mystère.

⁴⁹*Mais, en ce moment, il y avait peut-être au sein de ces salons resplendissants des philosophes qui, tout en prenant une glace, un sorbet, ou en posant sur une console leur verre vide de punch, se disaient :*

— Je ne serais pas étonné d'apprendre que ces gens-là sont des fri-

pons. Ce vieux, qui se cache et n'apparaît qu'aux équinoxes ou aux solstices, m'a tout l'air d'un assassin...

— *Ou d'un banqueroutier...*

— *C'est à peu près la même chose. Tuer la fortune d'un homme, c'est quelquefois pis que de le tuer lui-même.*

— ⁵⁰*Monsieur, j'ai parié vingt louis, il m'en revient quarante.*

— *Ma foi, monsieur, il n'en reste que trente sur le tapis.*

— *Hé! bien, voyez-vous comme la société est mêlée ici. On n'y peut pas jouer.*

— *C'est vrai... Mais voilà bientôt six mois que nous n'avons aperçu l'Esprit. Croyez-vous que ce soit un être vivant?*

— *Hé! hé! tout au plus...*

Ces derniers mots étaient dits, autour de moi, par des inconnus qui s'en allèrent ⁵¹au moment où je résumais, dans une dernière pensée, mes réflexions mélangées de noir et de blanc, de vie et de mort. Ma folle imagination, autant que mes yeux, contemplait tour à tour et la fête, arrivée à son plus haut degré de splendeur, et le sombre tableau des jardins. ⁵²Je ne sais combien de temps je méditai sur ces deux côtés de la médaille humaine; ⁵³mais soudain le rire étouffé d'une jeune femme me réveilla. ⁵⁴Je restai stupéfait à l'aspect de l'image qui s'offrit à mes regards. ⁵⁵Par un des plus rares caprices de la nature, la pensée de demi-deuil qui se roulait dans ma cervelle en était sortie, elle se trouvait devant moi, personnifiée, vivante, elle avait jailli comme Minerve de la tête de Jupiter, grande et forte, elle avait tout à la fois cent ans et vingt-deux ans, elle était vivante et morte. ⁵⁶Echappé de sa chambre, comme un fou de sa loge, le petit vieillard s'était sans doute adroitement coulé derrière une haie de gens attentifs à la voix de Marianina, qui finissait la cavatine de Tancrède. ⁵⁷Il semblait être sorti de dessous terre, poussé par quelque mécanisme de théâtre. ⁵⁸Immobile et sombre, il resta pendant un moment à regarder cette fête, dont le murmure avait peut-être atteint à ses oreilles. Sa préoccupation, presque somnambulique, était si concentrée sur les choses qu'il se trouvait au milieu du monde sans voir le monde. ⁵⁹Il avait surgi sans cérémonie auprès d'une des plus ravissantes femmes de Paris, ⁶⁰danseuse élégante et jeune, aux formes délicates, une de ces figures aussi fraîches que l'est celle d'un enfant, blanches et roses, et si frêles, si transparentes, qu'un regard d'homme semble devoir les pénétrer, comme les rayons du soleil traversent une glace pure. ⁶¹Ils étaient là, devant moi, tous deux, ensemble, unis et si serrés, que l'étran-

ger froissait et la robe de gaze, et les guirlandes de fleurs, et les cheveux légèrement crêpés, et la ceinture flottante.

[62] *J'avais amené cette jeune femme au bal de madame de Lanty. Comme elle venait pour la première fois dans cette maison, je lui pardonnai son rire étouffé; mais je lui fis vivement je ne sais quel signe impérieux qui la rendit tout interdite et lui donna du respect pour son voisin.* [63] *Elle s'assit près de moi.* [64] *Le vieillard ne voulut pas quitter cette délicieuse créature, à laquelle il s'attacha capricieusement avec cette obstination muette et sans cause apparente dont sont susceptibles les gens extrêmement âgés, et qui les fait ressembler à des enfants.* [65] *Pour s'asseoir auprès de la jeune dame, il lui fallut prendre un pliant. Ses moindres mouvements furent empreints de cette lourdeur froide, de cette stupide indécision qui caractérisent les gestes d'un paralytique. Il se posa lentement sur son siège, avec circonspection,* [66] *et en grommelant quelques paroles inintelligibles. Sa voix cassée ressembla au bruit que fait une pierre en tombant dans un puits.* [67] *La jeune femme me pressa vivement la main, comme si elle eût cherché à se garantir d'un précipice, et frissonna quand cet homme, qu'elle regardait,* [68] *tourna sur elle deux yeux sans chaleur, deux yeux glauques qui ne pouvaient se comparer qu'à de la nacre ternie.*

— [69] *J'ai peur, me dit-elle en se penchant à mon oreille.*

— [70] *Vous pouvez parler, répondis-je. Il entend très difficilement.*

— *Vous le connaissez donc?*

— *Oui.*

[71] *Elle s'enhardit alors assez pour examiner pendant un moment cette créature sans nom dans le langage humain, forme sans substance, être sans vie, ou vie sans action.* [72] *Elle était sous le charme de cette craintive curiosité qui pousse les femmes à se procurer des émotions dangereuses, à voir des tigres enchaînés, à regarder des boas, en s'effrayant de n'en être séparées que par de faibles barrières.* [73] *Quoique le petit vieillard eût le dos courbé comme celui d'un journalier, on s'apercevait facilement que sa taille avait dû être ordinaire. Son excessive maigreur, la délicatesse de ses membres, prouvaient que ses proportions étaient toujours restées sveltes.* [74] *Il portait une culotte de soie noire, qui flottait autour de ses cuisses décharnées en décrivant des plis, comme une voile abattue.* [75] *Un anatomiste eût reconnu soudain les symptômes d'une affreuse étisie en voyant les petites jambes qui servaient à soutenir ce corps étrange.* [76] *Vous eussiez dit de deux os mis en croix sur une tombe.*

77Un sentiment de profonde horreur pour l'homme saisissait le cœur quand une fatale attention vous dévoilait les marques imprimées par la décrépitude à cette casuelle machine. 78L'inconnu portait un gilet blanc, brodé d'or, à l'ancienne mode, et son linge était d'une blancheur éclatante. Un jabot de dentelle d'Angleterre assez roux, dont la richesse eût été enviée par une reine, formait des ruches jaunes sur sa poitrine; mais sur lui cette dentelle était plutôt un haillon qu'un ornement. Au milieu de ce jabot, un diamant d'une valeur incalculable scintillait comme le soleil. 79Ce luxe suranné, ce trésor intrinsèque et sans goût, faisaient encore mieux ressortir la figure de cet être bizarre. 80Le cadre était digne du portrait. Ce visage noir était anguleux et creusé dans tous les sens. Le menton était creux; les tempes étaient creuses; les yeux étaient perdus en de jaunâtres orbites. Les os maxillaires, rendus saillants par une maigreur indescriptible, dessinaient des cavités au milieu de chaque joue. 81Ces gibbosités, plus ou moins éclairées par les lumières, produisaient des ombres et des reflets curieux qui achevaient d'ôter à ce visage les caractères de la face humaine. 82Puis les années avaient si fortement collé sur les os la peau jaune et fine de ce visage qu'elle y décrivait partout une multitude de rides, ou circulaires comme les replis de l'eau troublée par un caillou que jette un enfant, ou étoilées comme une fêlure de vitre, mais toujours profondes et aussi pressées que les feuillets dans la tranche d'un livre. 83Quelques vieillards nous présentent souvent des portraits plus hideux; mais ce qui contribuait le plus à donner l'apparence d'une création artificielle au spectre survenu devant nous était le rouge et le blanc dont il reluisait. Les sourcils de son masque recevaient de la lumière un lustre qui révélait une peinture très bien exécutée. Heureusement pour la vue attristée de tant de ruines, son crâne cadavéreux était caché sous une perruque blonde dont les boucles innombrables trahissaient une prétention extraordinaire. 84Du reste, la coquetterie féminine de ce personnage fantasmagorique était assez énergiquement annoncée par les boucles d'or qui pendaient à ses oreilles, par les anneaux dont les admirables pierreries brillaient à ses doigts ossifiés, et par une chaîne de montre qui scintillait comme les chatons d'une rivière au cou d'une femme. 85Enfin, cette espèce d'idole japonaise 86conservait sur ses lèvres bleuâtres un rire fixe et arrêté, un rire implacable et goguenard, comme celui d'une tête de mort. 87Silencieuse, immobile autant qu'une statue, elle exhalait l'odeur musquée des vieilles robes que les héritiers d'une duchesse exhument de ses tiroirs pendant un inventaire.

235

⁸⁸*Si le vieillard tournait les yeux vers l'assemblée, il semblait que les mouvements de ces globes incapables de réfléchir une lueur se fussent accomplis par un artifice imperceptible; et quand les yeux s'arrêtaient, celui qui les examinait finissait par douter qu'ils eussent remué.* ⁸⁹*Voir, auprès de ces débris humains, une jeune femme* ⁹⁰*dont le cou, les bras et le corsage étaient nus et blancs; dont les formes pleines et verdoyantes de beauté, dont les cheveux bien plantés sur un front d'albâtre inspiraient l'amour, dont les yeux ne recevaient pas, mais répandaient la lumière, qui était suave, fraîche, et dont les boucles vaporeuses, dont l'haleine embaumée, semblaient trop lourdes, trop dures, trop puissantes pour cette ombre, pour cet homme en poussière :* ⁹¹*ah! c'était bien le mort et la vie, ma pensée, une arabesque imaginaire, une chimère hideuse à moitié, divinement femelle par le corsage.*

— *Il y a pourtant de ces mariages-là qui s'accomplissent assez souvent dans le monde, me dis-je.*

⁹²*Il sent le cimetière! s'écria la jeune femme épouvantée,* ⁹³*qui me pressa comme pour s'assurer de ma protection, et dont les mouvements tumultueux me dirent qu'elle avait grand-peur.* ⁹⁴*« C'est une horrible vision, reprit-elle, je ne saurais rester là plus longtemps. Si je le regarde encore, je croirai que la mort elle-même est venue me chercher. Mais vit-il ? »*

⁹⁵*Elle porta la main sur le phénomène* ⁹⁶*avec cette hardiesse que les femmes puisent dans la violence de leurs désirs;* ⁹⁷*mais une sueur froide sortit de ses pores, car aussitôt qu'elle eut touché le vieillard, elle entendit un cri semblable à celui d'une crécelle. Cette aigre voix, si c'était une voix, s'échappa d'un gosier presque desséché.* ⁹⁸*Puis à cette clameur succéda vivement une petite toux d'enfant convulsive et d'une sonorité particulière.* ⁹⁹*A ce bruit, Marianina, Filippo et madame de Lanty jetèrent les yeux sur nous, et leurs regards furent comme des éclairs. La jeune femme aurait voulu être au fond de la Seine.* ¹⁰⁰*Elle prit mon bras et m'entraîna vers un boudoir. Hommes et femmes, tout le monde nous fit place. Parvenus au fond des appartements de réception, nous entrâmes dans un petit cabinet demi-circulaire.* ¹⁰¹*Ma compagne se jeta sur un divan, palpitant d'effroi, sans savoir où elle était.*

— ¹⁰²*Madame, vous êtes folle, lui dis-je.*

— ¹⁰³*Mais, reprit-elle après un moment de silence pendant lequel je l'admirai,* ¹⁰⁴*est-ce ma faute? Pourquoi madame de Lanty laisse-t-elle errer des revenants dans son hôtel?*

236

— [105]*Allons, répondis-je, vous imitez les sots. Vous prenez un petit vieillard pour un spectre.*

— [106]*Taisez-vous, répliqua-t-elle avec cet air imposant et railleur que toutes les femmes savent si bien prendre quand elles veulent avoir raison.* [107]*« Le joli boudoir! s'écria-t-elle en regardant autour d'elle. Le satin bleu fait toujours à merveille en tenture. Est-ce frais!* [108]*Ah! le beau tableau!* » ajouta-t-elle en se levant, et allant se mettre en face d'une toile magnifiquement encadrée.

Nous restâmes pendant un moment dans la contemplation de cette merveille, [109]qui semblait due à quelque pinceau surnaturel. [110]Le tableau représentait Adonis étendu sur une peau de lion. [111]La lampe suspendue au milieu du boudoir, et contenue dans un vase d'albâtre, illuminait alors cette toile d'une lueur douce qui nous permit de saisir toutes les beautés de la peinture.

— [112]*Un être si parfait existe-t-il?* me demanda-t-elle [113]après avoir examiné, non sans un doux sourire de contentement, la grâce exquise des contours, la pose, la couleur, les cheveux, tout enfin.

— [114]*Il est trop beau pour un homme,* ajouta-t-elle après un examen pareil à celui qu'elle aurait fait d'une rivale.

[115]Oh! comme je ressentis alors les atteintes de cette jalousie [116]à laquelle un poète avait essayé vainement de me faire croire! la jalousie des gravures, des tableaux, des statues, où les artistes exagèrent la beauté humaine, par suite de la doctrine qui les porte à tout idéaliser.

— [117]*C'est un portrait,* lui répondis-je. *Il est dû au talent de Vien.* [118]Mais ce grand peintre n'a jamais vu l'original, et votre admiration sera moins vive peut-être quand vous saurez que cette académie a été faite d'après une statue de femme.

— [119]*Mais qui est-ce?*

J'hésitai.

— *Je veux le savoir,* ajouta-t-elle vivement.

— [120]*Je crois,* lui dis-je, *que cet Adonis représente un... un... un parent de madame de Lanty.*

[121]J'eus la douleur de la voir abîmée dans la contemplation de cette figure. Elle s'assit en silence, je me mis auprès d'elle et lui pris la main sans qu'elle s'en aperçût! Oublié pour un portrait! [122]En ce moment le bruit léger des pas d'une femme dont la robe frémissait retentit dans le silence. [123]Nous vîmes entrer la jeune Marianina, plus brillante encore par son expression d'innocence que par sa grâce et par sa fraîche toilette;

237

elle marchait alors lentement, et tenait avec un soin maternel, avec une filiale sollicitude, le spectre habillé qui nous avait fait fuir du salon de musique; [124]*elle le conduisait en le regardant avec une espèce d'inquiétude posant lentement ses pieds débiles.* [125]*Tous deux, ils arrivèrent assez péniblement à une porte cachée dans la tenture.* [126]*Là, Marianina frappa doucement.* [127] *Aussitôt apparut, comme par magie, un grand homme sec, espèce de génie familier.* [128]*Avant de confier le vieillard à ce gardien mystérieux,* [129]*la jeune enfant baisa respectueusement le cadavre ambulant, et sa chaste caresse ne fut pas exempte de cette câlinerie gracieuse dont le secret appartient à quelques femmes privilégiées.*

— [130]*Addio, addio!* disait-elle *avec les inflexions les plus jolies de sa jeune voix.*

[131]*Elle ajouta même sur la dernière syllabe une roulade admirablement bien exécutée, mais à voix basse, et comme pour peindre l'effusion de son cœur par une expression poétique.* [132]*Le vieillard, frappé subitement par quelque souvenir, resta sur le seuil de ce réduit secret. Nous entendîmes alors, grâce à un profond silence, le soupir lourd qui sortit de sa poitrine;* [133]*il tira la plus belle des bagues dont ses doigts de squelette étaient chargés et la plaça dans le sein de Marianina.* [134]*La jeune folle se mit à rire, reprit la bague, la glissa par-dessus son gant à l'un de ses doigts,* [135]*et s'élança vivement vers le salon, où retentirent en ce moment les préludes d'une contredanse.* [136]*Elle nous aperçut.*

— *Ah! vous étiez là!* dit-elle *en rougissant.*

Après nous avoir regardés comme pour nous interroger, [137]*elle courut à son danseur avec l'insouciante pétulance de son âge.*

— [138]*Qu'est-ce que cela veut dire? me demanda ma jeune partenaire. Est-ce son mari?* [139] *Je crois rêver. Où suis-je?*

— *Vous! répondis-je, vous, madame, qui êtes exaltée et qui, comprenant si bien les émotions les plus imperceptibles, savez cultiver dans un cœur d'homme le plus délicat des sentiments, sans le flétrir, sans le briser dès le premier jour, vous qui avez pitié des peines du cœur, et qui à l'esprit d'une Parisienne joignez une âme passionnée digne de l'Italie ou de l'Espagne...*

Elle vit bien que mon langage était empreint d'une ironie amère; et, alors, sans avoir l'air d'y prendre garde, elle m'interrompit pour dire :

— *Oh! vous me faites à votre goût. Singulière tyrannie! Vous voulez que je ne sois pas moi.*

— Oh! je ne veux rien, m'écriai-je épouvanté de son attitude sévère. [140]Au moins est-il vrai que vous aimez à entendre raconter l'histoire de ces passions énergiques enfantées dans nos cœurs par les ravissantes femmes du Midi?

— [141]Oui. Hé! bien?

— Eh! bien, j'irai demain soir chez vous vers neuf heures, et je vous révélerai ce mystère.

—[142]Non, répondit-elle d'un air mutin, je veux l'apprendre sur-le-champ.

— Vous ne m'avez pas encore donné le droit de vous obéir quand vous dites : Je veux.

— [143]En ce moment, répondit-elle avec une coquetterie désespérante, j'ai le plus vif désir de connaître ce secret. Demain, je ne vous écouterai peut-être pas...

[144]Elle sourit, et nous nous séparâmes; elle toujours aussi fière, aussi rude, et moi toujours aussi ridicule en ce moment que toujours. Elle eut l'audace de valser avec un jeune aide de camp, et je restai tour à tour fâché, boudeur, admirant, aimant, jaloux.

— [145]A demain, me dit-elle vers deux heures du matin, quand elle sortit du bal.

— [146]Je n'irai pas, pensais-je, et je t'abandonne. Tu es plus capricieuse, plus fantasque mille fois peut-être... que mon imagination.

[147]Le lendemain, nous étions devant un bon feu, [148]dans un petit salon élégant, assis tous deux; elle sur une causeuse; moi sur des coussins, presque à ses pieds, et mon œil sous le sien. La rue était silencieuse. La lampe jetait une clarté douce. C'était une de ces soirées délicieuses à l'âme, un de ces moments qui ne s'oublient jamais, une de ces heures passées dans la paix et le désir, et dont, plus tard, le charme est toujours un sujet de regret, même quand nous nous trouvons plus heureux. Qui peut effacer la vive empreinte des premières sollicitations de l'amour?

— [149]Allons, dit-elle, j'écoute.

— [150]Mais je n'ose commencer. L'aventure a des passages dangereux pour le narrateur. Si je m'enthousiasme, vous me ferez taire.

— [151]Parlez.

— [152]J'obéis.

— [153]Ernest-Jean Sarrasine était le seul fils d'un procureur de la

239

Franche-Comté, repris-je après une pause. *Son père avait assez loyalement gagné six à huit mille livres de rente, fortune de praticien, qui, jadis, en province, passait pour colossale. Le vieux maître Sarrasine, n'ayant qu'un enfant, ne voulut rien négliger pour son éducation : il espérait en faire un magistrat, et vivre assez longtemps pour voir, dans ses vieux jours, le petit-fils de Matthieu Sarrasine, laboureur au pays de Saint-Dié, s'asseoir sur les lis et dormir à l'audience pour la plus grande gloire du Parlement; mais le ciel ne réservait pas cette joie au procureur.*

[154]*Le jeune Sarrasine, confié de bonne heure aux Jésuites,* [155]*donna les preuves d'une turbulence peu commune.* [156]*Il eut l'enfance d'un homme de talent.* [157]*Il ne voulait étudier qu'à sa guise, se révoltait souvent, et restait parfois des heures entières plongé dans de confuses méditations, occupé tantôt à contempler ses camarades quand ils jouaient, tantôt à se représenter les héros d'Homère.* [158] *Puis, s'il lui arrivait de se divertir, il mettait une ardeur extraordinaire dans ses jeux. Lorsqu'une lutte s'élevait entre un camarade et lui, rarement le combat finissait sans qu'il y eût du sang répandu. S'il était le plus faible, il mordait.* [159]*Tour à tour agissant ou passif, sans aptitude ou trop intelligent, son caractère bizarre* [160]*le fit redouter de ses maîtres autant que de ses camarades.* [161]*Au lieu d'apprendre les éléments de la langue grecque, il dessinait le révérend père qui leur expliquait un passage de Thucydide, croquait le maître de mathématiques, le préfet, les valets, le correcteur, et barbouillait tous les murs d'esquisses informes.* [162]*Au lieu de chanter les louanges du Seigneur à l'église, il s'amusait, pendant les offices, à déchiqueter un banc;* [163]*ou quand il avait volé un morceau de bois, il sculptait quelque figure de sainte. Si le bois, la pierre, le crayon lui manquaient, il rendait ses idées avec de la mie de pain.* [164]*Soit qu'il copiât les personnages des tableaux qui garnissaient le chœur, soit qu'il improvisât, il laissait toujours à sa place de grossières ébauches dont le caractère licencieux désespérait les plus jeunes pères; et les médisants prétendaient que les vieux Jésuites en souriaient.* [165]*Enfin, s'il faut en croire la chronique du collège, il fut chassé* [166]*pour avoir, en attendant son tour au confessionnal, un vendredi saint, sculpté une grosse bûche en forme de Christ. L'impiété gravée sur cette statue était trop forte pour ne pas attirer un châtiment à l'artiste. N'avait-il pas eu l'audace de placer sur le haut du tabernacle cette figure passablement cynique!*

167Sarrasine vint chercher à Paris un refuge contre les menaces 168de la malédiction paternelle. 169Ayant une de ces volontés fortes qui ne connaissent pas d'obstacles, il obéit aux ordres de son génie et entra dans l'atelier de Bouchardon. 170Il travaillait pendant toute la journée, et, le soir, allait mendier sa subsistance. 171Bouchardon, émerveillé des progrès et de l'intelligence du jeune artiste, devina 172bientôt la misère dans laquelle se trouvait son élève; il le secourut, le prit en affection et le traita comme son enfant. 173Puis, lorsque le génie de Sarrasine se fut dévoilé 174par une de ces œuvres où le talent à venir lutte contre l'effervescence de la jeunesse, 175le généreux Bouchardon essaya de le remettre dans les bonnes grâces du vieux procureur. Devant l'autorité du sculpteur célèbre, le courroux paternel s'apaisa. Besançon tout entier se félicita d'avoir donné le jour à un grand homme futur. Dans le premier moment d'extase où le plongea sa vanité flattée, le praticien avare mit son fils en état de paraître avec avantage dans le monde. 176Les longues et laborieuses études exigées par la sculpture 177domptèrent pendant longtemps le caractère impétueux et le génie sauvage de Sarrasine. Bouchardon, prévoyant la violence avec laquelle les passions se déchaîneraient dans cette jeune âme, 178peut-être aussi vigoureusement trempée que celle de Michel-Ange, 179en étouffa l'énergie sous des travaux continus. Il réussit à maintenir dans de justes bornes la fougue extraordinaire de Sarrasine, en lui défendant de travailler, en lui proposant des distractions quand il le voyait emporté par la furie de quelque pensée, ou en lui confiant d'importants travaux au moment où il était prêt à se livrer à la dissipation. 180Mais, auprès de cette âme passionnée, la douceur fut toujours la plus puissante de toutes les armes, et le maître ne prit un grand empire sur son élève qu'en en excitant la reconnaissance par une bonté paternelle.

181A l'âge de vingt-deux ans, Sarrasine fut forcément soustrait à la salutaire influence que Bouchardon exerçait sur ses mœurs et sur ses habitudes. 182Il porta les peines de son génie en gagnant le prix de sculpture 183fondé par le marquis de Marigny, le frère de madame de Pompadour, qui fit tant pour les arts. 184Diderot vanta comme un chef-d'œuvre la statue de l'élève de Bouchardon. 185Ce ne fut pas sans une profonde douleur que le sculpteur du roi vit partir pour l'Italie un jeune homme 186dont, par principe, il avait entretenu l'ignorance profonde sur les choses de la vie.

187Sarrasine était depuis six ans le commensal de Bouchardon.

241

[188]*Fanatique de son art comme Canova le fut depuis, il se levait au jour, entrait dans l'atelier pour n'en sortir qu'à la nuit,* [189]*et ne vivait qu'avec sa muse.* [190]*S'il allait à la Comédie-Française, il y était entraîné par son maître. Il se sentait si gêné chez madame Geoffrin et dans le grand monde où Bouchardon essaya de l'introduire, qu'il préféra rester seul, et répudia les plaisirs de cette époque licencieuse.* [191]*Il n'eut pas d'autres maîtresses que la sculpture* [192]*et Clotilde, l'une des célébrités de l'Opéra.* [193]*Encore cette intrigue ne dura-t-elle pas.* [194]*Sarrasine était assez laid, toujours mal mis, et de sa nature si libre, si peu régulier dans sa vie privée,* [195]*que l'illustre nymphe, redoutant quelque catastrophe, rendit bientôt le sculpteur à l'amour des Arts.* [196]*Sophie Arnould a dit je ne sais quel bon mot à ce sujet. Elle s'étonna, je crois, que sa camarade eût pu l'emporter sur des statues.*

[197]*Sarrasine partit pour l'Italie en 1758.* [198]*Pendant le voyage, son imagination ardente s'enflamma sous un ciel de cuivre et à l'aspect des monuments merveilleux dont est semée la patrie des Arts. Il admira les statues, les fresques, les tableaux; et, plein d'émulation,* [199]*il vint à Rome,* [200]*en proie au désir d'inscrire son nom entre les noms de Michel-Ange et de monsieur Bouchardon. Aussi, pendant les premiers jours, partagea-t-il son temps entre ses travaux d'atelier et l'examen des œuvres d'art qui abondent à Rome.* [201]*Il avait déjà passé quinze jours dans l'état d'extase qui saisit toutes les jeunes imaginations à l'aspect de la reine des ruines,* [202]*quand, un soir, il entra au théâtre d'Argentina,* [203]*devant lequel se pressait une grande foule.* [204]*Il s'enquit des causes de cette affluence,* [205]*et le monde répondit par deux noms : « Zambinella! Jomelli! »* [206]*Il entre* [207]*et s'assied au parterre,* [208]*pressé par deux* abbati *notablement gros;* [209]*mais il était assez heureusement placé près de la scène.* [210]*La toile se leva.* [211]*Pour la première fois de sa vie, il entendit cette musique* [212]*dont monsieur Jean-Jacques Rousseau lui avait si éloquemment vanté les délices, pendant une soirée du baron d'Holbach.* [213]*Les sens du jeune sculpteur furent, pour ainsi dire, lubrifiés par les accents de la sublime harmonie de Jomelli. Les langoureuses originalités de ces voix italiennes habilement mariées le plongèrent dans une ravissante extase.* [214]*Il resta muet, immobile, ne se sentant pas même foulé par les deux prêtres.* [215]*Son âme passa dans ses oreilles et dans ses yeux. Il crut écouter par chacun de ses pores.* [216]*Tout à coup, des applaudissements à faire crouler la salle accueillirent l'entrée en scène de la* prima donna. [217]*Elle s'avança par coquetterie sur le devant du théâtre, et salua*

le public avec une grâce infinie. Les lumières, l'enthousiasme de tout un peuple, l'illusion de la scène, les prestiges d'une toilette qui, à cette époque, était assez engageante, conspirèrent en faveur [218]de cette femme. [219]Sarrasine poussa des cris de plaisir.

[220]Il admirait en ce moment la beauté idéale de laquelle il avait jusqu'alors cherché çà et là les perfections dans la nature, en demandant à un modèle, souvent ignoble, les rondeurs d'une jambe accomplie; à tel autre, les contours du sein; à celui-là, ses blanches épaules; prenant enfin le cou d'une jeune fille, et les mains de cette femme, et les genoux polis de cet enfant, [221]sans rencontrer jamais sous le ciel froid de Paris les riches et suaves créations de la Grèce antique. [222]La Zambinella lui montrait réunies, bien vivantes et délicates, ces exquises proportions de la nature féminine si ardemment désirées, desquelles un sculpteur est tout à la fois le juge le plus sévère et le plus passionné. [223]C'était une bouche expressive, des yeux d'amour, un teint d'une blancheur éblouissante. [224]Et joignez à ces détails, qui eussent ravi un peintre, [225]toutes les merveilles de Vénus révérées et rendues par le ciseau des Grecs. [226]L'artiste ne se lassait pas d'admirer la grâce inimitable avec laquelle les bras étaient attachés au buste, la rondeur prestigieuse du cou, les lignes harmonieusement décrites par les sourcils, par le nez, puis l'ovale parfait du visage, la pureté de ses contours vifs, et l'effet de cils fournis, recourbés qui terminaient de larges et voluptueuses paupières. [227]C'était plus qu'une femme, c'était un chef-d'œuvre! [228]Il se trouvait dans cette création inespérée, de l'amour à ravir tous les hommes, et des beautés dignes de satisfaire un critique. [229]Sarrasine dévorait des yeux la statue de Pygmalion, pour lui descendue de son piédestal. [230]Quand la Zambinella chanta, [231]ce fut un délire. [232]L'artiste eut froid; [233]puis il sentit un foyer qui pétilla soudain dans les profondeurs de son être intime, de ce que nous nommons le cœur, faute de mot! [234]Il n'applaudit pas, il ne dit rien, [235]il éprouvait un mouvement de folie, [236]espèce de frénésie qui ne nous agite qu'à cet âge où le désir a je ne sais quoi de terrible et d'infernal. [237]Sarrasine voulait s'élancer sur le théâtre et s'emparer de cette femme : sa force, centuplée par une dépression morale impossible à expliquer, puisque ces phénomènes se passent dans une sphère inaccessible à l'observation humaine, tendait à se projeter avec une violence douloureuse. [238]A le voir, on eût dit d'un homme froid et stupide. [239]Gloire, science, avenir, existence, couronnes, tout s'écroula.

« [240]Être aimé d'elle, ou mourir!» *tel fut l'arrêt que Sarrasine porta* sur lui-même. [241]*Il était si complètement ivre, qu'il ne voyait plus ni salle, ni spectateurs, ni acteurs, n'entendait plus de musique.* [242]*Bien mieux, il n'existait pas de distance entre lui et la Zambinella, il la possédait, ses yeux, attachés sur elle, s'emparaient d'elle. Une puissance presque diabolique lui permettait de sentir le vent de cette voix, de respirer la poudre embaumée dont ses cheveux étaient imprégnés, de voir les méplats de ce visage, d'y compter les veines bleues qui en nuançaient la peau satinée.* [243]*Enfin cette voix agile, fraîche et d'un timbre argenté, souple comme un fil auquel le moindre souffle d'air donne une forme, qu'il roule et déroule, développe et disperse, cette voix attaquait si vivement son âme,* [244]*qu'il laissa plus d'une fois échapper de ces cris involontaires arrachés par les délices convulsives* [245]*trop rarement données par les passions humaines.* [246]*Bientôt il fut obligé de quitter le théâtre.* [247]*Ses jambes tremblantes refusaient presque de le soutenir. Il était abattu, faible comme un homme nerveux qui s'est livré à quelque effroyable colère. Il avait eu tant de plaisir, ou peut-être avait-il tant souffert, que sa vie s'était écoulée comme l'eau d'un vase renversé par un choc. Il sentait en lui un vide, un anéantissement semblable à ces atonies qui désespèrent les convalescents au sortir d'une forte maladie.*

[248]*Envahi par une tristesse inexplicable,* [249]*il alla s'asseoir sur les marches d'une église. Là, le dos appuyé contre une colonne, il se perdit dans une méditation confuse comme un rêve. La passion l'avait foudroyé.* [250]*De retour au logis,* [251]*il tomba dans un de ces paroxysmes d'activité qui nous révèlent la présence de principes nouveaux dans notre existence. En proie à cette première fièvre d'amour qui tient autant au plaisir qu'à la douleur, il voulut tromper son impatience et son délire en dessinant la Zambinella de mémoire. Ce fut une sorte de méditation matérielle.* [252]*Sur telle feuille, la Zambinella se trouvait dans cette attitude, calme et froide en apparence, affectionnée par Raphaël, par le Giorgion et par tous les grands peintres.* [253]*Sur telle autre, elle tournait la tête avec finesse en achevant une roulade, et semblait s'écouter elle-même.* [254]*Sarrasine crayonna sa maîtresse dans toutes les poses : il la fit sans voile, assise, debout, couchée, ou chaste ou amoureuse, en réalisant, grâce au délire de ses crayons, toutes les idées capricieuses qui sollicitent notre imagination quand nous pensons fortement à une maîtresse.* [255]*Mais sa pensée furieuse alla plus loin que le dessin.* [256]*Il voyait la Zambinella, lui parlait, la suppliait, épuisait mille années de vie et de*

bonheur avec elle, en la plaçant dans toutes les situations imaginables, [257]*en essayant, pour ainsi dire, l'avenir avec elle.*

[258]*Le lendemain, il envoya son laquais louer, pour toute la saison, une loge voisine de la scène.* [259]*Puis, comme tous les jeunes gens dont l'âme est puissante,* [260]*il s'exagéra les difficultés de son entreprise, et donna pour première pâture à sa passion le bonheur de pouvoir admirer sa maîtresse sans obstacle.* [261]*Cet âge d'or de l'amour, pendant lequel nous jouissons de notre propre sentiment et où nous nous trouvons heureux presque par nous-mêmes,* [262]*ne devait pas durer longtemps chez Sarrasine.* [263]*Cependant, les événements le surprirent* [264]*quand il était encore sous le charme de cette printanière hallucination, aussi naïve que voluptueuse.* [265]*Pendant une huitaine de jours, il vécut toute une vie, occupé le matin à pétrir la glaise à l'aide de laquelle il réussissait à copier la Zambinella,* [266]*malgré les voiles, les jupes, les corsets et les nœuds de rubans qui la lui dérobaient.* [267]*Le soir, installé de bonne heure dans sa loge, seul, couché sur un sofa, il se faisait, semblable à un Turc enivré d'opium, un bonheur aussi fécond, aussi prodigue qu'il le souhaitait.* [268]*D'abord il se familiarisa graduellement avec les émotions trop vives que lui donnait le chant de sa maîtresse;* [269]*puis il apprivoisa ses yeux à la voir, et finit par la contempler* [270]*sans redouter l'explosion de la sourde rage par laquelle il avait été animé le premier jour. Sa passion devint plus profonde en devenant plus tranquille.* [271]*Du reste, le farouche sculpteur ne souffrait pas que sa solitude, peuplée d'images, parée des fantaisies de l'espérance et pleine de bonheur, fût troublée par ses camarades.* [272]*Il aimait avec tant de force et si naïvement, qu'il eut à subir les innocents scrupules dont nous sommes assaillis quand nous aimons pour la première fois.* [273]*En commençant à entrevoir qu'il faudrait bientôt agir, intriguer, demander où demeurait la Zambinella, savoir si elle avait une mère, un oncle, un tuteur, une famille; en songeant enfin aux moyens de la voir, de lui parler, il sentait son cœur se gonfler si fort à des idées si ambitieuses, qu'il remettait ces soins au lendemain,* [274]*heureux de ses souffrances physiques autant que de ses plaisirs intellectuels.*

— [275]*Mais, me dit madame de Rochefide en m'interrompant, je ne vois encore ni Marianina ni son petit vieillard.*

— *Vous ne voyez que lui!* m'écriai-je, impatienté comme un auteur auquel on fait manquer l'effet d'un coup de théâtre.

— [276]*Depuis quelques jours,* repris-je après une pause, *Sarrasine était si fidèlement venu s'installer dans sa loge, et ses regards expri-*

maient tant d'amour, [277]que sa passion pour la voix de Zambinella aurait
été la nouvelle de tout Paris, si cette aventure s'y fût passée; [278]mais,
en Italie, madame, au spectacle, chacun y assiste pour son compte,
avec ses passions, avec un intérêt de cœur qui exclut l'espionnage des
lorgnettes. [279]Cependant la frénésie du sculpteur ne devait pas échapper
longtemps aux regards des chanteurs et des cantatrices. [280]Un soir, le
Français s'aperçut qu'on riait de lui dans les coulisses. [281]Il eût été difficile de savoir à quelles extrémités il se serait porté, [282]si la Zambinella
n'était pas entrée en scène. Elle jeta sur Sarrasine un de ces coups
d'œil éloquents [283]qui disent souvent beaucoup plus de choses que les
femmes ne le veulent. [284]Ce regard fut toute une révélation. Sarrasine
était aimé!

« Si ce n'est qu'un caprice, pensa-t-il en accusant déjà sa maîtresse
de trop d'ardeur, elle ne connaît pas la domination sous laquelle elle va
tomber. Son caprice durera, j'espère, autant que ma vie. »

[285]En ce moment, trois coups légèrement frappés à la porte de sa loge
excitèrent l'attention de l'artiste. [286]Il ouvrit. [287]Une vieille femme entra
mystérieusement.

— [288]Jeune homme, dit-elle, si vous voulez être heureux, ayez de la
prudence. Enveloppez-vous d'une cape, abaissez sur vos yeux un grand
chapeau; puis, vers dix heures du soir, trouvez-vous dans la rue du
Corso, devant l'hôtel d'Espagne.

— [289]J'y serai, répondit-il [290]en mettant deux louis dans la main
ridée de la duègne.

[291]Il s'échappa de sa loge, [292]après avoir fait un signe d'intelligence
à la Zambinella, qui baissa timidement ses voluptueuses paupières
comme une femme heureuse d'être enfin comprise. [293]Puis il courut
chez lui, afin d'emprunter à la toilette toutes les séductions qu'elle pourrait lui prêter. [294]En sortant du théâtre, [295]un inconnu l'arrêta par le bras.

— Prenez garde à vous, seigneur Français, lui dit-il à l'oreille. Il
s'agit de vie ou de mort. Le cardinal Cicognara est son protecteur, et
ne badine pas.

[296]Quand un démon aurait mis entre Sarrasine et la Zambinella les
profondeurs de l'enfer, en ce moment il eût tout traversé d'une enjambée.
Semblable aux chevaux des immortels peints par Homère, l'amour
du sculpteur avait franchi en un clin d'œil d'immenses espaces.

— [297]La mort dût-elle m'attendre au sortir de la maison, j'irais
encore plus vite, répondit-il.

246

— [298]*Poverino! s'écria l'inconnu en disparaissant.*

[299]*Parler de danger à un amoureux, n'est-ce pas lui vendre des plaisirs?* [300]*Jamais le laquais de Sarrasine n'avait vu son maître si minutieux en fait de toilette.* [301]*Sa plus belle épée, présent de Bouchardon, le nœud que Clotilde lui avait donné, son habit pailleté, son gilet de drap d'argent, sa tabatière d'or, ses montres précieuses, tout fut tiré des coffres,* [302]*et il se para comme une jeune fille qui doit se promener devant son premier amant.* [303]*A l'heure dite, ivre d'amour et bouillant d'espérance,* [304]*Sarrasine, le nez dans son manteau, courut au rendez-vous donné par la vieille. La duègne attendait.*

— *Vous avez bien tardé! lui dit-elle.* [305]*Venez.*

Elle entraîna le Français dans plusieurs petites rues [306]*et s'arrêta devant un palais d'assez belle apparence.* [307]*Elle frappa.* [308]*La porte s'ouvrit.* [309]*Elle conduisit Sarrasine à travers un labyrinthe d'escaliers, de galeries et d'appartements qui n'étaient éclairés que par les lueurs incertaines de la lune, et arriva bientôt à une porte* [310]*entre les fentes de laquelle s'échappaient de vives lumières, d'où partaient de joyeux éclats de plusieurs voix.* [311]*Tout à coup, Sarrasine fut ébloui, quand, sur un mot de la vieille, il fut admis dans ce mystérieux appartement et se trouva dans un salon aussi brillamment éclairé que somptueusement meublé, au milieu duquel s'élevait une table bien servie, chargée de sacro-saintes bouteilles, de riants flacons dont les facettes rougies étincelaient.* [312]*Il reconnut les chanteurs et les cantatrices du théâtre,* [313]*mêlés à des femmes charmantes, tout prêts à commencer une orgie d'artistes qui n'attendait plus que lui.* [314]*Sarrasine réprima un mouvement de dépit,* [315]*et fit bonne contenance.* [316]*Il avait espéré une chambre mal éclairée, sa maîtresse auprès d'un brasier, un jaloux à deux pas, la mort et l'amour, des confidences échangées à voix basse, cœur à cœur, des baisers périlleux, et les visages si voisins, que les cheveux de la Zambinella eussent caressé son front chargé de désirs, brûlant de bonheur.*

— [317]*Vive la folie! s'écria-t-il.* Signori e belle donne, *vous me permettrez de prendre plus tard ma revanche, et de vous témoigner ma reconnaissance pour la manière dont vous accueillez un pauvre sculpteur.*

[318]*Après avoir reçu les compliments assez affectueux de la plupart des personnes présentes, qu'il connaissait de vue,* [319]*il tâcha de s'approcher de la bergère sur laquelle la Zambinella* [320]*était nonchalamment étendue.* [321]*Oh! comme son cœur battit quand il aperçut un pied mignon, chaussé d'une de ces mules qui, permettez-moi de le dire, madame,*

donnaient jadis au pied des femmes une expression si coquette, si voluptueuse, que je ne sais pas comment les hommes y pouvaient résister.
Les bas blancs bien tirés et à coins verts, les jupes courtes, les mules
pointues et à talons hauts du règne de Louis XV ont peut-être un peu
contribué à démoraliser l'Europe et le clergé.

— Un peu! dit la marquise. Vous n'avez donc rien lu?

— [322]La Zambinella, repris-je en souriant, s'était effrontément croisé
les jambes, et agitait en badinant celle qui se trouvait dessus, attitude
de duchesse, qui allait bien à son genre de beauté capricieuse et pleine
d'une certaine mollesse engageante. [323]Elle avait quitté ses habits de
théâtre, et portait un corps qui dessinait une taille svelte et que faisaient
valoir des paniers et une robe de satin brodée à fleurs bleues. [324]Sa poitrine, dont une dentelle dissimulait les trésors par un luxe de coquetterie,
étincelait de blancheur. [325]Coiffée à peu près comme se coiffait madame du
Barry, sa figure, quoique surchargée d'un large bonnet, n'en paraissait
que plus mignonne, et la poudre lui seyait bien. [326]La voir ainsi, c'était
l'adorer. [327]Elle sourit gracieusement au sculpteur. [328]Sarrasine, tout
mécontent de ne pouvoir lui parler que devant témoins, [329]s'assit poliment
auprès d'elle, et l'entretint de musique en la louant sur son prodigieux
talent; [330]mais sa voix tremblait d'amour, de crainte et d'espérance.

— [331]Que craignez-vous? lui dit Vitagliani, le chanteur le plus célèbre
de la troupe. Allez, vous n'avez pas un seul rival à craindre ici.

Le ténor sourit silencieusement. Ce sourire se répéta sur les lèvres
de tous les convives, [332]dont l'attention avait une malice cachée dont ne
devait pas s'apercevoir un amoureux. [333]Cette publicité fut comme un
coup de poignard que Sarrasine aurait soudainement reçu dans le cœur.
Quoique doué d'une certaine force de caractère, et bien qu'aucune circonstance ne dût influer sur son amour, [334]il n'avait peut-être pas encore
songé que Zambinella était presque une courtisane, [335]et qu'il ne pouvait
pas avoir tout à la fois les jouissances pures qui rendent l'amour d'une
jeune fille chose si délicieuse, et les emportements fougueux par lesquels
une femme de théâtre fait acheter sa périlleuse possession. [336]Il réfléchit
et se résigna. [337]Le souper fut servi. [338]Sarrasine et la Zambinella se
mirent sans cérémonie à côté l'un de l'autre. [339]Pendant la moitié du
festin, les artistes gardèrent quelque mesure, [340]et le sculpteur put causer
avec la cantatrice. [341]Il lui trouva de l'esprit, de la finesse; [342]mais elle
était d'une ignorance surprenante, [343]et se montra faible et superstitieuse. [344]La délicatesse de ses organes se reproduisait dans son entende-

ment. [345]*Quand Vitagliani déboucha la première bouteille de vin de Champagne,* [346]*Sarrasine lut dans les yeux de sa voisine une crainte assez vive de la petite détonation produite par le dégagement du gaz.* [347]*Le tressaillement involontaire de cette organisation féminine fut interprété par l'amoureux artiste comme l'indice d'une excessive sensibilité. Cette faiblesse charma le Français.* [348]*Il entre tant de protection dans l'amour d'un homme!*

— *Vous disposerez de ma puissance comme d'un bouclier! Cette phrase n'est-elle pas écrite au fond de toutes les déclarations d'amour?* [349]*Sarrasine, trop passionné pour débiter des galanteries à la belle Italienne, était, comme tous les amants, tour à tour grave, rieur ou recueilli.* [350]*Quoiqu'il parût écouter les convives, il n'entendait pas un mot de ce qu'ils disaient, tant il s'adonnait au plaisir de se trouver près d'elle, de lui effleurer la main, de la servir. Il nageait dans une joie secrète.* [351]*Malgré l'éloquence de quelques regards mutuels,* [352]*il fut étonné de la réserve dans laquelle la Zambinella se tint avec lui.* [353]*Elle avait bien commencé la première à lui presser le pied et à l'agacer avec la malice d'une femme libre et amoureuse;* [354]*mais soudain elle s'était enveloppée dans une modestie de jeune fille,* [355]*après avoir entendu raconter par Sarrasine un trait qui peignait l'excessive violence de son caractère.* [356]*Quand le souper devint une orgie,* [357]*les convives se mirent à chanter, inspirés par le peralta et le pedro-ximenès. Ce furent des duos ravissants, des airs de la Calabre, des seguidilles espagnoles, des canzonettes napolitaines.* [358]*L'ivresse était dans tous les yeux, dans la musique, dans les cœurs et dans les voix. Il déborda tout à coup une vivacité enchanteresse, un abandon cordial, une bonhomie italienne* [359]*dont rien ne peut donner l'idée à ceux qui ne connaissent que les assemblées de Paris, les raouts de Londres ou les cercles de Vienne.* [360]*Les plaisanteries et les mots d'amour se croisaient, comme des balles dans une bataille, à travers les rires, les impiétés, les invocations à la sainte Vierge ou al Bambino.* [361]*L'un se coucha sur un sofa et se mit à dormir.* [362]*Une jeune fille écoutait une déclaration sans savoir qu'elle répandait du vin de Xérès sur la nappe.* [363]*Au milieu de ce désordre,* [364]*la Zambinella, comme frappée de terreur, resta pensive. Elle refusa de boire,* [365]*mangea peut-être un peu trop; mais la gourmandise est, dit-on, une grâce chez les femmes.* [366]*En admirant la pudeur de sa maîtresse,* [367]*Sarrasine fit de sérieuses réflexions pour l'avenir.*

« *Elle veut sans doute être épousée* », se dit-il.

Alors il s'abandonna aux délices de ce mariage. Sa vie entière ne lui semblait pas assez longue pour épuiser la source de bonheur qu'il trouvait au fond de son âme. [368]*Vitagliani, son voisin, lui versa si souvent à boire que, vers les trois heures du matin,* [369]*sans être complètement ivre, Sarrasine se trouva sans force contre son délire.* [370]*Dans un moment de fougue, il emporta cette femme* [371]*en se sauvant dans une espèce de boudoir qui communiquait au salon,* [372]*et sur la porte duquel il avait plus d'une fois tourné les yeux.* [373]*L'Italienne était armée d'un poignard.*

— Si tu approches, dit-elle, je serai forcée de te plonger cette arme dans le cœur. [374]Va! tu me mépriserais. J'ai conçu trop de respect pour ton caractère pour me livrer ainsi. Je ne veux pas déchoir du sentiment que tu m'accordes.

— [375]Ah! ah! dit Sarrasine, c'est un mauvais moyen pour éteindre une passion que de l'exciter. [376]Es-tu donc déjà corrompue à ce point que, vieille de cœur, tu agirais comme une jeune courtisane, qui aiguise les émotions dont elle fait commerce?

— [377]Mais c'est aujourd'hui vendredi, répondit-elle, [378]effrayée de la violence du Français.

[379]*Sarrasine qui n'était pas dévot, se prit à rire.* [380]*La Zambinella bondit comme un jeune chevreuil* [381]*et s'élança dans la salle du festin.* [382]*Quand Sarrasine y apparut courant après elle,* [383]*il fut accueilli par un rire infernal.* [384]*Il vit la Zambinella évanouie sur un sofa. Elle était pâle et comme épuisée par l'effort extraordinaire qu'elle venait de faire.* [385]*Quoique Sarrasine sût peu d'italien,* [386]*il entendit sa maîtresse disant à voix basse à Vitigliani :*

— Mais il me tuera!

[387] *Cette scène étrange rendit le sculpteur tout confus. La raison lui revint. Il resta d'abord immobile; puis il retrouva la parole, s'assit auprès de sa maîtresse et protesta de son respect. Il trouva la force de donner le change à sa passion en tenant à cette femme les discours les plus exaltés; et, pour peindre son amour, il déploya les trésors* [388] *de cette éloquence magique, officieux interprète* [389]*que les femmes refusent rarement de croire.* [390]*Au moment où les premières lueurs du matin surprirent les convives, une femme proposa d'aller à Frascati.* [391]*Tous accueillirent par de vives acclamations l'idée de passer la journée à la villa Ludovisi.* [392]*Vitagliani descendit pour louer des voitures.* [393]*Sarrasine eut le bonheur de conduire la Zambinella dans un phaéton.* [394]*Une fois sortis de Rome, la gaieté, un moment réprimée*

par les combats que chacun avait livrés au sommeil, se réveilla soudain. Hommes et femmes, tous paraissaient habitués à cette vie étrange, à ces plaisirs continus, à cet entraînement d'artiste qui fait de la vie une fête perpétuelle où l'on rit sans arrière-pensée. [395]*La compagne du sculpteur était la seule qui parût abattue.*

— *Etes-vous malade? lui dit Sarrasine. Aimeriez-vous mieux rentrer chez vous?*

— *Je ne suis pas assez forte pour supporter tous ces excès, répondit-elle. J'ai besoin de grands ménagements;* [396]*mais, près de vous, je me sens si bien! Sans vous, je ne serais pas restée à ce souper;* [397]*une nuit passée me fait perdre toute ma fraîcheur.*

— *Vous êtes si délicate! reprit Sarrasine en contemplant les traits mignons de cette charmante créature.*

— *Les orgies m'abîment la voix.*

— [398]*Maintenant que nous sommes seuls, s'écria l'artiste, et que vous n'avez plus à craindre l'effervescence de ma passion, dites-moi que vous m'aimez.*

— [399]*Pourquoi? répliqua-t-elle, à quoi bon?* [400]*Je vous ai semblé jolie. Mais vous êtes Français, et votre sentiment passera.* [401]*Oh! vous ne m'aimeriez pas comme je voudrais être aimée.*

— *Comment?*

— *Sans but de passion vulgaire, purement.* [402]*J'abhorre les hommes encore plus peut-être que je ne hais les femmes.* [403]*J'ai besoin de me réfugier dans l'amitié.* [404]*Le monde est désert pour moi. Je suis une créature maudite, condamnée à comprendre le bonheur, à le sentir, à le désirer et, comme tant d'autres, forcée à le voir me fuir à toute heure.* [405]*Souvenez-vous, seigneur, que je ne vous aurai pas trompé.* [406]*Je vous défends de m'aimer.* [407]*Je puis être un ami dévoué pour vous, car j'admire votre force et votre caractère. J'ai besoin d'un frère, d'un protecteur. Soyez tout cela pour moi,* [408]*mais rien de plus.*

— [409]*Ne pas vous aimer! s'écria Sarrasine; mais, cher ange, tu es ma vie, mon bonheur!*

— [410]*Si je disais un mot, vous me repousseriez avec horreur.*

— [411]*Coquette!* [412]*rien ne peut m'effrayer.* [413]*Dis-moi que tu me coûteras l'avenir, que dans deux mois je mourrai, que je serai damné pour t'avoir seulement embrassée.*

[414]*Il l'embrassa,* [415]*malgré les efforts que fit la Zambinella pour se soustraire à ce baiser passionné.*

— [416]*Dis-moi que tu es un démon, qu'il te faut ma fortune, mon nom, toute ma célébrité! Veux-tu que je ne sois pas sculpteur? Parle.*

— [417]*Si je n'étais pas une femme?* [418]*demanda timidement la Zambinella d'une voix argentine et douce.*

— [419]*La bonne plaisanterie! s'écria Sarrasine. Crois-tu pouvoir tromper l'œil d'un artiste?* [420]*N'ai-je pas, depuis dix jours, dévoré, scruté, admiré tes perfections?* [421]*Une femme seule peut avoir ce bras rond et moelleux, ces contours élégants.* [422]*Ah! tu veux des compliments!*

[423]*Elle sourit tristement, et dit en murmurant :*

— *Fatale beauté!*

Elle leva les yeux au ciel. [424]*En ce moment son regard eut je ne sais quelle expression d'horreur si puissante, si vive, que Sarrasine en tressaillit.*

— [425]*Seigneur Français, reprit-elle, oubliez à jamais un instant de folie.* [426]*Je vous estime;* [427]*mais, quant à de l'amour, ne m'en demandez pas; ce sentiment est étouffé dans mon cœur. Je n'ai pas de cœur! s'écria-t-elle en pleurant. Le théâtre sur lequel vous m'avez vue, ces applaudissements, cette musique, cette gloire à laquelle on m'a condamnée, voilà ma vie, je n'en ai pas d'autre.* [428]*Dans quelques heures, vous ne me verrez plus des mêmes yeux, la femme que vous aimez sera morte.*

[429]*Le sculpteur ne répondit pas.* [430]*Il était la proie d'une sourde rage qui lui pressait le cœur. Il ne pouvait que regarder cette femme extraordinaire avec des yeux enflammés qui brûlaient. Cette voix empreinte de faiblesse, l'attitude, les manières et les gestes de la Zambinella, marqués de tristesse, de mélancolie et de découragement, réveillaient dans son âme toutes les richesses de la passion. Chaque parole était un aiguillon.* [431]*En ce moment, ils étaient arrivés à Frascati.* [432]*Quand l'artiste tendit les bras à sa maîtresse pour l'aider à descendre,* [433]*il la sentit toute frissonnante.*

— *Qu'avez-vous? Vous me feriez mourir, s'écria-t-il en la voyant pâlir, si vous aviez la moindre douleur dont je fusse la cause, même innocente.*

— *Un serpent! dit-elle en montrant une couleuvre qui se glissait le long d'un fossé. J'ai peur de ces odieuses bêtes.*

Sarrasine écrasa la tête de la couleuvre d'un coup de pied.

— [434]*Comment avez-vous assez de courage? reprit la Zambinella en contemplant avec un effroi visible le reptile mort.*

— [435]*Eh bien, dit l'artiste en souriant, oseriez-vous bien prétendre que vous n'êtes pas femme?*

[436]*Ils rejoignirent leurs compagnons et se promenèrent dans les bois de la villa Ludovisi, qui appartenait alors au cardinal Cicognara.* [437]*Cette matinée s'écoula trop vite pour l'amoureux sculpteur,* [438]*mais elle fut remplie par une foule d'incidents qui lui dévoilèrent la coquetterie, la faiblesse, la mignardise de cette âme molle et sans énergie.* [439]*C'était la femme avec ses peurs soudaines, ses caprices sans raison, ses troubles instinctifs, ses audaces sans cause, ses bravades et sa délicieuse finesse de sentiment.* [440]*Il y eut un moment où s'aventurant dans la campagne, la petite troupe des joyeux chanteurs vit de loin quelques hommes armés jusqu'aux dents, et dont le costume n'avait rien de rassurant. A ce mot :*

— Voici des brigands! chacun doubla le pas pour se mettre à l'abri dans l'enceinte de la villa du cardinal. En cet instant critique, Sarrasine s'aperçut, à la pâleur de la Zambinella, qu'elle n'avait plus assez de force pour marcher; il la prit dans ses bras et la porta, pendant quelque temps, en courant. Quand il se fut rapproché d'une vigne voisine, il mit sa maîtresse à terre.

— [441]Expliquez-moi, lui dit-il, comment cette extrême faiblesse qui, chez toute autre femme, serait hideuse, me déplairait, et dont la moindre preuve suffirait presque pour éteindre mon amour, en vous me plaît, me charme? — [442]Oh! combien je vous aime! reprit-il. Tous vos défauts, vos terreurs, vos petitesses ajoutent je ne sais quelle grâce à votre âme. [443]*Je sens que je détesterais une femme forte, une Sapho, courageuse, pleine d'énergie, de passion.* [444]*O frêle et douce créature! comment pourrais-tu être autrement?* [445]*Cette voix d'ange, cette voix délicate eût été un contresens, si elle fût sortie d'un corps autre que le tien.*

— [446]Je ne puis, dit-elle, vous donner aucun espoir. [447]*Cessez de me parler ainsi,* [448]*car on se moquerait de vous.* [449]*Il m'est impossible de vous interdire l'entrée du théâtre; mais, si vous m'aimez ou si vous êtes sage, vous n'y viendrez plus.* [450]*Écoutez, monsieur, dit-elle d'une voix grave.*

— [451]Oh! tais-toi, dit l'artiste enivré. [452]*Les obstacles attisent l'amour dans mon cœur.*

[453]*La Zambinella resta dans une attitude gracieuse et modeste; mais elle se tut, comme si une pensée terrible lui eût révélé quelque malheur.* [454]*Quand il fallut revenir à Rome, elle monta dans une berline à quatre places, en ordonnant au sculpteur, d'un air impérieusement cruel, d'y retourner seul avec le phaéton.* [455]*Pendant le chemin, Sarrasine résolut d'enlever la Zambinella. Il passa toute la journée occupé à former des*

plans plus extravagants les uns que les autres. [456]*A la nuit tombante, au moment où il sortait pour aller demander à quelques personnes où était situé le palais habité par sa maîtresse,* [457]*il rencontra l'un de ses camarades sur le seuil de la porte.*

— *Mon cher, lui dit ce dernier, je suis chargé par notre ambassadeur de t'inviter à venir ce soir chez lui. Il donne un concert magnifique,* [458]*et, quand tu sauras que Zambinella y sera...*

— [459]*Zambinella! s'écria Sarrasine en délire à ce nom, j'en suis fou!*

— *Tu es comme tout le monde, lui répondit son camarade.*

— [460]*Mais, si vous êtes mes amis, toi, Vien, Lauterbourg et Allegrain, vous me prêterez votre assistance pour un coup de main après la fête? demanda Sarrasine.*

— *Il n'y a pas de cardinal à tuer?... pas de...?*

— *Non, non, dit Sarrasine, je ne vous demande rien que d'honnêtes gens ne puissent faire.*

[461]*En peu de temps, le sculpteur disposa tout pour le succès de son entreprise.* [462]*Il arriva l'un des derniers chez l'ambassadeur,* [463]*mais il y vint dans une voiture de voyage attelée de chevaux vigoureux menés par l'un des plus entreprenants* vetturini *de Rome.* [464]*Le palais de l'ambassadeur était plein de monde;* [465]*ce ne fut pas sans peine que le sculpteur, inconnu à tous les assistants, parvint au salon où dans ce moment Zambinella chantait.*

— [466]*C'est sans doute par égard pour les cardinaux, les évêques et les abbés qui sont ici, demanda Sarrasine, qu'elle est habillée en homme, qu'elle a une bourse derrière la tête, les cheveux crêpés et une épée au côté?*

— [467]*Elle! qui elle? répondit le vieux seigneur auquel s'adressait Sarrasine.*

— *La Zambinella.*

— *La Zambinella! reprit le prince romain. Vous moquez-vous?* [468]*D'où venez-vous?* [469]*Est-il jamais monté de femmes sur les théâtres de Rome? Et ne savez-vous pas par quelles créatures les rôles de femmes sont remplis dans les Etats du pape?* [470]*C'est moi, monsieur, qui ai doté Zambinella de sa voix. J'ai tout payé à ce drôle-là, même son maître à chanter. Eh bien, il a si peu de reconnaissance du service que je lui ai rendu, qu'il n'a jamais voulu mettre les pieds chez moi.* [471]*Et cependant, s'il fait fortune, il me la devra tout entière.*

[472]*Le prince Chigi aurait pu parler certes longtemps, Sarrasine ne l'écoutait pas. Une affreuse vérité avait pénétré dans son âme. Il était*

frappé comme d'un coup de foudre. Il resta immobile, les yeux attachés [473]*sur le prétendu chanteur.* [474]*Son regard flamboyant eut une sorte d'influence magnétique sur Zambinella,* [475]*car le* musico *finit par tourner les yeux vers Sarrasine,* [476]*et alors sa voix céleste s'altéra. Il trembla !* [477]*Un murmure involontaire échappé à l'assemblée, qu'il tenait comme attachée à ses lèvres, acheva de le troubler;* [478] *il s'assit et discontinua son air.* [479]*Le cardinal Cicognara, qui avait épié du coin de l'œil la direction que prit le regard de son protégé, aperçut alors le Français;* [480]*il se pencha vers un de ses aides de camp ecclésiastiques, et parut demander le nom du sculpteur.* [481]*Quand il eut obtenu la réponse qu'il désirait,* [482]*il contempla fort attentivement l'artiste* [483]*et donna des ordres à un abbé, qui disparut avec prestesse.* [484]*Cependant, Zambinella, s'étant remis,* [485]*recommença le morceau* [486]*qu'il avait interrompu si capricieusement;* [487]*mais il l'exécuta mal,* [488]*et refusa, malgré toutes les instances qui lui furent faites, de chanter autre chose.* [489]*Ce fut la première fois qu'il exerça cette tyrannie capricieuse qui, plus tard, ne le rendit pas moins célèbre que son talent* [490]*et son immense fortune, due, dit-on, non moins à sa voix qu'à sa beauté.*

— [491]*C'est une femme, dit Sarrasine en se croyant seul. Il y a là-dessous quelque intrigue secrète. Le cardinal Cicognara trompe le pape et toute la ville de Rome !*

[492]*Aussitôt, le sculpteur sortit du salon,* [493]*rassembla ses amis* [494]*et les embusqua dans la cour du palais.* [495]*Quand Zambinella se fut assuré du départ de Sarrasine, il parut recouvrer quelque tranquillité.* [496]*Vers minuit, après avoir erré dans les salons en homme qui cherche un ennemi,* [497]le musico *quitta l'assemblée.* [498]*Au moment où il franchissait la porte du palais, il fut adroitement saisi par des hommes qui le bâillonnèrent avec un mouchoir et le mirent dans la voiture louée par Sarrasine.* [499]*Glacé d'horreur, Zambinella resta dans un coin sans oser faire un mouvement. Il voyait devant lui la figure terrible de l'artiste qui gardait un silence de mort.* [500]*Le trajet fut court.* [501]*Zambinella, enlevé par Sarrasine, se trouva bientôt dans un atelier sombre et nu.* [502]*Le chanteur, à moitié mort, demeura sur une chaise,* [503]*sans oser regarder une statue de femme, dans laquelle il reconnut ses traits.* [504]*Il ne proféra pas une parole, mais ses dents claquaient; il était transi de peur.* [505]*Sarrasine se promenait à grands pas. Tout à coup il s'arrêta devant Zambinella.*

— *Dis-moi la vérité, demanda-t-il* [506]*d'une voix sourde et altérée.* [507]*Tu es une femme?* [508]*Le cardinal Cicognara...*

[509]*Zambinella tomba sur ses genoux, et ne répondit qu'en baissant la tête.*

— [510]*Ah! tu es une femme, s'écria l'artiste en délire; car même un...* Il n'acheva pas. — *Non, reprit-il, il n'aurait pas tant de bassesse.*

— [511]*Ah! ne me tuez pas! s'écria Zambinella fondant en larmes.* [512]*Je n'ai consenti à vous tromper que pour plaire à mes camarades, qui voulaient rire.*

— [513]*Rire! répondit le sculpteur d'une voix qui eut un éclat infernal. Rire, rire! Tu as osé te jouer d'une passion d'homme, toi?*

— [514]*Oh! grâce! répliqua Zambinella.*

— [515]*Je devrais te faire mourir! cria Sarrasine en tirant son épée par un mouvement de violence.* [516]*Mais, reprit-il avec un dédain froid,* [517]*en fouillant ton être avec cette lame, y trouverais-je un sentiment à éteindre, une vengeance à satisfaire? Tu n'es rien. Homme ou femme, je te tuerais!* [518]*mais...*

Sarrasine fit un geste de dégoût [519]*qui l'obligea de détourner sa tête, et alors il regarda la statue.*

— [520]*Et c'est une illusion! s'écria-t-il.* [521]*Puis, se tournant vers Zambinella : « Un cœur de femme était pour moi un asile, une patrie. As-tu des sœurs qui te ressemblent? Non.* [522]*Eh bien, meurs!...* [523]*Mais non, tu vivras. Te laisser la vie, n'est-ce pas te vouer à quelque chose de pire que la mort?* [524]*Ce n'est ni mon sang ni mon existence que je regrette, mais l'avenir et ma fortune de cœur. Ta main débile a renversé mon bonheur.* [525]*Quelle espérance puis-je te ravir pour toutes celles que tu as flétries? Tu m'as ravalé jusqu'à toi. Aimer, être aimé! sont désormais des mots vides de sens pour moi, comme pour toi.* [526]*Sans cesse je penserai à cette femme imaginaire en voyant une femme réelle ».*

Il montra la statue par un geste de désespoir.

— [527]*J'aurai toujours dans le souvenir une harpie céleste qui viendra enfoncer ses griffes dans tous mes sentiments d'homme, et qui signera toutes les autres femmes d'un cachet d'imperfection.* [528]*Monstre!* [529]*toi qui ne peux donner la vie à rien,* [530]*tu m'as dépeuplé la terre de toutes les femmes.*

[531]*Sarrasine s'assit en face du chanteur épouvanté. Deux grosses larmes sortirent de ses yeux secs, roulèrent le long de ses joues mâles et tombèrent à terre : deux larmes de rage, deux larmes âcres et brûlantes.*

— [532]*Plus d'amour! Je suis mort à tout plaisir, à toutes les émotions humaines.*

[533]*A ces mots, il saisit un marteau et le lança sur la statue avec une force si extravagante,* [534]*qu'il la manqua. Il crut avoir détruit ce monument de sa folie,* [535]*et alors il reprit son épée et la brandit pour tuer le chanteur.* [536]*Zambinella jeta des cris perçants.* [537]*En ce moment trois hommes entrèrent,* [538]*et soudain le sculpteur tomba percé de trois coups de stylet.*

— [539]*De la part du cardinal Cicognara, dit l'un d'eux.*

— [540]*C'est un bienfait digne d'un chrétien, répondit le Français en expirant.* [541]*Ces sombres émissaires* [542]*apprirent à Zambinella l'inquiétude de son protecteur, qui attendait à la porte, dans une voiture fermée, afin de pouvoir l'emmener aussitôt qu'il serait délivré.*

— [543]*Mais, me dit madame de Rochefide, quel rapport existe-t-il entre cette histoire et le petit vieillard que nous avons vu chez les Lanty?*

— [544]*Madame, le cardinal Cicognara se rendit maître de la statue de Zambinella et la fit exécuter en marbre; elle est aujourd'hui dans le musée Albani.* [545]*C'est là qu'en 1791 la famille Lanty la retrouva,* [546]*et pria Vien de la copier.* [547]*Le portrait qui vous a montré Zambinella à vingt ans, un instant après l'avoir vu centenaire, a servi plus tard pour l'Endymion de Girodet, vous avez pu en reconnaître le type dans l'Adonis.*

— [548]*Mais ce ou cette Zambinella?*

— Ne saurait être, madame, que le grand-oncle de Marianina. [549]*Vous devez concevoir maintenant l'intérêt que madame de Lanty peut avoir à cacher la source d'une fortune qui provient...*

— [550]*Assez! dit-elle en me faisant un geste impérieux.*

Nous restâmes pendant un moment plongés dans le plus profond silence.

— [551]*Hé! bien? lui dis-je.*

— *Ah! s'écria-t-elle en se levant et se promenant à grands pas dans la chambre. Elle vint me regarder, et me dit d'une voix altérée: «* [552]*Vous m'avez dégoûtée de la vie et des passions pour longtemps.* [553]*Au monstre près, tous les sentiments humains ne se dénouent-ils pas ainsi, par d'atroces déceptions? Mères, des enfants nous assassinent ou par leur mauvaise conduite ou par leur froideur. Epouses, nous sommes trahies. Amantes, nous sommes délaissées, abandonnées. L'amitié! existe-t-elle?* [554]*Demain, je me ferais dévote si je ne savais pouvoir rester comme un roc inaccessible au milieu des orages de la vie.* [555]*Si l'avenir du chrétien est encore une illusion, au moins elle ne se détruit qu'après la mort.* [556]*Laissez-moi seule.*

— *Ah! lui dis-je, vous savez punir.*

— [557]*Aurais-je tort?*

— *Oui, répondis-je avec une sorte de courage. En achevant cette histoire, assez connue en Italie, je puis vous donner une haute idée des progrès faits par la civilisation actuelle. On n'y fait plus de ces malheureuses créatures.*

— [558]*Paris, dit-elle, est une terre bien hospitalière; il accueille tout, et les fortunes honteuses et les fortunes ensanglantées. Le crime et l'infamie y ont droit d'asile;* [559]*la vertu seule y est sans autels. Oui, les âmes pures ont une patrie dans le ciel!* [560]*Personne ne m'aura connue! J'en suis fière.*

[561]*Et la marquise resta pensive.*

Paris, novembre 1830.

Annexe 2

Les suites d'actions (Act.)

Comme les actions (ou proaïrétismes) forment l'armature principale du texte lisible, on en rappelle ici les séquences, telles qu'elles ont été repérées dans le texte, sans chercher cependant à les structurer davantage. Chaque terme est suivi du numéro de sa lexie. Les suites sont données selon l'ordre d'apparition de leur premier terme.

ÊTRE PLONGÉ : 1 : être absorbé (2). 2 : ressortir (14).

CACHETTE : 1 : être caché (6). 2 : sortir (15).

MÉDITER : 1 : être en train de méditer (52). 2 : cesser (53).

RIRE : 1 : éclater (53). 2 : cesser (62).

SE JOINDRE : 1 : s'asseoir (63). 2 : venir s'asseoir à côté (65).

NARRER : 1 : connaître l'histoire (70). 2 : connaître l'histoire (120). 3 : proposer de raconter (140). 4 : proposer un rendez-vous pour raconter une histoire (141). 5 : discuter le moment du rendez-vous (142). 6 : accepter le rendez-vous (145). 7 : refuser le rendez-vous (146). 8 : avoir accepté le rendez-vous (147). 9 : ordre de récit (149). 10 : hésiter à raconter (150). 11 : ordre réitéré (151). 12 : ordre accepté (172). 13 : effet castrateur du récit (552).

QUESTION I : 1 : se poser une question (94). 2 : vérifier (95).

TOUCHER : 1 : toucher (95). 2 : réagir (97). 3 : généralisation de la réaction (99). 4 : fuir (100). 5 : se réfugier (101).

TABLEAU : 1 : jeter un regard à la ronde (107). 2 : apercevoir (108).

ENTRER : 1 : s'annoncer par un bruit (122). 2 : entrer (123).

PORTE I : 1 : arriver à une porte (125). 2 : frapper (126). 3 : apparaître (l'avoir ouverte) (127).

ADIEU : 1 : confier (avant de quitter) (128). 2 : embrasser (129). 3 : dire adieu (130).

DON : 1 : inciter (ou être incité) au don (132). 2 : remettre l'objet (133). 3 : accepter le don (134).

PARTIR : 1 : vouloir sortir (135). 2 : suspendre son départ (136). 3 : repartir (137).

PENSION : 1 : entrer en pension (154). 2 : être chassé (165).

CARRIÈRE : 1 : monter à Paris (167). 2 : entrer chez un grand maître (169). 3 : quitter le maître (181). 4 : gagner un prix (182). 5 : être consacré par un grand critique (184). 6 : partir pour l'Italie (185).

LIAISON : 1 : avoir une liaison (192). 2 : annonce de la fin de la liaison (193). 3 : fin de la liaison (195).

VOYAGE : 1 : partir (197). 2 : voyager (198). 3 : arriver (199). 4 : rester (200).

THÉÂTRE : 1 : entrer dans l'édifice (202). 2 : entrer dans la salle (206). 3 : s'asseoir (207). 4 : lever du rideau (210). 5 : entendre l'ouverture (211). 6 : entrée de la vedette (216). 7 : salut de la vedette (217). 8 : air de la vedette (230). 9 : sortir du théâtre (246). 10 : rentrer chez soi (250).

QUESTION II : 1 : fait à expliquer (203). 2 : s'enquérir (204). 3 : recevoir une réponse (205).

GÊNÉ : 1 : être pressé, incommodé (208). 2 : ne rien ressentir (214).

PLAISIR : 1 : proximité de l'objet (209). 2 : état de folie (235). 3 : tension (237). 4 : immobilité apparente (238). 5 : isolement (241). 6 : étreinte (242). 7 : être pénétré (243). 8 : jouissance (244). 9 : vide (247). 10 : tristesse (248). 11 : récupérer (249). 12 : condition de la répétition (258).

SÉDUCTION : 1 : extase (213). 2 : extraversion (215). 3 : plaisir intense (219). 4 : délire (231). 5 : délire 1 : froid (232). 6 : délire 2 : chaud (233). 7 : délire 3 : mutisme (234).

DÉCIDER : 1 : condition mentale du choix (239). 2 : poser une alternative (240).

VOULOIR AIMER (entreprise velléitaire) : 1 : position de l'entreprise (240). 2 : activité d'attente, dessiner (251). 3 : activité de contemplation, louer une loge au théâtre (258). 4 : pause (260). 5 : interruption de l'entreprise (263). 6 : annonce des termes composant la pause (264). 7 : le matin, sculpter (265). 8 : le soir, le sofa (267). 9 : acclimater l'ouïe (268). 10 : apprivoiser la vue (269). 11 : résultat (270). 12 : protection de l'hallucination (271). 13 : alibi et prorogation (273). 14 : résumé (276).

VOULOIR MOURIR : 1 : position du projet (240). 2 : se moquer d'un avertissement (297). 3 : assumer tous les risques (412). 4 : prédiction, provocation du destin (413). 5 : commenter à l'avance sa mort (524). 6 : mourir aux femmes (530). 7 : mourir aux sentiments (532). 8 : mourir à l'art (533). 9 : assumer sa mort (540).

PORTE II : 1 : frapper (285). 2 : ouvrir (286). 3 : entrer (287).

RENDEZ-VOUS : 1 : fixer un rendez-vous (288). 2 : donner son acceptation au messager (289). 3 : remercier le messager (290). 4 : donner son acceptation à l'émetteur du rendez-vous (292). 5 : rendez-vous honoré (304).

SORTIR : 1 : d'un premier lieu (291). 2 : d'un second lieu (294).

HABILLEMENT : 1 : vouloir s'habiller (293). 2 : s'habiller (300).

AVERTISSEMENT : 1 : donner un avertissement (295). 2 : passer outre (297).

ASSASSINAT : 1 : désignation du meurtrier futur (295). 2 : signalisation de la victime (479). 3 : demande d'information (480). 4 : information reçue (481). 5 : évaluation et décision intérieure (482). 6 : ordre secret (483). 7 : entrée des assassins (537). 8 : meurtre du héros (538). 9 : signature du meurtre (539). 10 : explication finale (542).

ESPOIR : 1 : espérer (303). 2 : être déçu (314). 3 : compenser (315). 4 : espérer (316). 5 : compenser (317). 6 : être déçu (328). 7 : compenser (329). 8 : espérer (330). 9 : compenser, se résigner (336).

COURSE : 1 : partir (305). 2 : parcourir (305). 3 : pénétrer (309). 4 : arriver (311).

PORTE III : 1 : s'arrêter (306). 2 : frapper (307). 3 : s'ouvrir (308).

ORGIE : 1 : signes avant-coureurs (310). 2 : annonce rhétorique (313). 3 : souper (337). 4 : calme initial (339). 5 : vins (345). 6 : nomination de l'orgie (356). 7 : chanter (357). 8 : s'abandonner, annonce (358). 9 : s'abandonner 1 : conversations débridées (360). 10 : s'abandonner 2 : dormir (361). 11 : s'abandonner 3 : répandre du vin (362). 12 : s'abandonner, reprise (363). 13 : fin (l'aube) (390).

CONVERSATION I : 1 : s'approcher (319). 2 : s'asseoir (329). 3 : parler (329).

CONVERSATION II : 1 : s'asseoir côte à côte (338). 2 causer (340).

DANGER : 1 : acte de violence, signe d'un caractère dangereux (355). 2 : peur de la victime (364). 3 : nouvel effroi de la victime (378). 4 : peur prémonitoire (386). 5 : peur persistante (395). 6 : prémonition du malheur (453). 7 : réaction de peur (476). 8 : sentiment de menace (487). 9 : se rasséréner (495). 10 : méfiance subsistante (496).

RAPT : 1 : mise en condition du ravisseur (369). 2 : enlever la victime (370). 3 : changer de lieu (371). 4 : avoir prémédité l'enlèvement (372). 5 : défense armée de la victime (373). 6 : fuite de la victime (380). 7 : changer de lieu (381). 8 : poursuite (382). 9 : échec du rapt, retour à l'ordre (387).

EXCURSION : 1 : proposition (390). 2 : acquiescement (391). 3 : louer des voitures (392). 4 : gaieté collective (394). 5 : arriver au but de l'excursion (431). 6 : promenade dans les bois (436). 7 : retour (454).

PROMENADE AMOUREUSE : 1 : monter dans la même voiture (393). 2 : conversation à deux (395). 3 : vouloir embrasser (414). 4 : résister (415). 5 : arriver dans un endroit (431). 6 : aider à descendre de voiture (432). 7 : retour séparé (454).

DÉCLARATION D'AMOUR : 1 : demande d'aveu (398). 2 : éluder l'aveu demandé (399). 3 : première raison de refus : inconstance (400). 4 : deuxième raison de refus : exigence (401). 5 : troisième raison : exclusion (404). 6 : défense d'aimer (406). 7 : l'amitié, non l'amour (407). 8 : protestation d'amour (409). 9 : don de la vie (413). 10 : don de l'art (416). 11 : quatrième raison de refus : impossibilité physique (417). 12 : dénégation de la dénégation (419). 13 : ordre d'oublier (425). 14 : rester silencieux (429). 15 : ordre d'abandonner (446). 16 : ordre de se taire (447). 17 : congé définitif (449).

ENLÈVEMENT : 1 : décision et plans (455). 2 : informations préalables (456). 3 : recrutement des complices (460). 4 : dispositions prises (461). 5 : moyen rapide de fuite (463). 6 : rassemblement des complices (493). 7 : embuscade (494). 8 : départ innocent de la victime (497). 9 : rapt (498). 10 : trajet (500). 11 : arrivée au lieu de la séquestration (501).

CONCERT : 1 : invitation (457). 2 : arriver en retard (462). 3 : grande assistance (464). 4 : parvenir au salon de musique (465). 5 : sortir du salon de musique (492).

INCIDENT : 1 : appel à l'attention de l'artiste qui est en scène (474). 2 : attention éveillée (475). 3 : trouble de l'artiste (476). 4 : trouble collectif (477). 5 : interruption du spectacle (478). 6 : se maîtriser (484). 7 : reprendre le spectacle (485). 8 : refus de prolonger le spectacle (488).

MENACE : 1 : prédiction de l'issue (489). 2 : victime terrorisée (499). 3 : victime immobile (502). 4 : victime muette (504). 5 : première demande de grâce (511). 6 : seconde demande de grâce (514). 7 :

première menace de mort (515). 8 : retrait de la menace (516). 9 : seconde menace de mort (522). 10 : retrait de la menace (523). 11 : troisième menace de mort (536). 12 : appel au secours (536). 13 : arrivée des sauveteurs (537). 14 : élimination de l'agresseur (538). 15 : retour avec les sauveteurs (543).

STATUE : 1 : thématisation de l'objet (503). 2 : apercevoir l'objet (519). 3 : être déçu (520). 4 : désespoir (526). 5 : geste de destruction (533). 6 : la statue épargnée (534). 7 : la statue retrouvée (544).

Table raisonnée.

1. *La Typologie I : l'évaluation.*

   a. Pas de critique sans une typologie des textes (I).

   b. Fondement de la typologie : la pratique de l'écriture : le texte scriptible. Pourquoi le scriptible est la première valeur : le lecteur comme producteur du texte (I).

   c. La valeur réactive du scriptible : le lisible, le classique (I).

2. *La Typologie II : l'interprétation.*

   a. Comment différencier la masse des textes lisibles : l'appréciation du pluriel du texte (II).

   b. L'instrument approprié de cette appréciation : la connotation; sans en être dupe, il faut continuer à la distinguer de la dénotation (III, IV).

   c. Le texte classique comme pluriel, mais pluriel parcimonieux (II).

3. *La Méthode I : conditions d'attention au pluriel.*

   a. Accepter comme « preuve » de la lecture son pouvoir de systématisation (V). Seconde et première lecture (IX), reversion des lectures sur le texte (LXXI).

   b. Admettre que l'oubli des sens constitue la lecture (il n'y a pas de « somme » du texte) (V).

   c. Analyser un texte unique (VI); cette analyse a valeur théorique (VI); elle permet de dissiper l'illusion que dans un texte il y a de l'insignifiant et que la structure n'est qu'un « dessin » (VI, XXII).

d. Se déplacer pas à pas le long du texte tuteur, quitte à l'étoiler de digressions, qui sont marques du pluriel inter-textuel (VI).

e. Ne pas chercher à établir une structure profonde et dernière du texte (VI), ni à reconstituer le paradigme de chaque code; viser des structures multiples, en fuite (XI, XII); préférer la structuration à la structure (VIII, XII); chercher le jeu des codes, non le plan de l'œuvre (XXXIX).

4. *La Méthode II : opérations.*

a. Le découpage du continu textuel en courts fragments contigus (lexies) est arbitraire mais commode (VII).

b. Ce que l'on cherche à repérer : les sens, les signifiés de chaque lexie, ou encore ses connotations. Diverses approches de la connotation : définitionnelle, topique, analytique, topologique, dynamique, historique, fonctionnelle, structurale, idéologique (IV).

c. L'analyse fournit des matériaux à diverses critiques (VIII, LXXXI). Ceci n'implique pas un libéralisme qui concéderait une part de vérité à chaque critique, mais une observance de la pluralité des sens comme être, non comme décompte ou tolérance (II).

d. Le texte choisi : *Sarrasine*, de Balzac (X et annexe 1).

II. LES CODES

1. *Le code en général* (XII).

a. La fuite perspective des codes (VI, XII, LXVII). Ne pas arrêter la butée des codes : problèmes critiques : la thématique infinie (XL); le texte balzacien (XC); l'auteur comme texte (XC), non comme dieu (LXXIV).

b. Le « déjà-écrit » (XII, XXXVI).

c. Le code comme voix anonyme (XII, LXIV). L'ironie comme voix (XXI).

2. *Code des Actions, voix de l'Empirie* (LXXXVI).

    a. Constituer une séquence d'actions, c'est lui trouver un nom (XI, XXXVI).

    b. Le code empirique s'appuie sur plusieurs savoirs (LXVII). Il n'y a pas d'autre logique proaïrétique que celle du déjà-écrit, déjà-lu, déjà-vu, déjà-fait (XI), trivial ou romanesque (XI), organique ou culturel (XXVI, LXXXVI).

    c. Expansions de la séquence : l'arbre (LVI), l'entrelacs (LXVIII).

    d. Fonctions : complétude (XLVI), dépréciation (XLV). Le code d'actions détermine principalement la lisibilité du texte (LXXXVI).

3. *Code herméneutique, voix de la Vérité* (LXXXIX).

    a. Les morphèmes herméneutiques (XI, XXXII, LXXXIX). La proposition de vérité s'articule comme une phrase (XXXVII); ses accidents : désordre, confusion, informulation des termes (XXXVII, XLVIII).

    b. Les voies structurales du mensonge (1) : l'équivoque : la double entente (XLII), le mensonge métonymique (LXIX).

    c. Les voies structurales du mensonge (2) : les fausses preuves, l'abus : la preuve narcissique (LXI), la preuve psychologique (LXIII), la preuve esthétique (LXXII).

    d. Les voies structurales du mensonge (3) : la casuistique du discours (LX).

    e. Retarder la vérité, c'est la constituer (XXVI, XXXII).

4. *Codes culturels ou de références, voix de la Science* (LXXXVII).

    a. Le proverbe et sa transformation stylistique (XLIII).

    b. Codes de savoir, manuels scolaires, fatrasie (LXXXVII).

    c. Les codes culturels comme spectres idéologiques (XLII).

    d. Fonction oppressive de la référence, par sa répétition (vomissement des stéréotypes, LIX, LXXXVII) ou son oubli (LXXVIII).

5. *Les Sèmes ou signifiés de connotation, voix de la Personne* (LXXXI).

    a. Nomination des sèmes, thématique (XL).

    b. Distribution des sèmes dans le texte (XIII). Le portrait (XXV).

1. *Le pluriel du texte dans son amplitude :*

Le pluriel triomphant (II, V). Le pluriel modeste (VI) et son diagramme : la partition (XV).

2. *Déterminations réductives.*

   a. Solidarités : tenue (LXVI), sur-détermination (LXXVI), dispersion cohérente (XIII).

   b. Plénitudes : compléter, clore, prédiquer, conclure (XXII, XXVI, XXXII, XLVI, LIV, LXXIII); remplir le sens, l'art (LXXXIV); redonder (XXXIV); penser (XCIII). Le personnage comme illusion de plénitude : le Nom Propre (XXVIII, XLI, LXXXI); le personnage comme effet de réel (XLIV); le personnage sur-déterminé par ses mobiles (LVIII). Plénitude, écœurement, démodé (XLII, LXXXVII).

   c. Fermetures : l'écriture classique met fin prématurément au décrochage des codes (LIX); rôle insuffisant de l'ironie (XXI). Les codes herméneutique et proaïrétique, agents réducteurs du pluriel (XV).

3. *Déterminations multivalentes et réversibles.*

   a. Réversibilités et multivalences : le champ symbolique (XI, XV, XCII).

   b. La figure. Le personnage comme discours (LXXVI), complice du discours (LXII). La figure, ordre réversible (LXXVIII).

   c. Le *fading* des voix (XII, XX).

   d. Les sens indécidables (XXXIII, LXXVI). La transcriptibilité (l'euphémisme) (LIII).

   e. Ambiguïtés de la représentation. Ce qui est représenté n'est pas opérable (XXXV). La représentation « aplatie » : le récit traitant de lui-même (XXXVIII, LXX, XCI).

   f. La contre-communication. Le jeu des destinations (LVII), la division de l'écoute (LXII, LXIX), la littérature comme « bruit », cacographie (LVII, LXII).

4. *La Performance.*

Quelques réussites du narrateur classique : bonne distance syntagmatique entre les sèmes affinitaires (XIII), indécidabilité des sens, confusion de l'opératoire et du symbolique (XXXIII, LXX), l'expliquant expliqué (LXXIV), la métaphore ludique (XXIV).

5. *Le texte lisible face à l'écriture.*

   a. Rôle idéologique de la phrase : en lubrifiant les articulations sémantiques, en liant les connotations sous le « phrasé », en soustrayant la dénotation du jeu, elle donne au sens la caution d'une « nature » innocente : celle du langage, de la syntaxe (IV, VII, IX, XIII, XXV, LV, LXXXII).

   b. Appropriation du sens dans le texte lisible : activité de classement, de nomination (V, XXXVI, XL, LVI); défense obsessionnelle contre le « défaut » logique (LXVI); affrontement des codes : la « scène » (LXV), la déclaration d'amour (LXXV); objectivité et subjectivité, forces sans affinité avec le texte (V).

   c. Faux déclenchement de l'infini des codes : l'ironie, la parodie (XXI, XLII, LXXXVII). Au-delà de l'ironie : la force du sens irrepérable : Flaubert (XXI, LIX, LXXXVII).

   d. L'écriture : sa situation à l'égard du lecteur (I, LXIV), sa « preuve » (LIX), son pouvoir : dissoudre à perte de vue tout méta-langage, toute soumission d'un langage à un autre (XLII, LIX, LXXXVII).

« *Un peu plus, un peu moins, tout homme est suspendu aux* récits, *aux* romans, *qui lui révèlent la vérité multiple de la vie. Seuls ces récits, lus parfois dans les transes, le situent devant le destin. Nous devons donc chercher passionnément ce que peuvent être des* récits.

Comment orienter l'effort par lequel le roman *se renouvelle, ou mieux se perpétue.*

Le souci de techniques différentes, qui remédient à la satiété des formes connues, occupe en effet les esprits. Mais je m'explique mal — si nous voulons savoir ce qu'un roman peut être — qu'un fondement ne soit pas d'abord aperçu et bien marqué. Le récit qui révèle les possibilités de la vie n'appelle pas forcément, mais il révèle un moment de rage, *sans lequel son auteur serait aveugle à ces possibilités* excessives. *Je le crois : seule l'épreuve suffocante, impossible, donne à l'auteur le moyen d'atteindre la vision lointaine attendue par un lecteur las des proches limites imposées par les conventions.*

Comment nous attarder à des livres auxquels, sensiblement, l'auteur n'a pas été contraint ?

J'ai voulu formuler ce principe. Je renonce à le justifier.

Je me borne à donner des titres qui répondent à mon affirmation (quelques titres... j'en pourrais donner d'autres, mais le désordre est la mesure de mon intention) : Wuthering Heights, le Procès, la Recherche du temps perdu, le Rouge et le Noir, Eugénie de Franval, l'Arrêt de Mort, Sarrazine *(sic)*, l'Idiot...[1] »

GEORGES BATAILLE
le Bleu du ciel, J.-J. Pauvert
1957; avant-propos, p. 7.

---

1. *Eugénie de Franval*, du Marquis de Sade (dans *les Crimes de l'Amour*); *l'Arrêt de Mort* de Maurice Blanchot ; *Sarrazine* (sic), nouvelle de Balzac, relativement peu connue, pourtant l'un des sommets de l'œuvre. (G.B.)

Table

IMPRIMERIE HÉRISSEY A ÉVREUX (EURE)
D.L. 1er TR. 1976. - N° 3726-2 (20764).

Collection Points

Collection Points

SÉRIE PRATIQUE

Collection Points

SÉRIE ÉCONOMIE

dirigée par Edmond Blanc

Collection Points

SÉRIE HISTOIRE

dirigée par Michel Winock

Collection Points

SÉRIE HISTOIRE
dirigée par Michel Winock

Nouvelle histoire de la France contemporaine

Collection Points

SÉRIE FILMS

dirigée par Jacques Charrière

Collection Points

SÉRIE ACTUELS

Collection Points

SÉRIE SAGESSES
dirigée par Jean-Pie Lapierre

Collection Points

SÉRIE SCIENCES
dirigée par Jean-Baptiste Grasset